Chantal Vidil

l'oubli que vous serez

roman

Éditions Beaurepaire

À vous que j'ai aimés
À vous que je n'ai pas pu aimer

À Olivier
À tous les miens

Bien qu'inspirée de faits réels, cette œuvre est une pure fiction.

ISBN : 978-2-35767-159-1
Dépôt légal : février 2013

PROLOGUE

Tassée au fond de la banquette rouge, elle émergeait à peine au-dessus de la table dressée pour deux couverts. Un léger tremblement parcourait sa chevelure blanche. Ses mains ridées et tavelées, posées de chaque côté de l'assiette sur la nappe immaculée, trahissaient son âge, mais à quatre-vingt-neuf ans, elle conservait une fraîcheur de teint qui donnait à tout son visage une transparence nacrée.

Le restaurant était plein. L'épais tissu de velours grenat tendu sur les murs absorbait le bourdonnement des voix. Armelle avait choisi ce coin, au fond, pour son intimité. La petite veilleuse allumée sur la table, entre elles deux, devait être le gage d'un échange plein de douceur et d'empathie. Elle n'avait pas revu Alice depuis de longs mois et l'avait trouvée changée. Une certaine lassitude dans le regard, une fatigue plus profonde du corps. Elle devait veiller à ce que tout se passât bien.

« Que préférez-vous, maman, de la viande ou du poisson ?

– Lis-moi le menu, tu sais bien que je n'y arrive plus avec mes pauvres yeux ! »

Armelle énuméra les entrées, les plats, lui détaillant les contenus susceptibles de l'intéresser. Alice écoutait en silence.

« Il n'y a pas autre chose ? »

La voix était tombée, brève et sèche.

« Si, il y a les plats du jour, je pense. J'appelle quelqu'un. »

Le serveur accourut aussitôt. Il semblait du genre affable et patient.

« Nous avons deux poissons aujourd'hui, un bar grillé et un filet de sandre au beurre blanc.

– Le bar est entier ? s'enquit Armelle.

– Oui, madame, mais nous pouvons lever les filets si vous le désirez. Il y aura un petit temps d'attente, car nous avons beaucoup de monde aujourd'hui.

– On devrait peut-être prendre le sandre, maman ?

– Je préfère le bar grillé. En filets, s'il vous plaît. »

Le ton était sans appel. Le serveur s'inclina. Il suggéra un muscadet sur lie pour accompagner, avant de s'éloigner. À table, le silence retomba d'un coup, comme un rideau. Autour d'elles, les conversations faisaient un bruit doux, continu, rassurant. Armelle s'y adossait, s'y pelotonnait pour éviter d'être happée par le mutisme d'Alice qui la prenait de court, comme à chaque fois.

« Comment trouvez-vous ce restaurant ? L'atmosphère y est plutôt agréable, non ?

– Tu sais, j'y vais tellement rarement. J'ai perdu l'habitude. Je le trouve très bruyant. »

Armelle ignora la remarque. Elle choisit un sujet plus consensuel :

« Je me souviens, Mamy disait toujours qu'on ne mangeait jamais aussi bien qu'à la maison. Il faut dire que c'était une fine cuisinière ! Vous vous souvenez comme elle était gourmande ?

– Gourmande ? Ta grand-mère ? Je ne dirais pas ça, certainement pas ! »

Elle avait appuyé sur le « pas ».

« Mais, si, rappelez-vous… (Armelle insistait) tous ces gâteaux qu'elle aimait confectionner ! Tenez, le gâteau nantais par exemple, vous savez, avec de la confiture et du rhum. J'en ai mangé chez une amie le mois dernier. C'était le même parfum, la même saveur… Incroyable, après tout ce temps ! »

Alice secoua la tête avec agacement.

« Je ne vois pas de quoi tu parles ! Ta grand-mère n'a jamais fait ce gâteau-là. Je m'en souviendrais ! »

Armelle savait qu'il était dangereux de s'aventurer sur le terrain miné des souvenirs. Comme elles avaient épuisé, lors du trajet en voiture jusqu'au restaurant, le chapitre des nouvelles familiales, elle tenta une autre percée. D'autant que ce sujet-ci lui tenait vraiment à cœur et qu'Alice l'avait éludé toutes les fois qu'elle avait voulu l'aborder au téléphone.

« Puisqu'on parle de mémoire… ne m'avez-vous pas dit qu'il y avait un coffre dans lequel vous aviez entassé tous mes souvenirs, des photos, des livres et des jouets ? J'aimerais tant les récupérer, vous savez, les photos surtout…

– Ah ! Nous y voilà ! (le ton était sarcastique) C'est pour ça que tu es venue, hein ? Pour me demander ça ! Je n'ai pas envie d'en parler. Pour une fois qu'on se voit, on ne va pas se mettre à évoquer des choses tristes ! »

Armelle protesta :

« Mais ce n'est pas triste, au contraire ! Il s'agit de souvenirs, de mes souvenirs ! J'ai besoin de les reconstituer, maintenant que j'ai du temps pour le faire. »

Elle cherchait le regard d'Alice qui se dérobait. Elle se fit pressante :

« Maman, regardez-moi ! Vous devriez comprendre cela, tout de même ! »

Et comme Alice continuait de se taire, elle s'insurgea :

« Vous ne pouvez pas confisquer mon enfance, vous n'avez pas le droit, c'est injuste ! Vous voulez me punir, c'est ça ? C'est tout ce que vous avez trouvé…

– Assez ! »

La petite voix éraillée était montée d'un ton pour se briser aussitôt.

« À mon âge, j'ai quand même le droit qu'on me fiche la paix ! Je ne veux plus en entendre parler, tu as compris ? Ou est-ce que tu tiens absolument à tout gâcher ? »

Non, bien sûr, elle n'y tenait pas, surtout après ce long voyage et cette traversée sinistre de la ville sous la pluie. Mais elle éprouvait un sentiment d'impuissance et de frustration. Elle était en colère, sur le qui-vive. Tant de fois déjà...

Quand le serveur apporta les entrées, elles se saisirent de leurs couverts comme d'une bouée de sauvetage. Le réconfort de la nourriture, les gestes familiers de mastication et d'ingestion leur permirent de se réfugier dans un silence réparateur. Après le repas, contrairement à son habitude, Alice refusa le sucre imbibé de café qu'Armelle lui tendait. Elle avait hâte de quitter les lieux. Elle dit brusquement :

« Partons d'ici. Je t'invite dans un salon de thé, on y sera mieux.

– Mieux ? Pourquoi ? Vous n'êtes pas bien ici ? »

L'ironie pointait sous la question. Armelle s'en voulut aussitôt. Elle ajouta :

« De toute façon, vous savez bien, c'est moi qui vous inviterai… Mais je n'ai pas envie qu'on reprenne un autre taxi, pour se retrouver ailleurs, vous et moi, avec ces mêmes conversations… bancales. On est aussi bien ici. »

Alice parut surprise de la brutalité du refus. Un instant, elles se regardèrent en silence. Armelle avait le visage fermé, tendu. Puis Alice répondit, et sa voix, déjà, était lasse :

« Comme tu voudras. Dans ces conditions, je préfère rentrer. »

Elle se leva maladroitement, chercha sa canne, accepta de mauvaise grâce le bras d'Armelle. Elles montèrent dans le taxi. Le retour fut silencieux. Alice repoussa la proposition d'Armelle de la conduire dans sa chambre pour rester un peu avec elle. Elles se séparèrent devant la lourde porte en chêne qui s'entrouvrit juste assez pour laisser passer la silhouette menue. Armelle eut le temps d'apercevoir, à la réception, la sœur qui saluait l'arrivante d'un hochement de tête. Le battant se referma avec un bruit sec.

*

* *

Assise dans le compartiment, la tête légèrement inclinée contre le rideau de la fenêtre, Armelle observait le fin visage qui souriait à l'objectif. La photo qu'elle avait entre les mains remontait à bien longtemps. C'était le jour de son mariage, à la Ferté-Rohan. Armelle se tenait à côté d'Alice, son bras entourant ses épaules. C'était Hugues qui prenait la photo. Alice, à cet instant, paraissait détendue, presque heureuse. Et pourtant, ce jour-là, elle avait confié à Colette qu'elle s'était sentie terriblement seule… Du plus loin qu'elle s'en souvînt, ces dernières années, elle ne lui avait jamais connu de visage apaisé. Ce cliché-là, un des rares où elle n'apparaissait pas tourmentée, faisait encore illusion, sans doute. Malgré tout, elle essayait de s'y raccrocher, comme si une autre lecture avait été possible, de tous ces instants enfuis dont elle ne retenait plus que l'insupportable tristesse. Elle se demanda à quoi elle allait être confrontée, dans cette chambre numéro 521, où Alice avait été admise depuis la veille. Cinq heures à peine s'étaient écoulées depuis cet appel matinal qui l'avait cueillie au saut du lit. Au bout du fil, la voix posée de l'interne qui lui disait que, oui, c'était une question d'heures, le corps était trop usé pour repartir. Non, il ne fallait pas espérer un sursaut. Mais elle était encore consciente, peut-être que si elle arrivait à temps... Elle avait appelé Hugues, parti tôt à son bureau, pour lui demander d'annuler leur voyage à Dublin. De son côté, Vincent avait promis de la rejoindre à l'hôpital. Il n'avait qu'une heure de route, il y serait sûrement avant elle.

Le long couloir aux portes closes. On le lui avait fait comprendre à l'accueil, c'était le service des cas désespérés, des fins de vies. Vincent était déjà là. Il lui annonça :

« Elle est dans le coma. On est arrivés trop tard. »

Armelle écoutait à peine, elle s'approcha du lit et se pencha, déposa un baiser sur le front et les joues brûlantes. À voix basse, elle murmura :

« Je suis là, je ne bouge plus, je ne vous quitte plus. »

Il y eut encore quelques va-et-vient entre les aides-soignantes, l'infirmière et les deux internes qui se succédèrent dans la chambre aux murs clairs. Le dernier, un garçon très jeune au regard pénétrant, lui dit :

« Vous pouvez lui parler, elle vous entend peut-être encore. Vous êtes autorisée à rester cette nuit. »

Armelle attendit que Vincent fût reparti et s'assit au chevet d'Alice. Elle parla. Elle parla longtemps, caressant parfois le visage absent, guettant le moindre tressaillement qui lui laisserait espérer qu'elle écoutait, sachant qu'elle n'avait plus d'autre choix que de le croire. Tout était-il irrémédiablement trop tard ? Sous le drap jaune, le corps d'Alice semblait encore plus petit. La main, menue et frêle, chaude et fiévreuse comme un oiseau, palpitait au creux de ses paumes. Armelle choisissait ses mots, ils pouvaient blesser si elle n'y prenait pas garde, et pourtant il lui fallait parler, il fallait qu'elle sût, au moins, qu'elle avait été aimée, en dépit de tout. Les heures de la nuit furent les plus longues. Armelle s'endormait parfois, puis se réveillait en sursaut. Elle scrutait anxieusement le visage d'Alice dont les traits s'étaient modifiés. Ils avaient pris insensiblement la teinte grise de l'agonie. Dehors, par la baie vitrée, la nuit luttait aussi, pied à pied, avec les premières lueurs de l'aube. Elle pâlissait chaque minute davantage et se retirait de la chambre peu à peu, abandonnant aux promesses du jour la forme immobile qui échappait à son étreinte.

Dans la lumière bleutée du petit matin, elle reposait, le visage tourné vers la fenêtre, les deux mains croisées sur le drap. Quelques minutes auparavant, sa respiration s'était altérée, elle avait tressailli, un soupir profond avait soulevé sa poitrine et Armelle avait su, à la seconde même, qu'elle avait cessé de vivre. D'abord, elle n'osa pas bouger, comme si elle craignait de rompre, par un mouvement infime, le lien ténu qui l'attachait encore à elle par la seule force de son regard. Elle ne pouvait se résoudre à ébaucher le premier geste de l'après. Elle voulait étirer cette minute, cette ultime seconde où elle avait été encore vivante. Le temps restait comme suspendu. Puis la lumière changea, imperceptiblement, et elle sentit soudain le froid du matin. Il lui sembla alors que le corps étendu devant elle s'éloignait doucement, comme poussé par une force invisible. Elle saisit l'une de ses mains, encore tiède, et l'emprisonna dans les siennes. Elle se savait impuissante à la retenir, et pourtant, elle avait la sensation que c'était elle, étrangement, qui dérivait. Elle scruta passionnément son visage, s'imprégnant de chaque détail : les tempes délicates veinées de bleu, la chevelure neigeuse autour du vaste front, les quelques mèches grises que la sueur avait collées, par endroits, sur le cou décharné. Les lèvres closes sur un imperceptible sourire la renvoyaient au mystère de cette femme, si lointaine et si proche qui, pour la dernière fois, lui échappait.

Elle leva les yeux. Son regard se perdit au-delà des murs de la chambre, vers l'horizon des tours qui barraient la fenêtre. Le jour se levait et une lumière d'une pâleur dorée éclairait peu à peu les grands immeubles blancs qui surplombaient la Loire. Bientôt, les rayons du soleil s'infiltreraient à travers les stores à demi baissés et gagneraient le lit. Elle attendit le moment où ils viendraient illuminer le pâle visage immobile, s'y attardant dans une dernière caresse. Quand le rai de lumière se posa sur les paupières closes, Armelle les recouvrit doucement de sa paume, ne sachant plus très bien d'où venait cette chaleur ténue, irréelle qu'elle éprouvait sous ses doigts.

Alors seulement, les larmes jaillirent de ses yeux, ruisselèrent le long de ses joues comme une bienfaisante pluie d'avril, sans qu'elle cherchât à les retenir.

*

*   *

Rares furent ceux qui vinrent les saluer à la sortie de l'église. Elle se tenait, avec Hugues à ses côtés, à quelques pas du fourgon mortuaire. On la pressait de partir, le cimetière était à deux heures de route, et les fossoyeurs ne travaillaient pas après quinze heures le samedi après-midi. Armelle s'obstinait pourtant ; elle voulait être sûre qu'elle ne négligerait personne. Vincent et Colette les avaient rejoints, étonnés aussi de la manière dont tous se hâtaient, à présent, de quitter les lieux, après avoir célébré une heure durant la mémoire de la défunte. Colette avait encore les yeux rougis d'avoir tant pleuré. Elle était visiblement impressionnée par la foule qui s'était pressée dans la vaste nef, derrière le catafalque. Armelle, debout au premier rang, à côté de ses cousines qu'elle revoyait pour la première fois depuis son adolescence, avait reconnu quelques amies d'Alice dans l'assemblée, mais la plupart des têtes lui étaient inconnues. Un petit garçon de cinq ans vint poser un dessin sur le cercueil. En grosses lettres rouges, on y lisait « À tante Alice ». Elle reconnaissait bien là cette étonnante capacité d'Alice à nouer des amitiés, à susciter la sympathie. Ils furent plusieurs à évoquer sa drôlerie, sa gaieté même, au point qu'Armelle eut le sentiment étrange qu'ils parlaient de quelqu'un d'autre. Elle avait refusé d'intervenir, laissant à Hugues le soin de prononcer un discours de circonstance. Il y fut question des engagements d'Alice à la fin de la guerre ce qui, sans doute, surprit l'auditoire qui en ignorait tout. Elle savait que tous l'attendaient sur l'essentiel. Ils furent déçus, choqués peut-être, que pas un mot ne fût dit sur le rôle qu'elle avait joué auprès de Vincent et d'elle. Elle n'allait pas leur offrir sa culpabilité en holocauste. Ils croyaient tout savoir, bien sûr, de cette histoire, ils en avaient une idée précise, définitive et sans appel. En parler eût été la réduire à quelques phrases édifiantes qui déformaient la réalité, pire, qui la trahissaient. C'eût été travestir une histoire qui avait partie liée avec la douleur, avec le ressentiment, avec la méfiance, avec l'impossible deuil d'une promesse non tenue.

Quelques jours plus tard, Armelle découvrit, précieusement conservé dans un tiroir, le portefeuille d'Alice qui contenait deux photos d'elle et de Vincent, enfants. Il s'agissait de portraits pris chez un photographe, probablement. L'un et l'autre avaient respectivement cinq et sept ans et souriaient de toute leur bouche édentée. Aucune autre photo d'eux, adultes, ne s'y trouvait. C'était donc bien cela, le grand malentendu, ils n'avaient jamais grandi pour elle, elle avait voulu les conserver intacts, à l'âge où elle signifiait tout pour eux : la jeunesse éternelle, l'avenir riant et sûr, le paradis d'avant la faute. Cela expliquait sans doute bien des choses. Mais il y avait une autre raison, sûrement, qui lui échappait encore et lui échapperait peut-être toujours. Une vie tout entière suffirait-elle pour comprendre une autre vie ?

*

* *

Alice reposait maintenant dans le petit cimetière marin, quelque part derrière le port. Le bruit des vagues montait jusqu'à lui les jours de grandes marées, mêlé au cliquetis des mâtures. Ces jours-là aussi, les mouettes, pleureuses inconsolées, lançaient leurs cris aigres et sauvages, tournoyant sans relâche dans le ciel, glissant à la diagonale du vent, les ailes déployées dans le soleil.

Sur la pierre tombale, envahie par un lichen vert, deux plaques gravées aux noms d'Yvonne et d'Henri surmontaient celle d'Alice, comme une hiérarchie légitime, comme s'il avait été convenu depuis toujours qu'elle viendrait un jour les rejoindre, elle, leur fille adorée, et que le temps était venu pour eux trois d'être enfin réunis. Au-dessus, le crucifix en marbre noir avait été brisé et le christ de bronze avait glissé de côté, en équilibre instable, ne tenant plus que par un seul bras. Depuis combien de temps en était-il ainsi ? Des années probablement. Le jour de la sépulture, Armelle avait pris la décision d'y remédier très vite, tant cette image l'insupportait. Elle n'avait pu s'empêcher de voir dans cet ultime outrage, la métaphore navrante d'une vie fracassée…

Là-bas, sur la grève où elle avait marché longtemps, bercée par le déferlement de l'écume, elle avait ramassé distraitement un morceau de bois à la surface dure et polie, quasi minérale. Il avait une forme bizarre et elle aurait été bien incapable de lui donner une origine, une fonction. Il avait appartenu à quelque chose pourtant, il avait été relié à un tout qui le définissait. Il avait eu un sens. Et voilà qu'il était réduit au silence, dans la grande rumeur des vagues qui l'emportaient, ballotté à l'infini, comme des milliers d'autres... N'était-ce donc que cela une vie ? N'y avait-il décidément rien d'autre que ce naufrage annoncé auquel chacun est condamné tour à tour ? « Qui ne vaut mieux que sa vie ? » Oui, quelqu'un avait dit cela, tant il est vrai que nos actes ne sont jamais à la mesure de nos rêves… Au bout du compte, il restait donc, malgré tout, à témoigner de ce qu'ils furent, à parler des espoirs immenses qui les avaient portés avant la chute. Ne fut-ce que cela, déjà, pour lutter contre l'oubli, pour les arracher à cet enlisement effroyable qui engloutit tout dans un nivellement définitif. C'était une entreprise insensée sans doute, la seule, peut-être, qui méritât d'être tentée.

CHAPITRE 1

Le pont Morand

La rue Paul Bellamy avait de faux airs de boulevard, avec sa trajectoire au cordeau qui la menait du pont Morand jusqu'à la lisière nord de la ville, changeant de nom au passage, sans jamais dévier de son cours. Sise à l'orée du vieux Nantes, dont elle côtoyait brièvement l'intimité aux abords de la rivière, elle constituait l'axe médian d'un quartier populaire, émaillé de quelques îlots petits-bourgeois, voire de rares demeures patriciennes encloses dans leurs jardins à la discrète exubérance. Soixante-quinze ans plus tard, elle est restée une rue sans grâce. Ses immeubles disparates aux façades étriquées et grises transpirent la monotonie des existences qui végètent dans le confinement de leurs murs. La rue part de l'actuel cours des 50-Otages, dont le monument du même nom se dresse à l'aplomb du bassin de l'Erdre comme la proue d'un navire. En 1935, le cours ne portait pas encore ce nom tragique. À dire vrai, il ne portait pas de nom du tout, puisqu'il n'avait pas encore d'existence. L'Erdre coulait alors en son milieu, longeant à droite les quais des Tanneurs, d'Orléans et Cassard, à gauche les quais Duquesne, Penthièvre et Jean Bart, pour aller rejoindre la Loire, en un parcours sinueux, quelque cinq cents mètres plus au sud. Le long des berges ombreuses, des passants flânaient sous le couvert des arbres, et les ponts, jetés comme des arches entre les deux rives, étaient autant de liens qui arrimaient la rivière à la cité.

Lorsqu'elle s'engageait chaque jour dans la rue, accessible depuis le pont Morand, pour rejoindre son domicile, Alice ignorait sûrement que cette portion de rivière qu'elle venait de franchir était en sursis et que les édiles de Nantes la condamneraient, deux ans plus tard, à un enfouissement irrévocable. Il faut l'imaginer à quinze ans, en robe écossaise et socquettes blanches, le visage menu, ses cheveux, bruns et courts, séparés par une raie sage entre deux barrettes. Elle a gardé quelque chose de la fillette, un corps très mince, de grands yeux noisette, une bouche pulpeuse, plus généreuse que sensuelle. Ce jour-là, son cartable sous le bras, elle ne se pressait pas de rentrer, malgré la présence dans son sac d'écolière du dernier devoir de maths, estampillé du chiffre vingt, qu'elle comptait brandir comme un trophée, aussitôt franchie la porte de la maison. Elle aurait pu prendre le tramway, longue chenille jaune au timbre carillonnant, qui l'aurait déposée pratiquement devant son immeuble, mais elle avait préféré faire le chemin à pied. Elle retardait toujours le moment où, le cœur battant, elle appuierait sur la sonnette de l'entrée.

En remontant la rue Paul Bellamy, parvenue à la hauteur du café-tabac, elle ralentit l'allure. Au carrefour, au moment de traverser la route qui monte, à gauche, vers les abattoirs, elle s'arrêta, secoua la tête, comme pour se débarrasser d'un insecte importun. Sautillant d'un pied sur l'autre, elle entreprit de traverser la chaussée en comptant mentalement chacun de ses pas :

Pied droit sur le trottoir, tout ira bien. Pied gauche...

L'air de ce printemps était léger. Les platanes bruissaient faiblement sous le soleil d'avril. Assis sur le pas de la porte, le petit garçon du marchand de bois et charbon l'interpella familièrement :

« Sissi, Sissi, viens voir ! La chatte a eu des petits ! »

Alice franchit le seuil de la boutique, descendit deux marches. Elle huma l'odeur caractéristique de sciure, de charbon et d'humidité qui flottait dans la pièce. À gauche, des grands sacs de bûches s'entassaient jusqu'au plafond. Derrière le comptoir, une femme en blouse grise lui sourit.

« Marcel vous a dit ? Venez voir, ils sont là. »

Elle lui indiquait un cageot, sous le comptoir. L'enfant l'avait déjà précédée. Accroupi, il caressait avec douceur une chatte au pelage écaille de tortue. Quatre petites choses gloutonnes se disputaient son flanc tandis qu'elle levait de grands yeux bienveillants sur les arrivants. Alice s'accroupit à son tour. Elle saisit délicatement l'un des chatons et le tint contre sa poitrine. Le petit corps s'agitait, poussait des cris plaintifs, le museau tiède tâtonnant contre sa paume. Elle contemplait, émerveillée, la minuscule gueule rose, les yeux bleutés encore vagues. Elle planta un baiser entre les deux oreilles courtes et rondes, avant de déposer avec précaution le chaton contre sa mère. Une étrange tendresse lui gonflait le cœur. Sans qu'elle pût se l'expliquer, les larmes lui vinrent aux yeux.

« Faut pas pleurer, mademoiselle, c'est du bonheur, ces choses-là. Si vous voulez, on vous en garde un. Elle serait d'accord, votre maman ? »

Alice ne savait que répondre. Elle aurait bien aimé dire oui, mais elle n'était vraiment sûre de rien. Et pas seulement de la décision de sa mère. Elle finit par dire :

« Ça me ferait vraiment plaisir, madame Brossard. Il faut que je demande à maman. »

Elle avait quitté la boutique, songeuse. Pourquoi tout était-il toujours si compliqué ?

Elle habitait plus haut dans la rue, à droite, un immeuble sans style, aux fenêtres étroites. Sa famille occupait le rez-de-chaussée gauche et le premier étage. Son père, le docteur

Demestre y avait installé son cabinet de consultation. De temps en temps, elle croisait une patiente qui sortait quand elle arrivait. Mais le plus souvent, rien ne filtrait de la salle d'attente, toujours close, qui donnait sur le vestibule. Son père se définissait lui-même comme « le médecin des pauvres », sans qu'il y mît aucune note péjorative. Sa clientèle, en effet, était composée essentiellement de gens du quartier, des gens modestes, des « femmes en blouse » comme disait sa femme, agacée par sa politesse surannée qui lui faisait saluer d'un bref coup de chapeau toutes les clientes croisées dans la rue, au point que son couvre-chef portait une trace d'usure à l'endroit précis où il le soulevait de ses deux doigts tachés de nicotine.

C'était un homme taciturne, un solitaire qui vivait un peu à l'écart de sa famille, du fait, notamment, de ses horaires. Il se déplaçait souvent pour rendre visite à ses malades et ne comptait pas son temps. Une fois les consultations terminées, il s'enfermait dans son bureau et se plongeait dans les revues médicales pour se tenir informé des dernières nouveautés. Alice ne se souvenait pas l'avoir jamais vu consacrer un moment pour jouer avec elle ou simplement discuter de tout et de rien ; elle dirait plus tard qu'il n'avait jamais su se rendre disponible pour ses enfants. Cette mélancolie lui venait d'abord d'une enfance austère. Orphelin de mère à l'âge de dix ans, il avait été placé dans un internat par son père, militaire de carrière, un homme rigoureux et peu démonstratif. Devenu à son tour chef de famille, il avait, sans en être conscient, reproduit le même comportement à l'égard des siens. De plus, les turbulences familiales ne l'incitaient guère à s'attarder une fois le repas terminé, et son bureau, où il pouvait fumer le soir tout à loisir, lui servait à la fois de prétexte et de refuge.

Sa femme, Yvonne, était son exact contraire. Gaie, entreprenante, douée d'un optimisme confondant, elle était encore, à cinquante ans, une très jolie femme. Une beauté un peu altière, qui trahissait des origines aristocratiques, adoucie par un visage empreint d'une grande bienveillance. Avec, dans l'éclat trop brillant de ses yeux bleus, la trace d'une douleur secrète, étonnée, incrédule, comme si la loterie de la vie s'était fourvoyée à son encontre et qu'il n'était pas trop tard, encore, pour en corriger la trajectoire. Des trois enfants qu'elle avait eus, Alice était sa préférée. Elle était la dernière, la plus fragile et la plus douce, tourmentée souvent par un asthme chronique qui avait empoisonné sa petite enfance. Plusieurs cures à la Bourboule, en Auvergne, avaient sensiblement amélioré son état, et aujourd'hui, en dépit d'une constitution frêle, elle faisait partie de ces adolescentes sportives qui aimaient se dépenser dans les activités de plein air. C'était d'ailleurs ce qui la rapprochait beaucoup de sa mère qui avait pratiqué dans sa jeunesse le tennis et la natation, et qui en avait gardé un goût pour l'effort physique. Elles partageaient aussi un amour profond de la nature dans laquelle Alice avait appris grâce à elle à se ressourcer, à trouver l'apaisement, quand rien n'allait plus, que le souffle lui manquait, ou qu'elle avait été meurtrie par une des innombrables querelles familiales.

Puis il y avait les deux aînés, Irène, dix-neuf ans – la plus âgée – et Louis, dix-sept ans. C'est avec la naissance d'Irène que les ennuis de madame Demestre avaient commencé. Sa fille n'avait pas six mois que déjà elle manifestait un comportement inquiétant, même pour une jeune mère inexpérimentée. Elle était en proie à des crises de rage effrayantes qui tordaient son petit corps, convulsaient son visage, sans qu'il fût possible d'en comprendre l'origine et donc d'y mettre rapidement un terme. En grandissant, elle avait continué de manifester des colères soudaines, en même temps qu'elle révélait une grande aptitude à la dissimulation et au mensonge. De toute évidence, son intelligence, très vive, n'était pas le moins du monde affectée. Peu encline à la tendresse, pratiquant la méchanceté comme un sport, elle avait mis à jour une âme assez perverse pour que ses parents, désemparés, finissent par consulter un psychiatre. Ce dernier, le professeur Barbeau – une sommité à Nantes – l'avait longuement examinée, avant de déclarer qu'Irène effectivement était « anormale », mais qu'il n'existait aucun traitement pour ce genre de cas, et que c'était encore au sein de sa famille qu'elle pourrait le mieux s'épanouir, à condition qu'elle fût bien encadrée. À l'écoute du diagnostic, le docteur Demestre et sa femme furent atterrés. Ils savaient ce que cela signifiait pour eux : un petit enfer domestique rythmé par les crises de leur fille. Il n'y avait pas d'alternative possible, pas d'échappatoire. Henri Demestre se réfugia encore un peu plus dans la solitude de son cabinet, laissant Yvonne affronter seule le quotidien chaotique de leur aînée.

Louis, c'était différent. Petit prince blond aux grands yeux clairs, il avait d'abord séduit par son caractère affectueux et enjoué. Ses parents avaient fondé beaucoup d'espoirs sur l'unique représentant masculin de leur descendance. Profondément attaché à sa mère, il avait pris conscience très tôt de ce qu'il pouvait exiger d'elle et jusqu'où il pourrait aller pour l'obtenir. Il devint capricieux, tyrannique et manifesta à son tour des colères terribles si elle s'avisait de lui refuser quelque chose. Sa rage se tournait alors contre les objets ou les meubles, et on ne comptait plus les vases brisés, les pieds de table fracassés au terme d'une exaspération qui emportait tout sur son passage. En l'absence de son époux, Yvonne Demestre faisait appel à la domestique pour l'aider à calmer son fils. Cette propension à la violence alla en s'aggravant à mesure qu'il grandissait, affectant un peu plus le fragile équilibre familial qu'Yvonne, contre vents et marées, tentait de préserver. Le plus consternant était que Louis, sur le fond, demeurait un enfant attachant et sensible, mais auquel – elle en avait fait l'amère expérience – elle ne pouvait se fier. De surcroît, il manifestait un intérêt moyen pour les études, et il avait fallu se rendre à l'évidence : jamais il n'embrasserait la carrière paternelle, ou toute autre carrière susceptible de compter dans le milieu qui était le sien.

Pour Yvonne Demestre, la déception avait été cruelle. Très jeune, elle avait eu le sentiment d'appartenir, par sa mère, à une lignée aristocratique qui avait eu ses heures de gloire. Ses ancêtres avaient guerroyé sur tous les champs de bataille d'Europe, certains avaient servi auprès du roi de France, et la mémoire familiale entretenait l'épopée avec un soin jaloux. Ses arrière-grands-parents, revenus d'exil lors de l'accession de Louis XVIII au trône de France, s'étaient retrouvés complètement démunis, leurs biens ayant été confisqués à la Révolution, et le patriarche avait dû accepter d'occuper des fonctions modestes et mal rémunérées pour subvenir aux besoins de sa nombreuse famille. Le grand-père d'Yvonne, aîné d'une grande fratrie, s'était engagé dans l'armée espagnole sous la bannière de Don Carlos, frère de Ferdinand VII, pour combattre aux côtés des carlistes, renouant ainsi avec la tradition des hommes d'épée de sa lignée. Sa bravoure et ses faits d'armes lui avaient assuré une rente suffisamment confortable pour qu'il décidât de se retirer et de se consacrer à l'éducation de ses deux enfants, Charles et Mathilde. Mais le droit d'aînesse prévalant toujours, Charles hérita de tous les biens dont il sut, par son ingéniosité, augmenter le capital, tandis que Mathilde était promise au Carmel, pour lequel il avait été prévu de la doter. C'était sans compter sur son tempérament. Ses parents étant décédés au moment où elle devait entrer au couvent, elle avait pris tout le monde de court en déclarant que non seulement elle ne s'enfermerait pas dans un cloître, mais qu'elle avait trouvé l'homme qu'elle désirait épouser. L'heureux élu, Paul Kervadec, un architecte inconnu, de milieu modeste, n'avait pas du tout le profil qui permît de justifier un tel écart de conduite. Et Mathilde avait été déshéritée par ses tuteurs. Dans la corbeille de la mariée, elle retrouverait les quelques meubles, bibelots ou bijoux qui avaient échappé à Charles, ainsi que le souvenir doux-amer des légendes familiales. Désormais, elle allait devoir vivre avec les revenus aléatoires d'un architecte en début de carrière. Ce dernier s'en était plutôt bien tiré, en partie grâce aux quelques relations de son épouse, et ils avaient su donner à leurs deux filles, Yvonne et Marguerite, l'éducation qui convenait à des jeunes filles de bonne famille. Mathilde cependant avait gardé la nostalgie de son milieu et des fastes de sa jeunesse et, sans doute à son insu, avait éveillé dans le cœur de sa cadette, Yvonne, le regret d'un passé disparu dont elle entretenait la flamme à travers le récit toujours très vif de ses souvenirs.

*

* *

Dès qu'Eugénie lui eut ouvert la porte, Alice vit que l'atmosphère de la maison était au beau fixe. Avec son visage ouvert et avenant, Eugénie était le baromètre de l'humeur familiale. Dans ses yeux expressifs, on lisait l'orage qui couvait, la tempête qui avait éclaté, la sérénité d'un matin calme. Une petite moue de sa bouche, un froncement de sourcils en disaient plus long que n'importe quelle parole. Eugénie essuya ses mains mouillées sur son tablier et dit d'une voix grondeuse :

« Vous avez encore traîné pour rentrer, m'selle Alice.

– Oh, c'est parce que je suis allée voir madame Brossard ! Sa chatte a eu des petits… Maman est là ?

– Votre maman s'est absentée. Elle rentrera dans l'après-midi. Venez, je vous ai préparé votre déjeuner. »

Alice posa son cartable dans le vestibule et suivit la domestique dans la cuisine. C'était l'endroit de la maison qu'elle préférait. Celui d'où émanait, le matin, les bonnes odeurs de café et de pain grillé, où Eugénie officiait dans ses casseroles de cuivre, sous la direction de madame Demestre, dans une débauche de légumes, d'herbes aromatiques et de victuailles dont le poulet à pattes noires, plumé de frais dans sa livrée ivoire, constituait l'acmé aux déjeuners dominicaux. Alice ne se rappelait pas avoir jamais éprouvé la moindre inquiétude dans cette longue pièce qui respirait en permanence le désordre affairé des préparatifs du repas, où le souci le plus grave consistait à veiller sur la bonne cuisson des plats au four.

Elle s'assit devant la grande table en bois blanc où son couvert était mis et s'enquit :

« Irène et Louis ont déjà mangé ?

– Votre sœur est partie passer la journée chez une amie. M'sieur Louis a déjà pris son repas, il avait un match de volley à deux heures. »

Cela signifiait une après-midi tranquille. Alice aimait bien la compagnie d'Eugénie. Cette jeune femme de trente ans, solide, gaie, était devenue peu à peu une confidente à qui elle racontait ses enthousiasmes d'adolescente mais aussi ses angoisses et ses chagrins. Au fil des sept années passées au service de la famille, Eugénie avait vu beaucoup de choses et avait su garder son calme et sa réserve en toutes circonstances. Cette fille de la campagne avait une certaine finesse que démentait son corps charpenté et rond. Surtout, elle savait écouter, sans pour autant donner un avis qu'on ne lui demandait pas. Madame Demestre appréciait à sa juste mesure sa discrétion et son dévouement.

Tout en finissant son dessert, Alice lui raconta les cours de la matinée, la note qu'elle avait eue en maths, anticipant sur la joie de ses parents. Elle portait son assiette dans l'évier quand elle entendit gratter à la porte de la véranda. C'était la chienne Mazda qui manifestait son impatience avec de petits jappements plaintifs. Elle posa sa cuillère et courut lui ouvrir. La petite chienne, une bâtarde au pelage blanc tacheté de brun, bondit aussitôt sur elle. Debout sur ses pattes arrière, elle exécuta une sorte de transe jusqu'à ce qu'Alice la prît dans ses bras en riant, tentant de détourner de son visage la langue râpeuse.

« Ouaah, Mazda, arrête ! Allez, viens, viens vite, on va faire un tour au jardin. »

Le jardin qui s'étendait derrière la grande bâtisse maussade était un paradis. La véranda qui jouxtait la salle à manger donnait directement sur une terrasse sablonneuse, flanquée à gauche d'un vieux mur de pierres où courait une glycine odorante. Des massifs de fleurs sauvages l'enserraient comme un écrin, avant qu'elle ne s'incline, deux marches plus bas, en une succession de terrasses qui descendaient en direction de l'Erdre. Seule tache dans le décor, un bassin carré entouré de pierres moussues luisait vaguement à droite du chemin, insolite et un peu inquiétant avec son eau croupie dont la surface verdâtre, couverte de lentilles d'eau, attirait les moustiques en été. Le jardin n'était pas vraiment entretenu, une végétation touffue, incontrôlée, recouvrait en berceau le chemin qui serpentait jusqu'au verger. Il y avait là des lilas, des buissons de roses, des camélias, les hautes tiges raides d'un réséda, des arbustes aux noms inconnus que la renouée envahissait en longues cascades blanches. Au printemps, quelques grands arbres frémissants vibraient du pépiement des oiseaux. Dans la partie la plus basse, madame Demestre avait aménagé un verger qu'elle entretenait elle-même avec amour. Elle avait consacré un carré à Alice, où elle lui avait appris comment planter et soigner les jeunes fruitiers. Alice s'acquittait de sa tâche avec enthousiasme parce qu'elle aimait partager ces moments-là avec sa mère et qu'elle trouvait magique la transformation des bourgeons, puis des fleurs, en fruits sucrés à la chair tendre. D'une manière générale, ce qui relevait de la vie sous toutes ses formes la touchait au cœur. Le jardin était son royaume.

Alice resta toute l'après-midi à rêvasser au pied d'un cerisier, en taquinant distraitement Mazda, couchée près d'elle, qui grondait doucement et lui mordillait les doigts. Elle aurait pu aujourd'hui inviter Mado et Laure, si elle avait su… Mais comment prévoir ? C'était quand la dernière fois où elle avait reçu des amies à goûter ? Quelques mois seulement, mais ça lui paraissait un siècle. Comment aurait-elle oublié ? Irène avait fait irruption dans leur petite réunion et, après quelques propos ironiques sur les tenues des filles, avait lancé :

« Ça ne vous effraie pas de côtoyer une tuberculeuse ? Non ? Vous savez, bien sûr, Alice est malade ! Elle ne vous l'a pas dit ? »

Elle était sortie aussitôt, sûre de son effet. À la suite de cet incident, madame Demestre avait limité les invitations à la maison. Elle voulait éviter à sa fille d'autres déconvenues et craignait que la répétition de ce genre de scène finisse par révéler et ébruiter ce qu'elle s'efforçait de taire. Nul n'était censé connaître la vérité sur Irène : pour un regard extérieur, elle pouvait paraître fantasque ou bizarre tout au plus, son caractère manipulateur lui permettant de faire longtemps illusion. Alice avait dû se plier à la décision de sa mère. Elle en avait pris son parti. Désormais, elle se rendait aux invitations de ses amies, avec en son for intérieur le lancinant regret de ne plus pouvoir les accueillir.

Elle entendit des pas sur le chemin, tourna la tête en direction de la maison : sa mère venait d'apparaître dans l'embrasure voûtée du buisson d'aubépine. Sa beauté la surprenait toujours. Yvonne Demestre, en robe gris perle, tenait un panier en osier dans sa main gauche, sa main droite réajustant une mèche folle dans son chignon. Elle souriait et fut près d'elle en une seconde.

« Ma Sissi, Eugénie m'a dit que je te trouverais là. Quelle chaleur ! On se croirait en été. »

Elle s'assit dans l'herbe, à côté d'Alice. La chienne était venue poser sa tête sur ses genoux.

« Vous étiez où, maman ?

– J'étais chez le notaire avec ton père. Des affaires à régler.

– Chez le notaire ? »

Il y eut un court silence. Yvonne laissa échapper un soupir.

« Ma chérie, laissons les soucis de côté. Profitons de ce moment ensemble. Et toi, comment s'est passée ta journée ? Mon petit doigt me dit que tu as quelque chose à m'annoncer.

– J'ai eu vingt au devoir de maths, mademoiselle Teillard m'a félicitée ! »

Yvonne Demestre eut une exclamation de joie.

« Oh, ma chérie, bravo ! Si tu savais comme ça me fait plaisir ! Annonce-le à ton père ce soir, il a bien besoin de bonnes nouvelles en ce moment !

– Pourquoi vous dites ça, maman ? Il s'est passé quelque chose avec papa ?

– Mais non, tu sais bien, les soucis habituels, il n'en manque pas, hélas ! »

Alice sentait que sa mère lui cachait la vérité. Elle n'insista pas. Pour faire diversion, Yvonne proposa :

« Tiens, tu sais ce qu'on va faire ? On va cueillir des fraises pour le dîner de ce soir. Ça te dit ? »

Alice en avait déjà mangé quelques-unes au cours de l'après-midi, mais elle fut tout de suite d'accord. Les petits fruits rouges, sucrés, tiédis par le soleil, dégageaient un parfum délicieux.

Quand le panier fut plein, elles remontèrent lentement le chemin en direction de la maison.

« Sissi (la voix d'Yvonne était plus grave), si on allait se promener sur les bords de l'Erdre, avant le dîner ? Il fait tellement doux ce soir. Qu'en penses-tu ?

– Oui ! C'est une bonne idée. »

Elle était partante bien sûr. Comme toujours. Yvonne avait le don de créer ces instants rares, de les extraire de la gangue d'un quotidien maussade. Rien ne semblait devoir la décourager. La vitalité de sa mère, son aptitude au bonheur la fascinait. Comment faisait-elle ? Elle aurait tellement aimé lui ressembler !

Elles remontèrent les quais, le long de l'Erdre, en direction de l'écluse. La lumière dorée de fin d'après-midi colorait les façades grises, allumait les fenêtres, allongeait l'ombre des marronniers. Elles croisaient des promeneurs séduits comme elles par cette soirée de printemps. Le lit de la rivière, au-delà du pont Morand, étincelait. Le niveau de l'eau n'avait pas encore atteint son seuil critique de l'été, quand l'Erdre n'est plus qu'un mince filet bourbeux et fétide. Bientôt, avec la chaleur estivale, les premiers effluves nauséabonds commenceraient à se faire sentir. Un passant non averti aurait été trompé par la tranquillité ombragée du lieu, le miroitement laiteux des eaux lentes, couleur de ciel, glissant entre les deux rives. En réalité, la proximité de la rivière, transformée durant les fortes chaleurs en égouts à ciel ouvert, était une calamité pour les riverains. À croire que l'Erdre abritait dans son lit une hydre putride qui renaissait chaque été pour exhaler son souffle pestilentiel. Ses détracteurs étaient suffisamment nombreux pour que son destin ne fût pas définitivement scellé. Elle vivait ses derniers printemps.

Parvenues à l'écluse, elles traversèrent le pont et longèrent le quai Duquesne, en rebroussant chemin jusqu'au Port-Communeau où sommeillaient deux bateaux-lavoirs. Avec leur proue brune et ventrue, leurs bat-flanc rayés de noir, on aurait dit deux gros oiseaux endormis, la tête sous l'aile. Le linge qui séchait sur les pontons ondulait doucement dans la brise du soir. On entendait le clapotis léger de l'eau contre les coques. Elles s'engagèrent sur le pont Morand et s'arrêtèrent au milieu. Accoudées sur le parapet, elles restèrent ainsi, côte à côte, sans parler. Cela faisait un moment déjà qu'elles se taisaient. Yvonne semblait perdue dans ses pensées. Alice n'avait pas oublié la conversation dans le jardin. Elle décida de revenir à la charge.

« Maman, dites-moi ce qui se passe. Vous êtes soucieuse, je le vois bien. C'est quoi cette histoire de notaire ? »

Yvonne eut un moment d'hésitation ; elle avait bien eu l'intention de mettre à profit ce moment d'intimité pour parler à sa fille, mais elle ne savait comment s'y prendre. Finalement, elle dit à mi-voix :

« Après tout, tu es assez grande pour comprendre. Et puis, tu es raisonnable, toi... Ton père et moi avons des soucis d'argent depuis quelque temps. Nous avons dû vendre La Varade…

– Oh, non ! Dites-moi que ce n'est pas vrai ! Pourquoi ? Maman, pourquoi ? »

Alice accusait le coup. La Varade, la propriété familiale paternelle où elle avait passé de si nombreux étés !

« Nous n'avons pas eu le choix. Ton père ne gagne pas suffisamment pour faire face à toutes les dépenses. Tu sais bien, beaucoup de ses patients ne lui payent rien, et ce n'est pas lui qui va leur réclamer quelque chose ! Comme si nous en avions les moyens !

– Mais maman, de quoi avons-nous besoin ?

– Sissi, ma chérie, c'est plus compliqué que tu ne crois… Il y a les cours particuliers d'Irène, en plus de l'école privée, onéreuse, où nous l'avons mise. Ton frère va bientôt passer son bachot et il voudrait suivre des études à Paris, après. Cela nous coûtera sûrement très cher.

– C'est obligé qu'il aille à Paris ? Il ne peut pas rester ici, à Nantes, ou bien aller à Rennes, on a de la famille là-bas qui pourrait l'héberger ?

– C'est son souhait le plus vif. Si nous lui refusons... Le prix de la tranquillité, vois-tu... Je voudrais tellement, tellement, que tu aies, que nous ayons tous une vie de famille... normale ! »

Sur le dernier mot, la voix d'Yvonne avait tremblé. Alice était stupéfaite. Jamais sa mère ne s'était livrée à ce point. Elle percevait pour la première fois une profonde lassitude chez cette femme qui affichait d'ordinaire un optimisme enjoué. Yvonne continuait, comme si elle ne pouvait plus s'arrêter :

« Et puis je tiens absolument à ce que tu retournes faire une cure à la Bourboule cet été. Non, ne m'interromps pas, tu vas beaucoup mieux, mais il faut consolider tout cela. Le docteur Raynouard l'a recommandé, et ton père est d'accord. »

Alice sentit son cœur déborder de tendresse. Elle glissa son bras sous celui de sa mère, vint appuyer sa tête contre son épaule et murmura :

« Ma petite maman... »

Elles restèrent ainsi, enlacées, silencieuses, à observer le ballet de quelques mouettes tournoyant dans un ciel orange. Elles prirent le chemin du retour avant que ne s'allument les réverbères à gaz sur les quais. Dans la rue, Yvonne avait retrouvé son entrain. Elle se tourna vers sa fille et lui déclara avec une pointe de gaieté :

« Maintenant, nous n'avons vraiment plus d'excuses pour ne pas passer tout l'été à La Korrigane. Nous ne la louerons plus désormais. Au fond, vois-tu, j'ai toujours préféré la mer ! »

Oui, il restait la villa du Pouliguen, dans la presqu'île guérandaise. Elle n'était pas très grande mais bien suffisante pour eux tous. Et puis, la plage, la côte sauvage et les marais salants, cela valait bien quelques hectares de prairies et de bois. Il fallait considérer le bon côté des choses. Sa mère avait raison.

Elle était loin d'imaginer que la révélation, ce soir-là, de la première lézarde dans l'édifice de la fortune familiale était le signe avant-coureur de l'effritement insidieux qui allait la miner au fil des années et la conduirait beaucoup plus tard à une ruine inéluctable.

CHAPITRE 2

Allée des Mouettes

Bûchette venait de faire son entrée dans la maison. Yvonne Demestre avait fini par céder aux prières de sa fille, et la petite chatte, âgée tout juste de deux mois, avait commencé d'explorer son nouveau territoire. Toute ronde, vive et joueuse, elle bondissait et disparaissait comme un éclair sous les meubles. Son pelage rayé fauve et noir qui lui avait valu son nom (outre ses origines « bois et charbon ») la rendait quasiment invisible quand elle se terrait sous l'escalier de la salle à manger ou dans une encoignure entre le mur et le buffet. Alice s'était efforcée, au début, de ne pas s'attribuer l'exclusivité du jeune animal et considérait qu'il appartenait à toute la famille. Pour rien au monde elle n'aurait voulu attirer l'attention malveillante d'Irène sur lui, du seul fait qu'il aurait été le sien. Mais bien qu'Yvonne partageât avec sa fille l'amour des bêtes et prît soin de Bûchette aux heures des repas, la petite chatte avait vite compris que sa compagne de toutes les heures était Alice. Elle ne la quittait plus et venait se blottir sur ses genoux de préférence à tous les autres.

Tendre et espiègle, elle avait aussi entrepris la conquête de Mazda, et la chienne supportait stoïquement ses assauts brusques et maladroits, la laissant carder longuement ses flancs de chienne stérile, avant de la gratifier d'un coup de patte sur le museau. Elle était irrésistible. Ses pitreries déclenchaient la bonne humeur familiale et quand, pour des raisons obscures, connues seules des jeunes chatons, elle se dressait sur ses pattes, le dos arqué, le poil gonflé, la queue hérissée en rince-bouteille et exécutait une pavane endiablée devant le miroir de la salle à manger, Alice riait aux larmes, Yvonne déclarait qu'elle imitait à la perfection « la danse du crabe sur sable mouillé » et Irène, elle-même, condescendant à sourire, considérait qu'affublée d'un tutu, elle aurait eu sa place dans le ballet de *Casse-Noisette*. Nul n'aurait pu prévoir, alors, quelle triste fin le sort allait lui réserver.

On était en juillet, les établissements scolaires venaient de fermer leurs portes et chacun s'apprêtait à plonger dans la longue torpeur estivale. Les Demestre, cette année-là, avaient décidé de passer une partie de l'été au Pouliguen, dans la villa que les locataires venaient de libérer. Henri Demestre ayant fermé son cabinet pour trois semaines, toute la famille, Eugénie comprise, prit place dans la vieille traction avant, Mazda à leurs pieds et Bûchette dans son panier d'osier.

L'installation à La Korrigane se fit en douceur. Chacun trouva rapidement ses marques. Les quatre chambres, dénommées respectivement « rose », « rouge », « verte » et « à fleurs », en fonction de la tapisserie, furent attribuées aux parents et à chacun des trois enfants. Eugénie occupait à l'étage une ancienne chambre transformée en cuisine avec un coin-lit. La cuisine du rez-de-chaussée donnait sur la terrasse par une porte vitrée qui laissait entrer la lumière à flot. Le jardin, bordé d'un mur bas en granit festonné de genêts d'Espagne, entourait la maison d'une étroite ceinture végétale. Côté sud, à l'arrière, portes et fenêtres s'ouvraient sur une grande pelouse plantée de deux peupliers. Dans le voisinage, c'étaient les mêmes villas familiales, paisibles et fleuries qui se succédaient jusqu'aux marais salants, au bout de l'allée des Mouettes.

Ce furent des semaines heureuses. Quel que fût le niveau de la marée, Yvonne entraînait toute la famille à la plage, parasols et chaises pliantes sous le bras. Henri suivait parfois, mais la voiture restait remisée au garage, et ils parcouraient à pied les deux kilomètres qui les séparaient de la mer. À marée haute, seul Henri se dérobait au rituel de la baignade. Assis à même le sable, un chapeau de paille sur la tête, il fumait son éternelle cigarette en observant, les yeux plissés sous la lumière trop vive, les prouesses aquatiques de sa maisonnée. Yvonne, Louis et Alice étaient les plus hardis. Irène se baignait pour se rafraîchir, mais refusait de nager, prétextant qu'elle avait peur de l'eau. Pour les jeux de plage, les jeux de ballon en particulier, elle manifestait la même réticence. Quand Louis et Alice se lançaient dans une partie de volley-ball, et qu'à force d'insistance, elle acceptait de se joindre à eux, c'étaient toujours les mêmes échanges un peu querelleurs autour du ballon.

« Mais saute, bon sang ! criait Louis, tu réagis trop tard ! Il faut que tu te bouges un peu plus !

– Je fais ce que je peux, hein, c'est toi qui lances mal le ballon ! répliquait Irène, vexée.

– Regarde Alice, elle bondit dessus, fais comme elle ! »

L'allusion à sa jeune sœur douée pour le sport était l'ultime argument de Louis. Soit, piquée au vif, Irène s'exécutait tant bien que mal et tentait d'imprimer à son jeu plus d'élan, soit, dépitée, elle abandonnait aussitôt la partie, en cherchant à reprendre l'avantage :

« Cette agitation est ridicule. Je trouve ce jeu vulgaire. Et je n'ai pas besoin, moi, d'entretenir mon souffle ! »

À l'évidence, tous ses mouvements trahissaient une certaine maladresse. Pour l'œil exercé de ses parents, sa démarche même, non dénuée d'une certaine arrogance, avait quelque chose de gauche, comme si sa manière « désaxée » d'être au monde s'incarnait dans son corps épanoui de jeune fille.

Certains jours, Henri acceptait d'emmener tout le monde en excursion autour de la presqu'île guérandaise. La plage de la Govelle, sur la côte sauvage, Le Croisic, ou bien encore Piriac et la pointe du Castelli constituaient leurs promenades favorites. Parvenus à destination, ils s'égayaient au milieu des rochers, à la recherche du point de vue le plus remarquable, et invariablement, au bout de quelques minutes, Henri les quittait en disant qu'il viendrait les rechercher plus tard. Yvonne faisait bonne figure pour dissimuler sa contrariété. Elle devinait sans peine où son époux irait trouver refuge. Peut-être dans l'un de ces bars ouverts tout l'été sur la côte pour accueillir les estivants. Plus vraisemblablement, dans les estaminets du port où pêcheurs et marins, au coude à coude sur le comptoir de zinc, la casquette rejetée sur la nuque, avalaient d'un trait leurs ballons de blanc ou leurs rasades de rhum, couvrant de leurs rires d'ogre le tumulte des voix.

Lui, assis au fond de la salle, attablé seul devant un verre que le patron viendrait plus d'une fois remplir, glissait peu à peu dans une léthargie heureuse, oubliant pour quelques heures sa douleur de père, sa frustration de n'avoir pu offrir à son épouse la vie qu'elle espérait, les soucis financiers qui le taraudaient. Refoulant peut-être aussi – comment savoir ? – des douleurs plus anciennes, connues de lui seul, nées de son enfance orpheline quand, petit garçon solitaire, il tentait de ressusciter, dans la froideur nocturne d'un lit de pensionnat, les traits adorés d'une mère trop tôt disparue. Et puis, sûrement, lui revenaient encore, comme des fantômes pétrifiés, les terribles souvenirs de la Grande Guerre où, jeune médecin dans l'armée d'Orient, il avait accompagné, les soirs de bataille, l'agonie des corps mutilés.

Lorsqu'en fin d'après-midi, il venait rechercher Yvonne et les enfants qui l'avaient attendu, parfois transis de froid à cause du vent qui s'était levé, sa physionomie respirait un tel apaisement qu'Yvonne ravalait à l'instant même les vifs reproches qu'elle s'apprêtait à lui faire.

« Sissi, ma chérie, réveille-toi, il est l'heure ! »

Encore embrumée de nuit, Alice se leva dans le noir, à tâtons, enfila ses sandales et se dirigea vers la cuisine où Yvonne avait préparé elle-même un café au lait et des tartines grillées. À six heures du matin, il faisait presque jour, mais la maisonnée dormait encore.

« Louis ne vient pas, maman ?

– J'ai bien essayé de le réveiller, je l'ai même secoué plusieurs fois, mais il s'est mis en colère et m'a dit de le laisser dormir !

– Alors, on n'est que toutes les deux ? C'est fantastique ! »

Yvonne sourit et regarda le petit visage encore chiffonné de sommeil. Celle-là était bien de son sang ! Toujours partante, enthousiaste, généreuse et tellement proche d'elle qu'elle en était parfois effrayée. En même temps, elle sentait obscurément qu'elle tentait de donner à sa petite dernière des compensations affectives pour tous les chagrins infligés par une fratrie incontrôlable.

Ce matin-là, jour de grande marée, la mer s'était retirée très loin et, la veille, Yvonne avait projeté une belle partie de pêche à la pointe de Penchâteau. Les seaux, les filets, les crochets, tout avait été prévu pour rapporter crevettes, coques et crabes, à la fin de la matinée. Elles quittèrent la maison sans faire de bruit et marchèrent en silence sur la route qui menait au petit bois, juste derrière la plage. Quand elles arrivèrent à l'orée du bois, elles furent frappées par la quiétude inhabituelle du lieu, d'ordinaire envahi par les cris d'enfants. À cette heure-là, les oiseaux commençaient tout juste à s'éveiller, l'humidité de la nuit imprégnait encore les frondaisons et une odeur douceâtre de mousse et de champignon flottait dans l'atmosphère.

« Maman, regardez… Comme c'est beau ! »

Elles venaient de déboucher sur la plage. Devant elles, la baie de la Baule déroulait son immense arc blond ; les grandes étendues sablonneuses à découvert, encore imbibées d'eau, renvoyaient vers le ciel bleuissant leurs reflets de perle. À droite, l'horizon encore mauve s'éclairait déjà d'une faible lueur dorée. Quand elles atteignirent les grands rochers, les premiers rayons du soleil éclairaient les frontons et les corniches de bois sculpté des somptueuses villas perchées sur les hauteurs. Chaussées de sandales en plastique, elles marchaient sur l'épais tapis de goémon qui exhalait une forte odeur iodée. Sans hésiter, Alice se dirigea vers les flaques d'eau laissées par la marée dans les anfractuosités de la roche : elle était sûre d'y trouver des crevettes. Son épuisette fut bientôt pleine et elle remplit un seau entier.

« Sissi, viens par là, j'ai trouvé de très beaux crabes ! »

Yvonne, crochet en main, se penchait vers une faille du rocher où s'étaient réfugiées deux étrilles. Non sans mal, elle réussit à en dégager une : pinces en l'air, les antennes dressées, le crustacé tentait une ultime défense. Elle le saisit prestement par le corps et le jeta dans sa besace. Alice préféra s'intéresser aux coques enfouies dans le sable gorgé d'eau. Elle n'aimait pas trop pêcher les crabes ; le jeu était parfois cruel : un coup de crochet maladroit et on arrachait une pince, on crevait la carapace. Ce n'étaient que des crabes, bien sûr, mais tout de même !

La matinée passa très vite. Les prises avaient été belles ! Avant de rentrer, elles firent une pause. Yvonne détacha une gourde de sa ceinture, la tendit à Alice. Les quelques heures passées sous le soleil avaient bruni sa peau mate. Yvonne observait sa fille : les yeux brillants, le visage hâlé, elle tentait d'écarter les mèches brunes qu'un vent taquin rabattait sur ses joues. Elle respirait la santé. Yvonne en était convaincue : oui, finalement, ce retour à la mer était une bénédiction, le bon air d'ici ferait du bien à cette enfant fragile...

Dès qu'elles furent rentrées à la villa, elles comprirent, au premier coup d'œil, qu'il y avait avis de tempête. Eugénie les accueillit avec son visage des mauvais jours. Il n'y avait personne autour de la table dressée dans la salle à manger pour le déjeuner de midi.

« Où sont-ils tous ? Eugénie, que se passe-t-il ?

– Oh, madame ! C'est m'sieur Louis.... Quand il s'est réveillé, vous étiez parties... Alors, il a fait une colère terrible !

– Où est-il ? Où est mon mari ? Et Irène ?

– M'sieur Louis, ma'moiselle Irène sont dans leur chambre. M'sieur le docteur, il a pris son chapeau, il est sorti. »

Yvonne avait le cœur serré. Elle entrevoyait tout ce qui s'était passé. Henri, depuis longtemps, ne supportait plus les scènes de son fils.

« Il a pris sa voiture ? »

La voix d'Yvonne trahissait son anxiété.

« Non madame, il est parti à pied. Il a juste dit qu'il allait faire un tour. »

Elles n'avaient pas eu le temps de se changer. Les seaux, remplis du produit de leur pêche s'alignaient sur la terrasse, en plein soleil. À côté, interdite, Alice restait debout, l'épuisette serrée contre elle. Yvonne se dirigea d'un pas vif vers l'escalier, elle leva la tête et d'une voix tendue ordonna à son fils de descendre. Quelques instants plus tard, Louis rejoignait sa mère sur la terrasse ; marchant vers elle avec une lenteur calculée, il évitait de la regarder.

« Tu peux m'expliquer, Louis, ce qui s'est passé ? »

La voix sèche de sa mère le fit tressaillir. Il regarda les seaux, sa sœur debout, encore tout ensoleillée de vent et de mer, puis reporta sur Yvonne ses yeux emplis d'une fureur muette.

« Louis, je t'ai posé une question ! »

Elle fixait sur lui un regard glacial.

Il savait qu'il n'arriverait pas à se contrôler, c'était plus fort que lui. Déjà, ce matin, son père... Il n'y était pour rien, lui, et pourtant...

« Pourquoi vous ne m'avez pas attendu ce matin ? Vous saviez que je voulais venir, hein ? Pourquoi ?

– Mais c'est toi qui m'as dit de te laisser dormir !

– Ce n'est pas vrai, je n'ai jamais pu dire ça ! Et puis, vous n'aviez qu'à insister, j'étais mal réveillé, c'est tout !

– Louis, c'est chaque fois la même histoire ! Tu veux, tu ne veux plus, ce n'est pas toujours facile de te suivre !

– Je voulais y aller à cette pêche, vous le saviez ! Vous avez fait exprès ! Dites-le que vous avez fait exprès !

– Je t'interdis de me parler de cette façon ! Je t'ai laissé dormir comme tu me l'as demandé !

– Pourquoi vous n'avez pas attendu mon réveil alors ? Pourquoi vous êtes parties si tôt ?

– Mais parce que la marée et la pêche n'attendent pas que Louis Demestre se réveille ! Tu savais que nous partirions très tôt. Tu étais d'accord, hier au soir ! »

Louis ricana. Sa voix était mauvaise.

« Ce que je sais, surtout, c'est qu'il n'y en a que pour la petite Sissi... ça crève les yeux ! Irène et moi... »

Yvonne l'interrompit sèchement :

« Cesse tes insinuations, Louis, elles sont lassantes. Irène ne s'intéresse pas à la pêche, et toi, si vraiment cela t'avait intéressé, rien ne t'empêchait de venir nous rejoindre. Penchâteau, ce n'est pas le bout du monde ! »

Louis frémit de colère, sa voix monta d'un cran.

« Je ne m'intéresse pas à la pêche, c'est bien ça ? Je sais ce que vous pensez au fond ! Je ne m'intéresse à rien ! À rien de ce qui vous intéresse, vous, VOUS ! »

Il hurlait à présent, le cou tendu, le visage convulsé. Eugénie était sortie sur la terrasse, instinctivement, pour parer à toute éventualité. Mais Yvonne n'eut pas le temps de répliquer. D'une poussée violente, il projeta sa sœur contre la porte du cagibi, fracassa l'épuisette sur les marches et à coups de pieds hargneux renversa les seaux qui répandirent leur contenu en larges flaques dégoulinantes. Yvonne et Eugénie se précipitèrent sur lui pour tenter de le calmer, mais il se déroba brutalement et s'enfuit par la barrière, au fond du jardin. Alice s'était laissé glisser sur le sol ; recroquevillée contre la petite porte en bois, elle sanglotait, la tête au creux de ses bras.

« Mon Dieu, qu'avons-nous fait au ciel ? Jusque dans cette maison… »

Yvonne, éperdue, posait la main sur sa poitrine, comme pour apaiser les battements de son cœur. Elle releva Alice avec douceur, lui passa un bras autour des épaules.

« Eugénie, vous voulez bien tenter de ramasser ce qui peut être sauvé ? J'appelle Irène, il faut tout de même que nous mangions quelque chose. »

Elles rentrèrent dans la maison. Le docteur Demestre revint dans l'après-midi et Louis réapparut à l'heure du dîner, contrit, visiblement malheureux. Aucune allusion ne fut faite aux incidents du matin. Mais dans la soirée, pour la première fois, Henri proposa à Yvonne une promenade dans les marais salants, au bout du chemin, derrière la maison. Ils s'éloignèrent tous les deux, Yvonne, tête nue, tenant le bras de son époux. Difficile de savoir ce qu'ils se dirent, il n'y avait pas de vent pour rapporter leurs paroles. Mais une chose est sûre, ce soir-là, ils restèrent longtemps à contempler le soleil couchant sur les marais. Dans le jour déclinant, la même féerie se répétait et se répète encore : un long frémissement courut à la surface des eaux, sur les chemins limoneux et dans les herbes folles, à mesure que s'allongeait la lumière rasante du crépuscule ; puis les vasières, les fards et les œillets s'embrasèrent tour à tour. Une dernière fois avant la nuit, le ciel étreignait la terre.

*
* *

« Madame, s'il vous plaît, je voudrais vous parler. »

Eugénie était toute rouge. Elle tenait dans ses mains deux feuillets couverts d'une grosse écriture penchée. Intriguée, Yvonne la regarda droit dans les yeux. Eugénie battit des paupières, soupira, avant de se lancer :

« J'ai reçu une lettre du père. Il se fait vieux, il est malade. Il veut que je retourne au pays.

– Ma bonne Eugénie, vous voulez prendre un congé pour cela ? Je vous l'accorde volontiers.

– Non madame, il s'agit pas de congé… Le père veut que je vienne vivre auprès de lui. Il y a les bêtes, vous comprenez… Lui, il peut plus, maintenant.

– Mais… comment allez-vous faire toute seule ? C'est lourd une ferme pour une femme, et en plus, votre père malade ?

– Le père… il m'a trouvé un promis. Je le connais bien, le Julien. Il est d'accord pour m'épouser. Il reprend la ferme avec moi. »

Il y eut un long silence. Yvonne mesurait les conséquences qu'allait entraîner le départ d'Eugénie. Elle dit avec douceur :

« Alors… vous nous quittez ? »

Elle hésitait, cherchant ses mots, elle ajouta :

« Je suis heureuse pour vous, Eugénie, vous allez fonder une famille. Vous êtes courageuse, le travail ne vous fait pas peur. Je suis sûre que vous serez bien là-bas.

– Oh, madame, j'ai du regret de vous quitter. Vrai… je vous mets bien dans l'ennui, je sais.

– Laissez-moi seulement le temps de me retourner. Il faut que je trouve quelqu'un pour vous remplacer.

– Si madame permet, je connais une personne… Elle est bien honnête. Je sais qu'elle cherche une place. »

C'était une cousine d'Eugénie. La cinquantaine, un peu bourrue, elle avait de bonnes références. Yvonne, fataliste, convaincue qu'Eugénie était de toute façon irremplaçable, embaucha donc Émilienne qui posa ses valises dans la maison, une semaine avant son départ avec Alice pour la Bourboule. La fin août approchait. Henri avait repris ses consultations, Irène traînait son ennui en l'absence de ses amies encore en vacances. Quant à Louis, il gratifia sa mère d'une autre colère, après qu'elle lui eut opposé un refus ferme à sa demande de finir le mois chez un ami. Yvonne avait prévu qu'il consacrerait les quinze derniers jours de vacances à réviser ses maths et elle s'y tint. Henri s'était engagé à superviser le travail de son fils.

Le séjour à la Bourboule procura, à tous égards, une vraie bouffée d'oxygène à la mère comme à la fille. Alice, très affectée par le départ d'Eugénie, trouva là une occasion de se distraire. Elles sympathisèrent avec des familles de curistes et partagèrent avec elles leurs moments de loisirs : promenades en montagne, tennis et parties de cartes. Yvonne prenait des nouvelles chaque soir et Henri lui répondait invariablement que tout allait bien.

L'avant-veille de leur départ, pourtant, Henri signala à Yvonne la disparition de Bûchette. Il ne s'en inquiétait pas outre mesure, persuadé qu'à un moment ou à un autre, elle réapparaîtrait. Yvonne évita, malgré tout, de communiquer l'information à Alice.

De retour à Nantes, les valises à peine défaites, Yvonne sortit faire des courses. Alice s'étonna de l'absence de la petite chatte. Elle restait invisible. Elle s'enquit auprès d'Émilienne en lui demandant depuis quand elle ne l'avait pas vue. Quand elle apprit que le bol de lait et l'assiette de nourriture étaient restés intacts depuis trois jours, l'inquiétude la gagna. Elle en voulut à Émilienne. Pourquoi ne l'avait-elle pas cherchée ? Mais Émilienne n'était pas femme à s'émouvoir. Elle répondit, en haussant les épaules, que les bêtes vivaient leur vie, un point c'est tout. Louis, interrogé à son tour, confirma qu'en effet Bûchette avait disparu depuis quelques jours, et Irène affirma ne s'être jamais souciée de savoir si elle était là ou pas. Folle d'angoisse, Alice se précipita dans le jardin en appelant Bûchette. Elle parcourut la terrasse en tous sens, descendit le chemin jusqu'au fond du jardin, pénétrant dans les buissons, soulevant les branches d'arbre mort, scrutant la moindre cavité dans le vieux mur, en vain. Les mains en porte-voix, elle appelait sans relâche, d'un timbre de plus en plus aigu à mesure que le silence retombait. Tremblante, au bord des larmes, elle remonta lentement en direction de la maison. Maintenant, elle en était sûre : il était arrivé quelque chose à Bûchette.

Une exploration minutieuse des recoins de la maison ne donna rien non plus. Accablée, prostrée dans un fauteuil, Alice attendit le retour de sa mère, comme si Yvonne avait eu le pouvoir de changer le cours des choses. À son retour, informée que Bûchette n'avait pas été retrouvée, Yvonne décida de procéder à une ultime recherche, avant de contacter les voisins qui auraient pu éventuellement la recueillir. Cette fois, Louis proposa ses services, et tous trois entreprirent de fouiller les endroits qu'Alice avait pu négliger. Ce fut Louis, le premier, qui retrouva le corps du chaton. Il flottait, à demi immergé à la surface du vieux bassin, gonflé déjà, et recouvert de lentilles d'eau ; devant Alice et Yvonne, accourues aussitôt, il souleva la petite bête avec d'infinies précautions. Bûchette avait trois mois et demi et tenait à peine dans le creux de ses deux mains. La nuque avait été brisée, et les yeux éteints, recouverts d'un voile opaque, semblaient fixer le ciel avec insistance, comme pour lui demander raison de l'offense subie.

Le désespoir d'Alice fut immense. Elle s'attribuait la responsabilité de la mort de Bûchette. Mais il y avait bien un coupable. Les soupçons se portèrent sur Irène qui n'avait pas manqué d'exprimer à maintes reprises – et parfois sous des formes cruelles – sa jalousie à l'égard de sa jeune sœur. Elle protesta de son innocence avec la dernière énergie, exprima son indignation qu'on eût osé seulement la soupçonner, et s'enferma dans sa chambre. Louis ? Certes, il était violent, coléreux, furieux contre sa mère au moment de son départ, mais de là à tuer un jeune animal innocent, c'était impensable. Sa sensibilité parlait pour lui. Faute de preuves, le crime resta donc impuni malgré la colère, le chagrin, les convictions profondes de chacun. Pour Alice, au fond de son cœur, le doute n'existait pas. Beaucoup plus tard, revenant sur ce tragique incident, elle répéterait qu'elle se sentait encore coupable, que c'était elle et elle seule qui était responsable de la mort de Bûchette, car elle l'avait introduite dans la maison du diable. On enterra donc la petite chatte dans le fond du jardin. Yvonne planta un jeune rosier sur sa tombe en disant à Alice qu'elle vivrait désormais à travers les boutons de rose et que, dans leur parfum, il y aurait sûrement quelque chose d'unique où s'exprimerait l'âme de Bûchette.

Mais Alice était inconsolable. Elle restait des heures entières dans le jardin, près de la petite tombe. Elle refusait de sortir, d'accompagner sa mère dans les magasins. Yvonne finit par s'inquiéter. Alors, un soir de ce début septembre où l'air était particulièrement doux, elle ouvrit les portes de l'imposante armoire qui trônait dans la salle à manger, en sortit un long étui en cuir fauve. Avec précaution, elle en extrait un violon et un archet qu'elle déposa sur le buffet. Elle fouilla à nouveau dans l'armoire et en retira une partition qu'elle plaça sur un petit chevalet. Elle mit de longues minutes à accorder l'instrument qui n'avait pas servi depuis des années : Yvonne avait beau manifester de réels talents, Henri, totalement hermétique à la musique, ne supportait pas « les gémissements » du violon et quittait la pièce dès qu'elle commençait à jouer… Elle avait bien tenté de résister, les premiers temps, mais de guerre lasse, faute d'un auditoire bienveillant, elle avait fini par abandonner.

Elle se trouvait seule dans la pièce à cet instant : Henri avait regagné son bureau aussitôt le dîner fini, et les enfants étaient remontés dans leur chambre. Elle feuilleta la partition, les sourcils froncés, suivant du doigt les portées, au fil des pages. Elle avait choisi le *trio n° 1 en ré mineur opus 49* de Mendelssohn. Elle attaqua avec le mouvement, léger au début, du *molto allegro*. Encore incertaine, sa main qui tenait l'archet retrouvait peu à peu toutes les inflexions du poignet. Elle sentait contre son épaule les vibrations du coffre qui battait comme un cœur sous la pression des cordes, elle en reconnaissait le timbre soyeux, comme une voix amie. Yvonne ferma les yeux. Sous ses doigts, la musique jaillissait, en vagues successives, impétueuses, avec de brusques modulations. Elle emplissait la pièce, s'élançait au-delà des fenêtres. À l'étage, on entendit des portes s'ouvrir. Louis d'abord, puis Alice, intrigués, stupéfaits, découvrirent en descendant l'escalier leur mère debout, les yeux mi-clos, retirée au plus profond d'elle-même, avec sur le visage une expression qu'ils ne lui connaissaient pas.

Louis se jeta dans un fauteuil près de la fenêtre, attentif, incrédule. Alice prit une chaise face à sa mère et, les coudes sur la table, le menton dans les mains, tentait de déchiffrer l'énigme. Yvonne ouvrit les yeux et les vit tous les deux. Elle venait de terminer le premier mouvement et entamait l'*andante.* Le violon murmura d'abord, en sourdine, puis les sons mélodieux s'élevèrent en longues notes plaintives. Bientôt, des inflexions déchirantes vinrent exploser en gerbes sonores, brèves et fulgurantes, éteintes et aussitôt reprises : elles parlaient de regret, de douleur et de deuil. Alice, les joues inondées de larmes, suivait, hypnotisée, l'envol virtuose de la main sur l'archet.

« Pleure, ma chérie, pleure, qu'il ne te reste plus une seule larme à verser », disaient les yeux d'Yvonne.

Elle ne lâchait plus ceux de sa fille. Il fallait que ce trop-plein de souffrance sortît enfin, là, maintenant. Il fallait conjurer le mal, et la folie, et l'impossible destin.

Soudain, une ombre se profila en haut de l'escalier. Irène, debout face à la balustrade, contemplait la scène. Elle resta un long moment immobile à les observer, puis elle s'assit sur les premières marches, les bras croisés, la tête inclinée sur ses genoux. Elle pleurait.

CHAPITRE 3

Place Royale

Le salon des Demestre, éclairé par deux fenêtres donnant sur la rue, était vaste, mais si encombré de meubles qu'il paraissait plus petit. Au centre, un canapé et quatre bergères Louis XVI recouverts de soie beige et or, avec un délicat semis de fleurs, accueillaient chaque semaine des invités pour les traditionnels thés de l'après-midi. Autour de la pièce, trois fauteuils Directoire, un secrétaire Louis XV en marqueterie, un chiffonnier en acajou, une vitrine hollandaise XVIIIe et une méridienne à col de cygne laissaient peu de place aux tableaux et gravures anciennes qui couvraient les murs jusqu'au plafond. Un héritage tardif du côté Demestre était venu providentiellement enrichir le mobilier familial, et il avait fallu tricher pour aménager cette pièce plutôt terne qui manquait du volume nécessaire pour lui servir d'écrin.

Ce jour-là, Yvonne recevait une lointaine cousine, Germaine Perrin, avec laquelle elle voulait s'entretenir d'un projet qui lui tenait particulièrement à cœur. Il concernait Irène. Celle-ci avait à présent vingt-deux ans, et ces dernières années, son caractère avait semblé plus stable, plus apaisé. Elle avait été invitée à plusieurs reprises à des soirées dansantes où elle s'était distinguée par quelques saillies piquantes qui avaient amusé ; son incroyable aplomb ayant fait le reste, elle avait laissé une assez forte impression et on la réclamait, à l'occasion, pour son entrain et ses réparties. Tout cela redonnait à sa mère de bonnes raisons d'espérer qu'avec la maturité, son comportement se normaliserait.

Le thé aussitôt servi, elle entra dans le vif du sujet :

« Ma chère cousine, je serai sans détour. J'ai besoin de votre aide. J'ai su par tante Marthe comment vous étiez intervenue avec tact et discrétion pour faciliter la rencontre et l'union de ma petite cousine Geneviève avec ce jeune René... Je suis sûre que vous avez fait des heureux.

– Vous exagérez mon mérite, Yvonne, je n'ai fait que mettre en relation deux solitudes. Et cette petite Geneviève souffrait tellement de son célibat… ! Sa timidité était un lourd handicap pour elle. Avec toute cette jeunesse que mes fils ramènent à la maison, j'ai trouvé une occasion… voilà tout !

– C'est bien de ça dont il s'agit, ma cousine. Je voudrais vous parler d'Irène…

– Irène ? Vous voulez la marier ? Quel âge a-t-elle donc ? Vingt-deux ans, déjà ? Mon Dieu, oui, c'est le bel âge pour ce genre de projet… Mais en quoi puis-je vous être utile ? Irène a du répondant, je crois ?

– Oui… Ce n'est pas le caractère qui lui manque ! Mais, justement, elle effraie un peu… Trop fantasque, excessive… Elle manque un peu d'équilibre, mais je suis persuadée que le mariage la pondérerait. Dans ce milieu nantais où tout le monde se connaît, vous savez ce que c'est, elle passe plutôt pour une originale… pas le genre "jeune fille à marier". Elle est tout sauf conventionnelle, hélas !

– Hmm… Je vois… Et elle-même, qu'en pense-t-elle ? »

Yvonne baissa la voix, comme si elle craignait d'être entendue :

« Ma chère, elle n'est au courant de rien ! Elle se trouve très bien à la maison et ne pense pas le moins du monde à son avenir. C'est pourquoi j'ai décidé de prendre les choses en mains. »

Germaine Perrin eut une moue dubitative.

« Il serait peut-être sage de la sonder sur ce projet avant d'entreprendre quelque chose.

– C'est tout à fait mon avis, et j'ai l'intention de lui parler, mais je voulais d'abord avoir votre sentiment là-dessus.

– Ma chère Yvonne, je comprends votre souci de mère, et à votre place, j'agirais de la même manière. Maintenant, trouver le bon candidat, c'est une autre histoire… À ce propos, le garçon, vous le voyez comment ?

– Il faudrait qu'il soit d'un bon milieu, enfin… je n'ai pas la prétention… en tout cas d'une famille éduquée. Qu'il puisse lui assurer un train de vie décent… Oh, rien d'extravagant, nous-mêmes vivons simplement, et les jeunes ménages aujourd'hui n'ont pas la vie facile. »

Après un court silence, Germaine Perrin s'enquit :

« Vous avez l'intention de la doter ?

– J'y ai déjà réfléchi, oui. Au moins quelque chose qui puisse aider un jeune couple à s'installer.

– Eh bien, ma bonne, voilà un projet ! s'exclama Germaine Perrin. Je vais me mettre tout de suite en campagne, vous pouvez compter sur moi, ajouta-t-elle en tapotant familièrement le bras d'Yvonne. Mais faites-moi une faveur, avant que je parte, Irène est-elle là aujourd'hui ? Je ne l'ai pas vue depuis si longtemps !

– Mais naturellement ! Je comptais lui demander de venir vous saluer. Vous verrez, elle a beaucoup changé depuis la dernière fois que vous l'avez vue. »

Elle sonna la domestique et la pria de prévenir Irène. Quelques instants plus tard, celle-ci venait les rejoindre au salon. Après avoir embrassé sa tante, elle s'assit en face d'elle, souriante, croisa les jambes, posa un bras sur l'accoudoir, appuyant nonchalamment son menton sur sa main.

Germaine Perrin était agréablement surprise. Elle se rappelait une adolescente fermée, silencieuse, aux traits crispés. Elle avait devant elle une jeune fille racée dont le visage régulier, à la carnation parfaite, dénotait une intelligence vive. Les yeux moqueurs, la bouche très mince étirée dans un demi-sourire mettaient pourtant une distance imperceptible entre elle et son interlocuteur. On devinait sans peine que son ironie pouvait être redoutable. Pour le moment, Irène se montrait affable, courtoise, drôle, et consentit même à raccompagner Germaine Perrin jusqu'à la porte.

« Ma chère petite, quel plaisir de vous avoir revue ! Profitez bien de votre jeunesse, amusez-vous, c'est de votre âge !

– Merci, tante Germaine, répliqua Irène, j'essaierai de suivre vos sages conseils ! C'est d'autant plus excitant qu'on ne sait pas, au fond, ce qui nous attend, non ? À en croire les journaux, il paraîtrait qu'on danse sur un volcan ! »

Et elle éclata d'un rire léger.

Pourquoi diable Yvonne a-t-elle besoin de mes bons offices ? pensait Germaine Perrin, en marchant dans la rue. *Cette enfant est charmante, elle aurait déjà dû trouver chaussure à son pied ! Enfin… ça ne devrait pas être trop difficile.*

« Yvonne, je trouve ton projet totalement insensé ! »

La voix d'Henri Demestre était irritée. Ils se tenaient le soir même dans leur chambre, éclairée par deux lampes de chevet qui répandaient une lumière douce sur les murs. Yvonne, devant sa coiffeuse, défaisait lentement son chignon, tandis qu'Henri, allongé sur le lit, un oreiller calé derrière la tête, feuilletait distraitement le journal.

« As-tu seulement pensé au garçon qui l'épousera ? Notre fille est malade… folle, enfin ! Elle peut donner longtemps le change, elle est intelligente et manipulatrice, tu le sais comme moi ! Mais sa vraie nature reprend toujours le dessus, et on court au désastre ! Tu aurais dû m'en parler avant de prendre une telle initiative !

– Ah, mon Dieu, Henri, je ne m'attendais pas à ce que tu me soutiennes ! s'exclama Yvonne avec lassitude. Tu es toujours aussi pessimiste. Mais enfin, réfléchis ! Que va-t-elle devenir ? Nous n'allons pas la garder éternellement à la maison ? Elle est incapable d'occuper un emploi stable, et quel emploi d'ailleurs ? Elle ne sait rien faire et n'a pas envie d'apprendre ! Et puis, tu l'as noté comme moi, son comportement s'est amélioré sensiblement depuis qu'elle arrive à l'âge adulte. Pourquoi ne pas penser que le mariage lui ferait du bien ? Un mari qui l'aime et prendra soin d'elle, tu ne crois pas que c'est une bonne chose ? Enfin, la maternité…

– Assez ! J'en ai assez entendu ! Foutaises… Veux-tu que je te dise ? Tu veux te débarrasser de ta fille ! Voilà ce que je pense ! Toi et ton satané optimisme… Crénom d'un chien ! »

Quand Henri jurait, c'est qu'il était à bout d'arguments.

« Oh, tu n'as pas le droit de me parler ainsi ! »

Yvonne avait pivoté sur son siège et le regardait, les yeux embués de larmes.

Ses lèvres tremblaient.

« C'est moi, moi seule qui me suis toujours occupée d'elle au quotidien ! Toi, tu n'es jamais là ! Tu fuis les scènes qu'elle fait, sa violence parfois, sa méchanceté. Cela t'est bien facile de me donner des leçons ! Et qu'as-tu de mieux à proposer ? Crois-tu vraiment que c'est elle qui prendra soin de notre vieillesse, hein ? Réponds ! Mais réponds donc !

– Je ne sais pas… »

Il poussa un profond soupir.

« On pourrait l'installer dans un petit appartement et lui verser une rente…

– Mais avec quel argent ? Mon pauvre ami, tu n'as aucune notion de ces choses-là ! Même en vendant tous nos biens, cela ne suffirait pas ! Je suis disposée à me séparer de la maison de Tours. Il faudrait y faire des travaux, et elle me coûte cher. En plus, les locataires ne payent pas leur loyer ! Au moins, cela pourra servir pour la dot d'Irène… Non, non, je crois décidément que le mariage est la meilleure des solutions. Tu y viendras toi aussi, tu verras ! »

Yvonne ponctua la dernière phrase d'un coup sec de la main sur le marbre de la coiffeuse. Elle se leva. Pour elle, la discussion était close. Henri d'ailleurs n'insista pas. Il se retourna en grognant vers le mur, éteignit la lampe. Elle avait eu le dernier mot, comme toujours. Il le lui laissait bien volontiers, conscient qu'elle assumait plus que sa charge des tracas domestiques et des soucis familiaux.

*

* *

« Alors, Louis, comment me trouves-tu ? »

Alice rayonnait. Elle venait de descendre l'escalier avec lenteur, retroussant des deux mains sa robe de bal pour éviter de marcher dessus. D'un geste espiègle, elle sauta la dernière marche et vint se planter devant le grand miroir de la salle à manger. Il lui renvoyait l'image flatteuse d'une ravissante jeune fille de dix-huit ans à l'opulente chevelure brune savamment frisée au fer, mince et élancée dans une robe de soie turquoise qui rehaussait la matité de son teint.

« Eh bien, petite sœur, quelle classe ! Alors, ce soir, c'est le grand soir ? Bon, tu me fais honneur ! Vous m'acceptez comme cavalier, mademoiselle ? »

Louis, qui venait de commencer des études de droit à Paris, était revenu à Nantes pour l'occasion. Habillé d'un costume sombre, il triturait nerveusement son nœud papillon qui le gênait un peu.

« Laisse-moi faire, il est trop serré ! »

Alice repoussa ses deux mains et entreprit d'arranger le nœud.

« C'est mieux comme ça ? »

Louis rit :

« On dirait que tu as fait ça toute ta vie ! J'ai horreur de ces trucs-là. »

Alice revint vers le miroir, se regarda à nouveau, de profil, en effleurant le fin collier de perles qu'elle portait à son cou. C'était sa première sortie dans le monde, elle se sentait à la fois émue et joyeuse.

Yvonne Demestre pénétra à son tour dans la pièce et s'arrêta sur le seuil, fière et attendrie par le spectacle qu'offrait sa progéniture. Un instant, un instant seulement, elle eut le sentiment fugace d'une trêve heureuse dans l'incertitude des jours.

« Tout de même, s'exclama-t-elle en brandissant un appareil photo, je tiens à garder un souvenir de ce moment mémorable ! Rapprochez-vous tous les deux, oui, oui comme ça, c'est bien. »

Elle maintint l'appareil immobile, se pencha sur l'objectif, cadra soigneusement, appuya à trois reprises sur le déclencheur pour être sûre d'avoir au moins une bonne prise et s'enquit :

« Vous n'oubliez rien ? Alice, tu as pensé à ton sac et à ton étole ?

– Bien sûr, maman, et j'ai déjà mes gants ! »

Elle tendit ses bras gainés de longs gants blancs jusqu'au-dessus du coude.

On entendit une porte claquer en haut et Irène dévala l'escalier de sa démarche un peu raide. Elle vint aussitôt se placer devant le grand miroir, sans un regard pour sa sœur, tapota doucement ses cheveux châtains enserrés dans une fine résille, sortit un bâton d'un rouge brillant de sa poche et le passa soigneusement sur ses lèvres. Puis elle se tourna vers Alice, son regard glissa sur les frêles épaules, les bras trop minces, et elle dit avec un sourire exquis :

« Tu aurais dû demander à la couturière de cacher tes bras rachitiques, ma pauvre Alice. Enfin, heureusement, tu as des gants !

– Irène, tais-toi ! ordonna Yvonne Demestre, tu ne vas pas lui gâcher sa soirée ! Elle est très belle, ma petite fille, et je suis sûre qu'elle aura beaucoup de succès ! »

Et elle se pencha pour baiser tendrement la jolie tête brune qui s'était déjà baissée. Irène ricana, haussa les épaules et affecta de se plonger dans l'examen minutieux de ses ongles : laqués de rouge, soignés, ils mettaient en valeur ses très belles mains, longues et blanches. Au même moment, un coup de sonnette retentit dans le vestibule. Louis saisit aussitôt Alice par le coude.

« Allez, troïka ! Le traîneau nous attend ! En route, princesse ! »

Yvonne les accompagna jusqu'à la porte d'entrée, les laissa ouvrir et saluer l'arrivant, André, un ami de Louis qui les conduisait en voiture à la fête.

« Amusez-vous bien, mes enfants, leur dit-elle, Louis, je te confie ta sœur, ne rentrez quand même pas trop tard ! »

La réception avait lieu place Royale, dans le quartier Graslin. Des immeubles anciens formaient un quadrilatère harmonieux autour de cette place pavée au centre de laquelle s'élève une fontaine imposante : l'eau déversée par cinq statues de bronze, allégories de la Loire et de ses affluents, tombe en cascades chantantes dans une vasque circulaire. Au sommet, domine la haute silhouette féminine de la ville de Nantes. Cette place, habitée par une bourgeoisie fortunée, était aussi un haut lieu d'animation, avant-guerre. Face à la rue Crébillon, *le Grand Bon Marché* attirait toute l'année les familles nantaises et les gens de la région. Juste à côté, deux grands cafés, *Le Continental* et le *café d'Orléans* déroulaient leurs stores sur les trottoirs encombrés de tables et de chaises. Certes, ils n'avaient pas la réputation du *Molière*, et leur fréquentation était moins prisée, mais une clientèle d'habitués s'y pressait chaque jour.

La grille de l'ascenseur se referma avec un claquement sec. Depuis le vaste palier recouvert d'un tapis grenat, on entendait la musique et les rires qui fusaient à travers la porte à double battant. Ils sonnèrent. La porte s'ouvrit aussitôt et une jeune fille blonde, vêtue d'une longue robe de satin blanc, salua les arrivants avec force exclamations.

« Soyez les bienvenus ! Alice, tu es superbe, vraiment ! Alors, Louis, tu as pu quitter Paris un moment ? Bonjour André, entrez, entrez vite. »

C'est à peine si Alice reconnut son amie Solange dans ce rôle d'hôtesse mondaine. À l'intérieur, la musique couvrait le bourdonnement des conversations. La plupart des invités étaient déjà arrivés et un orchestre jouait sur une estrade, au fond du grand salon brillamment éclairé par trois lustres de cristal. Le long des fenêtres qui donnaient sur la place, des chaises et des fauteuils avaient été installés. Parmi les jeunes filles assises là, quelques femmes plus âgées, des mères, probablement, discutaient entre elles avec animation. Alice suivait son frère, curieuse du spectacle et un peu perdue. Perpendiculaire à la salle de bal, dans une grande pièce carrée, le buffet avait été dressé sur des tables à tréteaux, drapées de nappes damassées blanches. Trois serveurs en livrée assuraient le service. Ici et là, des jeunes gens, un verre à la main, conversaient entre eux tout en observant les autres groupes à la dérobée.

Très vite, Solange ouvrit le bal avec son cavalier, un grand garçon blond au physique austère, et les couples entrèrent l'un après l'autre dans le tourbillon d'une valse viennoise. Louis, à son tour, entraîna sa sœur sur la piste et, en tournoyant autour de la salle, lui déclina l'identité de ceux qu'il reconnaissait. Les valses se succédaient à un rythme soutenu et Alice, grisée par la musique, se laissait emporter, toute timidité évanouie. Quand les violons se turent, elle se retrouva à côté du grand cavalier blond qui lui sourit et l'invita aussitôt pour la prochaine danse. L'orchestre avait attaqué les premières mesures d'un slow, et ils purent bavarder à loisir sur les rythmes lents de *Stormy Weather*. Il s'appelait Yves Durieux, il avait vingt ans et était en deuxième année de médecine. Le sérieux, la maturité du garçon l'impressionnèrent. Il lui demanda ce qu'elle avait l'intention de faire après le bac. Elle répondit qu'elle visait d'abord l'examen et qu'ensuite, elle ne s'était pas vraiment posé la question. La conversation glissa sur leurs goûts musicaux respectifs, leurs lectures, et Alice dut s'avouer qu'elle manquait de répondant dans les deux domaines. Elle l'interrogea sur la façon dont il envisageait sa future carrière, en évoquant les aspects difficiles du métier de médecin. Il la surprit par son enthousiasme, sa lucidité aussi sur les contraintes de la profession. Il ne savait pas encore s'il se spécialiserait. Puis, comme si ce sujet en appelait un autre, plus essentiel, il lui parla de son inquiétude face à l'avenir incertain du monde :

« C'est étrange, dit-il, nous sommes jeunes, nous nous préoccupons de ce que nous allons devenir, et pourtant, comme c'est difficile de prévoir ce qu'il va nous arriver !

– Pourquoi dites-vous cela ? Moi je ne sais pas encore très bien ce que je vais faire, mais vous, votre route est déjà toute tracée ?

– Alice, il ne s'agit pas seulement de nos destins individuels... Dans quel monde vivrons-nous demain ? »

Et comme elle ne répondait pas, il ajouta :

« Regardez… l'Allemagne, l'Italie se militarisent. Les appétits d'Hitler sont insatiables : la Rhénanie, l'Autriche et maintenant la Tchécoslovaquie !

– Vous voulez parler des accords de Munich ? Mais ne permettent-ils pas de préserver la paix ? J'ai entendu mes parents dire qu'il fallait éviter à tout prix un conflit avec l'Allemagne…

– Non ! Cela ressemble plutôt à une capitulation... »

Il l'avait interrompue sèchement. Il reprit aussitôt avec plus de douceur :

« Beaucoup de gens, Alice, partagent l'opinion de vos parents, mais jusqu'à quels compromis irons-nous avant de nous apercevoir qu'Hitler est en train de devenir maître de l'Europe ? »

Elle se taisait, intimidée. C'était la première fois qu'elle abordait ce genre de discussion. Elle osa une question :

« Mais alors, que faut-il faire ? Qu'est-ce que la France devrait faire ?

– … La guerre, petite Alice, la guerre, probablement. Quand ? Ça, je n'en sais rien… Nous le saurons bien assez tôt ! (son visage était grave)

– Mon Dieu ! Mais de quoi parlez-vous ? C'est impossible ! »

Alice n'en croyait pas ses oreilles. Bien sûr, elle avait entendu parler, comme tout le monde, de menaces de guerre, mais elle ne lisait pas les journaux et ses parents évoquaient rarement la question devant elle. Pour elle, cela restait quelque chose de lointain, d'inimaginable. Yves lui expliqua, patiemment, la spirale dangereuse dans laquelle l'Europe était engagée, le jeu des alliances et l'inévitable risque de guerre qui se précisait tous les jours. Elle l'écoutait, fascinée et en même temps un peu honteuse de sa propre insouciance. Pour échapper aux turbulences familiales, elle avait pris le parti, depuis longtemps, de fuir les réalités perturbantes, d'où qu'elles viennent. Tel un funambule, elle prenait garde de ne pas se laisser distraire de la petite musique intérieure qui la maintenait en équilibre fragile au-dessus du vide où le moindre faux pas risquait de l'entraîner. Une légèreté élégante, dénuée de toute désinvolture, qu'elle pratiquait comme une ascèse.

Tandis qu'ils dansaient, elle se demandait quelle impression elle faisait à ce garçon à l'intelligence éclatante. Dépourvue de toute coquetterie, elle n'avait pas conscience du charme qui émanait d'elle. Son regard, d'une étonnante franchise, fixait son interlocuteur avec gravité et bienveillance. Ses yeux empreints à la fois de gaieté et de mélancolie brillaient sous le cristal des lustres. Yves était séduit. Sans la connaître encore, il pressentait chez sa partenaire une sensibilité très vive, une attention à l'autre toujours en éveil, un esprit ouvert, encore en jachère, qui ne demandait qu'à être nourri.

Ils se dirigèrent vers le buffet, pris d'assaut par des jeunes gens bruyants qui tentaient, en brandissant leur verre, d'attirer l'attention des serveurs débordés. Yves offrit une coupe de champagne à Alice, restée à l'écart. Elle y trempa ses lèvres, songeuse, attentive aux bulles d'or pâle qui remontaient en fines colonnes pour venir mourir inexorablement à la surface. Yves aurait-il eu quelque chose à dire sur le destin d'une bulle ? Elle levait la tête déjà pour lancer la boutade, mais Solange venait de surgir à l'instant et, saisissant familièrement Yves par le bras, l'entraînait avec elle en disant :

« Alice, pardonne-moi, je t'enlève ton cavalier. Yves, il faut absolument que je vous présente aux Jacquet-Vignon. »

Restée seule, Alice retourna dans le grand salon et s'assit, face à la salle. L'orchestre jouait à cet instant un swing endiablé et, sur la piste, les danseurs se trémoussaient en tous sens, les garçons le visage en sueur, le nœud papillon desserré, les filles, les joues en feu, échevelées pour certaines, la fine bretelle d'une robe retombant parfois sur l'épaule. Elle chercha Louis des yeux, l'aperçut, à l'autre bout de la pièce, en conversation animée avec une jeune fille rousse qu'elle ne connaissait pas. Plus loin, à sa droite, malgré le bruit, trois couples échangeaient des propos apparemment drôles, à en juger par leurs épaules secouées de rires et leurs visages hilares. Un serveur passa avec un plateau garni de petits fours. Il virevoltait entre les danseurs et s'arrêtait devant les groupes qui devisaient, debout, ou installés sur les sièges le long des fenêtres. Il s'inclina devant Alice qui saisit, avec gourmandise, un fin biscuit au rhum glacé à l'abricot.

Elle regardait autour d'elle. Peu familiarisée avec les arcanes de la vie mondaine, elle possédait assez d'intuition et de jugement pour se faire une opinion assez juste sur les gens. Dans le garçon qui plastronnait, là-bas, devant une jeune dinde admirative, elle reconnaissait la suffisance imbécile du fils de famille médiocre. Les bavardages futiles et indiscrets de sa jeune voisine étaient un concentré de ce que sa mère appelait « les potins nantais ». Comme ce monde était léger ! Était-ce l'effet de sa conversation avec Yves ? Elle avait l'impression que ce bal, ce monde-là, étaient irréels. La vie, la vraie, était ailleurs. Tous ici, elle comprise, qu'allaient-ils devenir ? Qu'en serait-il de toute cette jeunesse insouciante, si la guerre éclatait ?

« Sissi ! Tu t'ennuies ? »

Louis se tenait près d'elle.

« Oh, non, pas du tout ! Je me pose un peu, c'est tout ! Et toi ?

– Ça va. J'ai retrouvé quelques amis. Mais les filles… »

Sa grimace éloquente la fit rire. Elle lui proposa de retourner vers le buffet avant que tout n'ait été dévoré. Ils atteignaient leur but quand une main se posa sur l'épaule de Louis.

« Salut vieux ! Comment tu vas ? Tu me présentes ? »

Devant eux se tenait François Maillol, le frère d'un camarade de lycée. Louis s'exécuta de bonne grâce. Alice observa le nouveau venu. Un qualificatif lui vint tout de suite à l'esprit : beau, il était très beau. Brun, avec de grands yeux noirs rieurs, il affichait une insolence charmeuse.

« Alice… ? Non, ne dites rien. Laissez-moi deviner. De quel pays des merveilles venez-vous ? Louis, tu m'autorises à offrir une coupe de champagne à mademoiselle ? »

Il joignit aussitôt le geste à la parole. Alice, amusée, apprit qu'il était en terminale comme elle et que la perspective d'une année studieuse ne l'enchantait guère. Elle découvrit qu'ils avaient des amis communs et partageaient le même goût pour le tennis. Et puis, sans savoir très bien comment, elle se retrouva sur la piste de danse avec lui. Il la tenait contre sa poitrine, la main droite légèrement appuyée au creux de ses reins. Elle respirait son parfum léger et éprouvait la douce pression de sa paume sur la sienne. Était-ce le champagne ? Un trouble délicieux l'avait envahie. Ils ne parlaient pas, bercés par le rythme lent de l'orchestre. Imperceptiblement, leurs deux corps se rapprochaient, et quand Alice sentit les lèvres de son partenaire effleurer ses cheveux, elle se dégagea avec douceur. Ils se dirigèrent vers l'une des portes-fenêtres ouvertes sur la place et sortirent sur le balcon. La douceur de l'air les surprit. Dans le silence de la nuit, la fontaine continuait de faire entendre son ruissellement clair et dans les remous provoqués par les cascades, les lumières jaunes tombant des hauts candélabres explosaient en mille reflets scintillants à la surface de l'eau. Accoudée au balcon, Alice respirait, à grandes goulées, la fraîcheur qui montait du bassin. Quand François posa sa main sur la sienne, elle ne la retira pas. Elle ne bougea pas non plus quand elle sentit son souffle chaud contre sa tempe. Terrassée par une joie inconnue, oublieuse du monde, elle regardait le ciel, cherchant à retenir cet instant, toute méfiance abolie, attentive seulement aux battements désordonnés de son cœur.

CHAPITRE 4

Café *Le Molière*

Les mois qui suivirent furent pour Alice des mois de bonheur. Elle découvrait les infinies variations du sentiment amoureux et s'y livrait sans réserve. Le plaisir de l'attente, l'inquiétude, les longues rêveries d'avant le rendez-vous, l'ivresse des retrouvailles, le contact de leurs lèvres, de leurs corps enlacés, la nostalgie de la séparation, tout l'émerveillait.

Bien sûr, entre François et elle, les étreintes demeuraient chastes. Les baisers et les caresses suffisaient à combler leur sensualité naïve et, pour elle comme pour lui, le trouble charnel se mêlait intimement aux émois du cœur. Pour ces enfants de l'entre-deux-guerres, le temps était un allié dans l'apprentissage des sensations et des émotions ; aucune pression extérieure, qu'elle fût culturelle ou sociale, ne leur enjoignait de brûler les étapes, et ils s'abandonnaient, en toute quiétude, aux jeux innocents de l'amour.

Les deux jeunes gens se retrouvaient, presque tous les soirs, au café *Le Molière*. L'établissement, situé à l'angle de la rue Corneille et de la rue Racine, jouxte le théâtre Graslin dont l'imposante façade néoclassique domine la place du même nom. Encore aujourd'hui, ce café-brasserie draine chaque jour une clientèle jeune et bruyante. Dans les années trente, c'était une institution. S'y côtoyaient déjà lycéens et étudiants, mais aussi toute une population directement liée aux activités de la scène lyrique : danseurs et chanteurs des deux sexes, musiciens et chefs d'orchestre, metteurs en scène. Dans la journée, avant les représentations, ils venaient s'asseoir au milieu des consommateurs, à la terrasse et dans la salle, ou bien s'accoudaient au comptoir, et leur présence magnétique électrisait les lieux. Ils donnaient à rêver. Et sans doute n'étaient-ils pas étrangers à l'attraction exercée par cet endroit auprès d'une clientèle nantaise, jeune et moins jeune, en mal d'évasion.

En ce début de janvier 1939, Alice trompait son impatience en réduisant en miettes le morceau de brioche qu'elle pétrissait entre ses doigts. François tardait à arriver. La salle était pleine, un brouhaha confus, familier et réconfortant, s'élevait dans une atmosphère ouatée. La buée qui recouvrait les vitres donnait au lieu des allures de serre, repoussant la nuit au-dehors, dans les rues gagnées peu à peu par l'ombre hivernale. Soudain, il fut devant elle, les yeux brillants, la mèche en bataille, avec cette expression coupable et rieuse qu'elle connaissait bien.

« Pardonne-moi, Sissi. C'est un prof qui m'a retenu. »

Il se glissa sur la banquette à côté d'elle, l'enlaça et l'embrassa longuement. Ils restèrent un moment, front contre front, leurs lèvres se détachant pour venir baiser leurs joues, leurs yeux, la peau tiède de leur cou, dans un effleurement continu et voluptueux. Alice se blottit au creux de son épaule, ferma les yeux. François précisa :

« Il m'a passé un savon, ce vieux con. Il menace de convoquer mes parents ! »

Elle se redressa, attentive.

« Qu'est-ce qu'il te reproche ?

– Les notes du premier trimestre n'ont pas été terribles. Il dit que si je ne redresse pas la barre maintenant, mon bac est fichu.

– C'est drôle… Je voulais justement t'en parler, soupira-t-elle. Maman m'a fait à peu près les mêmes remarques. Elle trouve que depuis qu'on se connaît, je ne travaille pas assez. Elle veut qu'on se voie moins souvent ! »

Un serveur vint prendre la commande à l'instant où François ouvrait la bouche pour protester. Ils attendirent qu'il s'éloigne.

« Sissi, ma crevette, tu ne vas pas te laisser faire ? Je ne peux pas me passer de toi, tu sais ? »

Alice secoua la tête, ébaucha un petit sourire navré, détourna les yeux.

« C'est vrai que je n'ai pas la tête à mes études… Je pense tout le temps à toi… Ah, s'il n'y avait pas ce bac ! Elle m'a dit qu'elle m'autorisait à te rencontrer une fois en milieu de semaine, et le week-end… Tu sais, je la connais, elle ne changera pas d'avis ! »

Il leva les yeux au ciel dans une grimace fataliste.

« Elle est vraiment terrible, ta mère ! Mes parents ne m'ont fait aucune réflexion pour l'instant. Il ne manquerait plus que ça ! »

Il chuchota :

« Il y aura sûrement moyen de s'arranger de temps en temps. Ne t'inquiète pas. »

Il chercha son regard et l'embrassa tendrement. Puis, avec une désinvolture espiègle, il la tint par le menton, singeant, avec des mimiques expressives, des clients attablés non loin d'eux. Alice riait. De ce rire irrépressible de petite fille. Elle aimait son insouciance. Près de lui, elle pouvait donner libre cours à la sienne.

Une heure plus tard, quand ils se levèrent pour rentrer dans leur foyer respectif, ils étaient encore habités par cette joie légère, grisante, qui les rendait indifférents au froid, à la nuit, à l'inquiétude des jours à venir.

*
* *

Yvonne Demestre ne voyait pas d'un très bon œil cette idylle naissante entre sa plus jeune fille et ce lycéen de dix-huit ans. Elle l'avait acceptée parce que le garçon appartenait à une famille honorablement connue, que leurs sentiments paraissaient sincères et que la métamorphose d'Alice lui allait droit au cœur. Jamais elle ne l'avait vue aussi épanouie et heureuse. La chère petite méritait bien un peu de bonheur ! En même temps, elle les jugeait immatures tous les deux et s'inquiétait des conséquences de leur relation sur leur travail scolaire. C'était une année cruciale, avec le baccalauréat à la clé, et ils ne semblaient ni l'un ni l'autre en mesurer l'importance. Il n'était pas question de fiançailles et rien de solide ne pourrait être envisagé avant longtemps. Un garçon sans situation ne pouvait prétendre à un engagement sérieux. Elle avait donc mis un frein à leurs rencontres, espérant redonner à sa fille le goût des études. Mais Yvonne avait d'autres préoccupations cet hiver-là. À la suite des démarches qu'elle avait entreprises et fidèle à sa promesse, Germaine Perrin avait fini par dénicher l'oiseau rare et une entrevue devait être organisée entre Irène et un jeune homme de vingt-huit ans, dont Yvonne ne savait pas grand-chose à part le fait qu'il constituait – au dire de sa cousine – « un excellent parti ».

Irène avait accueilli la proposition avec intérêt. Elle semblait s'être faite à l'idée du mariage, consciente que son avenir était en jeu. Il y avait eu quelques conciliabules préliminaires entre Yvonne et Germaine, et l'on en savait maintenant davantage sur le prétendant : il s'appelait Jean Cadoux, terminait un stage d'inspecteur des impôts au Trésor public de Nantes ; intelligent et travailleur, bien de sa personne, il était de surcroît doué d'un excellent caractère.

La rencontre eut lieu un dimanche, dans la maison de « tante » Germaine qui, pour l'occasion, avait organisé une sorte de *tea-party* où se retrouvait une dizaine de convives. Irène s'était mise sur son trente et un. Les présentations faites, Yvonne Demestre sentit tout de suite que son aînée était favorablement impressionnée, à la façon dont elle minauda, en gloussant comme une petite fille et en répondant d'une voix douce aux questions de son interlocuteur. Une chatte qui rentrait ses griffes : bien qu'elle s'en défendît, l'image s'imposa à sa mère. Lui présentait bien. De taille moyenne, mince, il avait un visage un peu rond, aux traits réguliers, des manières posées d'homme tranquille. Sa conversation était agréable, juste empreinte d'une légère timidité qui ne manquait pas de charme. On les laissa seuls au salon, en tête à tête, les autres invités ayant proposé opportunément une longue promenade dans le jardin, malgré le froid. Le soir, au moment de se séparer, chacun comprit que les choses n'en resteraient pas là, et le retour à la maison des Demestre, mère et fille, se fit dans l'euphorie. Au cours des semaines qui suivirent, Irène et Jean se virent à plusieurs reprises. Il venait la chercher le dimanche, en fin de matinée, et la ramenait chez elle avant le dîner. À chaque fois, Irène revenait détendue, gaie, amicale. Yvonne ne reconnaissait plus sa fille. Elle se montrait gentille avec elle, s'inquiétait parfois de la fatigue de son père et allait jusqu'à complimenter Alice sur sa coiffure !

Yvonne y croyait-elle ? Certainement. C'était dans son tempérament de décider qu'il suffisait d'y mettre un peu du sien pour être entendu du ciel. De la même façon, elle s'était persuadée que les sacrifices consentis pour installer Louis à Paris porteraient leurs fruits. Loin de sa famille, il se responsabiliserait et apprendrait l'autonomie. Nul doute que l'excellence des cours qu'il suivait à la faculté d'Assas, entouré de condisciples d'un bon niveau, l'inciterait à travailler sérieusement.

Allons, la vie pouvait aussi vous sourire… Après tant d'années difficiles, c'était un juste retour des choses ! N'étaient les nouvelles inquiétantes des affaires du monde, que nulle famille française ne pouvait ignorer en ce début de printemps 1939, Yvonne aurait sûrement pensé qu'elle vivait là une période bénie.

Un dimanche de mars, revenant d'une journée passée chez des amis, Henri et Yvonne s'inquiétèrent de l'absence d'Irène au dîner. Elle n'avait pas répondu au son cuivré de la petite cloche qu'Émilienne agitait pour annoncer que le repas était servi. Pas plus qu'elle n'avait réagi aux appels de sa mère, au bas de l'escalier. Yvonne monta, vint frapper à la porte de sa chambre. N'obtenant pas de réponse, elle tourna la poignée qui résista. Irène avait fermé la porte à clef. Elle refusait d'ouvrir. Après plusieurs tentatives, Yvonne renonça, décidée à revenir à la charge plus tard. Le dîner fut sinistre. Alice se taisait, pressentant un orage. Yvonne et Henri échangeaient de brefs regards, lourds de sous-entendus. Tard le soir, Yvonne entendit Irène sortir de la salle de bains. Elle se précipita et la trouva au milieu du couloir, pieds nus, en chemise de nuit, le visage boursouflé, les yeux encore rougis de larmes. Cette fois, Irène n'opposa aucune résistance et laissa sa mère pénétrer dans sa chambre avec elle. Yvonne s'assit à son chevet. Elle tenta de prendre les mains de sa fille dans les siennes, mais Irène les retira vivement, comme si ce contact lui répugnait, et les doigts croisés, blanchis aux jointures, elle serrait nerveusement ses paumes l'une contre l'autre, dans une sorte de prière muette.

« Irène, tu veux bien me dire ce qu'il s'est passé ? lui demanda Yvonne avec douceur.

– C'est de ma faute, maman, tout est de ma faute ! »

Sa voix était rauque, cassée par les pleurs.

« Calme-toi. Explique-moi… Tu t'es fâchée avec Jean, c'est ça ? Voyons, ce n'est peut-être pas si grave ?

– Si. Je sens que c'est fini. Après ce qu'il s'est passé…

– Mais que s'est-il passé ? Irène, regarde-moi ! Dis-moi la vérité ! »

Cédant à l'injonction de sa mère, Irène, d'une voix monocorde, raconta :

« Jean m'a emmenée déjeuner dans une auberge, au bord de la Loire. L'après-midi, on s'est promenés le long du chemin de halage, on a traversé un hameau, je ne me souviens plus du nom. C'est là que ces saletés de gamins nous ont repérés… À un moment, Jean et moi… Oh, maman, dire que s'ils n'avaient pas été là… ! »

Un sanglot lui coupa la parole. Elle parlait d'une voix hachée et, à mesure qu'elle parlait, son visage se durcissait sous l'effet d'une rage contenue.

« On… se tenait par la main, tous les deux. On se croyait seuls. Jean a voulu m'embrasser. Mais ces petits misérables nous avaient suivis. Quand ils nous ont vus nous embrasser, ils se sont mis à siffler, à crier des horreurs et ils nous ont jeté des bouses de vache ! Vous vous rendez compte ? J'étais folle ! Jean est resté calme, il a dit simplement qu'il valait mieux qu'on rejoigne la route, afin de les semer. Mais moi, je n'ai pas supporté ! Ils continuaient de nous harceler avec leurs ricanements odieux… des monstres ! Puis il y en a un qui s'est approché, très près, il m'a lancé un projectile. Alors, je ne sais pas ce qui m'a pris, je l'ai saisi, je l'ai frappé au visage, à la poitrine, à coups de poing, de gifles. Je hurlais, je l'insultais, j'étais hors de moi ! »

Elle se tut un instant, comme si elle revivait la scène, et reprit :

« C'est Jean qui nous a séparés. Le galopin saignait du nez. Jean lui a donné son mouchoir. Il lui a demandé s'il n'avait rien de cassé et lui a dit de filer. Ce démon n'a pas demandé son reste ! Ils ont tous détalé comme des lapins ! »

Irène soutint le regard de sa mère. Elle y lut la consternation. Sa voix se fit plus sourde.

« Je sais, maman. Je n'aurais pas dû ! J'ai tout gâché. Après, Jean n'a plus été le même. On a fini la promenade sans se dire un mot. Dans le train, au retour, il évitait mon regard. Je me suis excusée, j'ai dit que je m'étais énervée, que je regrettais… Il ne répondait pas. J'ai senti quelque chose d'irrémédiable entre nous. Quand on s'est quittés devant la porte, il ne m'a pas embrassée. Il m'a seulement dit bonsoir. »

Elle se tut. Accablée, Yvonne gardait le silence. Que pouvait-elle dire ? Elle regarda sa fille qui tordait ses mains maintenant dans un geste de désespoir.

« Maman, qu'est-ce qu'il y a chez moi qui ne va pas ? Quelle force me pousse à être mauvaise ? Dites ? Vous devez savoir ? »

Ses yeux noirs l'imploraient. Elle gémit.

« Mais pourquoi a-t-il fallu qu'ils se trouvent à cet endroit-là ? »

Yvonne cherchait les mots. Aucun ne pouvait traduire l'indicible. Elle répondit simplement :

« Cette violence en toi, Irène, est la cause de tout. Tu dois la combattre, sans cesse. Tu te connais, n'est-ce pas ? Tu ne pourras jamais avoir de bons rapports avec les autres si tu ne te maîtrises pas davantage. On rencontre toujours, dans la vie, des situations qui vous contrarient, des gens qui vous déplaisent. Il y a d'autres manières de réagir que celle-là… Ce qui est fait est fait, hélas ! Que cette triste journée te serve de leçon. »

Son cœur était partagé entre le désarroi et la pitié. Comment cette enfant pouvait-elle lutter à armes égales avec sa part de ténèbres, avec ces pulsions qui l'habitaient, dont elle ignorait tout ? Dans ces moments-là, elle incarnait le mal, oui, bien sûr. Mais jusqu'où allait sa responsabilité dans ce comportement déréglé ? Et si, malgré tout, elle disposait de son libre arbitre, parviendrait-elle jamais à exorciser cette violence ?

Yvonne se leva.

« Il est tard. Il faut que tu dormes. Tu dois être épuisée. Ne pense plus à tout ça. Repose-toi maintenant. À demain. »

Elle sortit, referma doucement la porte. Elle passa sa main sur son front avec lassitude, sa tête était lourde et douloureuse. Elle reconnut les premiers symptômes de la migraine qui la terrassait de temps à autre et la laissait clouée sur son lit, dans le noir. Elle se dirigea vers la chambre conjugale où un rai de lumière filtrait sous la porte. Henri ne dormait pas. Résignée, Yvonne se prépara à écouter les reproches qu'il ne manquerait pas de lui faire.

Irène reçut la lettre de Jean le surlendemain. Elle était brève. Il lui annonçait qu'il ne souhaitait pas poursuivre leur relation plus longtemps. Les événements de dimanche lui avaient révélé un aspect de sa personnalité incompatible avec le sens maternel qu'il attendait de sa future femme. Il regrettait beaucoup de lui faire de la peine, mais il était préférable de lever le malentendu avant que leur relation ne fût plus engagée. Irène ne réagit pas à ce courrier et Yvonne se garda bien de lui poser des questions. La vie sembla reprendre son cours.

*

* *

À partir du pont Morand, Alice et François aimaient venir flâner le long des quais de l'Erdre alors en plein bouleversement et remonter jusqu'à l'allée Brancas. Depuis son détournement, en 1934, sous les cours Saint-André et Saint-Pierre, la rivière stagnait, et ses abords devenaient insalubres. Son comblement avait donc commencé un an auparavant : on avait déversé des tonnes de sable dans son lit et démoli les garde-fous en pierre le long des berges. Seuls les cinq ponts qui l'enjambaient subsistaient encore. Ce vaste chantier à ciel ouvert excitait l'imagination : chacun se projetait dans le futur et se représentait les grandes chaussées pavées qui s'ouvriraient à la circulation avec leurs feux de signalisation. Les contre-allées élargies et reboisées accueilleraient des terrasses de cafés, des boutiques flambant neuves et même une gare routière ! Pour autant, tous les Nantais ne partageaient pas cet enthousiasme, loin de là. Depuis les premiers travaux entrepris sur la Loire, en 1926, les habitants n'avaient cessé de s'opposer sur la question. Les uns saluaient dans cette initiative la fin des nuisances entraînées par les crues du début du siècle, soulignaient la vétusté des ponts, applaudissaient au nouveau tracé de la voie ferrée. D'autres voyaient dans l'agonie et la disparition de l'Erdre le dernier avatar d'un processus irréversible qui avait commencé, des années plus tôt, par le comblement des deux bras de la Loire, celui de la Bourse et celui de l'hôpital. Désormais, avec l'enfouissement, au cœur de la cité, de cette longue rivière paresseuse et lente qui reflétait les humeurs changeantes d'un ciel capricieux, c'est un peu l'âme de la Venise de l'Ouest qui disparaissait à son tour. La ville, pourtant, devait tout à la Loire, ce fleuve le long duquel elle s'était érigée au fil des siècles. Accouplé à la mer, il lui avait permis de développer sa vocation maritime de cité marchande. La rivière, elle, canalisée depuis 1838, avait vu croître une batellerie industrieuse, dont le Port-Communeau, entre le quai Ceineray et le quai Duquesne, portait encore les traces. Nantes se métamorphosait, donc, sans retour possible, tandis que s'éteignait un pan entier de ses activités fluviales.

Pour les deux jeunes gens, la nostalgie n'était pas de mise. Le ballet incessant des grues, le martèlement sourd des barres à mine, le fourmillement des centaines d'ouvriers attelés aux travaux de remblaiement annonçaient cette modernité où ils savaient avoir leur place. Ils voulaient croire en leur avenir, même si, de semaine en semaine, le pronostic sur une guerre avec l'Allemagne devenait de plus en plus plausible…

Ce jour-là, ils s'étaient rendus au cinéma le *Katorza*, rue Corneille, et en étaient ressortis impressionnés par les actualités *Pathé*, projetées juste avant le film. Attablés au *Molière*, ils discutaient entre eux, peut-être pour la première fois, d'un sujet grave.

« Hitler vient de violer les accords de Munich, c'est terrible ! Tu as entendu le présentateur ? Il dit que la Pologne est menacée aussi… François, tu crois que la guerre est possible ?

– Oui, Sissi. On ne va pas y échapper. Tu as vu comme l'Allemagne et l'Italie sont en train de s'armer ?

– Mais c'est horrible ! Alors, les tranchées, tout ça, ça va recommencer ?

– Non, ce ne sera pas la même guerre. D'abord, on a la ligne Maginot. Et puis mon père dit que l'aviation française est redoutable ! Qu'ils viennent, les Allemands, on les recevra ! »

Alice n'était pas rassurée par ces propos. Elle ne pouvait s'empêcher de penser à la conversation qu'elle avait eue avec Yves, à l'automne précédent. Elle ne l'avait pas revu depuis le bal. Elle aurait aimé discuter avec lui, connaître son avis. Il lui arrivait parfois de penser à lui, comme à un ami, un grand frère qui a les réponses aux questions que l'on se pose. Elle avait voulu ignorer le monde et voilà qu'il venait à elle, dans toute sa fureur. Elle se promit d'interroger ses parents sur la menace de guerre. Ils abordaient rarement la question devant elle, mais enfin, elle n'était plus une petite fille, et ils avaient sûrement leur opinion là-dessus !

Lorsqu'elle pénétra dans la salle à manger, le soir même, elle sentit tout de suite que quelque chose clochait. Tout pourtant paraissait tranquille. Le couvert était mis sur la table, Émilienne s'affairait dans la cuisine et Mazda était aussitôt venue la saluer de son trottinement lourd de bête vieillissante. Son regard fit le tour de la pièce, s'arrêta au buffet sur lequel trônaient trois photographies encadrées : elle, en robe de bal, Louis et elle en tenues de soirée, le même jour, et une photo plus ancienne d'eux trois, pendant des vacances d'été à La Varade. Sans rien voir encore, elle devinait que son malaise venait de là. Elle s'approcha. Sur chacun des portraits, son visage avait disparu : un ciseau rageur avait découpé la tête, et le blanc du carton qui surgissait en dessous, donnait à sa silhouette un aspect fantomatique. La violence de l'intention ne faisait pas de doute. Incrédule, horrifiée, Alice saisit l'un des portraits. Ses mains tremblaient.

Elle s'assit, comme une somnambule, fixant le portrait sans le voir. Cela recommençait… Non, il ne fallait pas qu'elle s'y laissât prendre à nouveau ! Ce n'était rien, rien… ! Elle devait résister, à tout prix. Ne pas pleurer surtout ! La colère, oui… La colère… Hurler… C'est ça. Hurler lui ferait du bien ! Elle ferma les yeux, respira à fond, ouvrit grand la bouche.

C'est dans cette position qu'Yvonne et Irène la surprirent, en revenant des courses. Yvonne se précipita.

« Alice, qu'est-ce que tu as ? »

Elle comprit au premier coup d'œil. Elle se tourna vivement vers Irène qui la défiait du regard, les yeux étincelants.

« Irène, vous avez passé la mesure ! J'appelle votre père, je veux qu'il voie ce que vous avez fait. »

Elle n'en eut pas le temps. Henri venait justement de rejoindre la salle à manger pour le dîner. Le vouvoiement adopté par Yvonne n'augurait rien de bon. Il savait qu'elle l'employait avec ses enfants dans les cas de manquements graves. Il regardait Alice, prostrée sur une chaise, sa femme qui lui tendait d'une main crispée le portrait défiguré, Irène, debout contre l'armoire, murée dans un silence hostile. Eh bien, il avait donc fallu qu'elle en arrivât là… C'était le prix à payer pour la rupture avec Jean. Dieu qu'il était las de toute cette haine. Il se sentait tellement vieux, fatigué…

« Henri, dis quelque chose ! Ce qu'elle a fait est d'une cruauté… ! »

Henri se redressa, interpella sa fille avec sévérité :

« Irène, regarde-moi ! Pourquoi as-tu fait ce geste odieux ? En quoi Alice est-elle responsable de ce qui t'arrive ? Crois-tu vraiment que tu peux tout te permettre ? »

Irène regardait droit devant elle, le visage dur. Elle semblait indifférente à ce qui l'entourait. Yvonne intervint à son tour :

« Comment avez-vous pu me rejoindre en ville, tout à l'heure, avec une telle tranquillité ? N'avez-vous donc pas de cœur ? Croyez-vous vraiment que vous allez vous rendre plus aimable avec de tels agissements ? Rien ne peut excuser ce que vous avez fait ! Rien ! Votre acte est méchant, lâche, stupide. Allez dans votre chambre, vous ne méritez pas de dîner à notre table. »

Dans un silence glacé, Irène monta l'escalier. On la sentait toute frémissante de colère contenue. Arrivée sur le palier, elle se retourna, se pencha par-dessus la balustrade et cria :

« Je vous déteste tous. Tous ! Alice, tu as vu ta tête de phtisique ? Avec tes poumons déglingués, tu seras morte avant vingt ans. Morte ! Effacée, volatilisée ! Tu entends ? Tu entends ? »

Elle éclatait d'une joie sauvage. Un rire terrible, un rire démoniaque la secouait tout entière. Sa fureur était réelle. Son rire, théâtral. Simulait-elle ? Dans la haine qu'elle avait d'elle-même, on aurait dit qu'elle voulait attirer sur elle toute la vindicte des siens. Elle disparut dans le couloir. La porte de sa chambre claqua avec violence.

Après cet ultime incident, Henri et Yvonne décidèrent qu'Irène n'avait plus sa place dans la maison. Yvonne entreprit aussitôt de réactiver son réseau familial. À Paris, Jacqueline de Gaillac, dont elle était cousine par sa mère, appartenait à la bonne société parisienne. Son époux était ce genre d'aristocrate reconverti avec bonheur dans l'industrie, et ils habitaient, à Neuilly, un confortable hôtel particulier. Ils ne manquaient pas de relations et Yvonne savait pouvoir compter sur la solidarité du clan. Elle lui écrivit une longue lettre en lui expliquant qu'Irène, à la suite d'une déception amoureuse, avait sombré dans la dépression et qu'un séjour dans la capitale lui ferait beaucoup de bien. Elle ajoutait qu'à vingt-deux ans, sa fille avait besoin de son autonomie et que, compte tenu de son éducation, elle pourrait peut-être occuper les fonctions de gouvernante, auprès d'une personne âgée de préférence, car elle était facilement dépassée par la turbulence des enfants.

La réponse ne se fit pas attendre. Dans sa lettre, madame de Gaillac invitait sa jeune cousine à venir séjourner quelque temps chez elle pour renouer des liens un peu distendus. Et puis, disait-elle, elle aurait sans aucun doute l'opportunité de lui trouver un emploi dans une famille de ses relations.

À la mi-mai, Yvonne accompagna donc Irène à la gare d'Orléans, lui fit mille recommandations et regarda le convoi s'ébranler, avec un mélange de soulagement et d'appréhension. Quelques jours plus tard, elle recevait une lettre de sa cousine lui assurant que tout allait bien et qu'elle était ravie d'apporter son aide à cette jeune fille intelligente, cultivée et si bien élevée.

« Croisons les doigts, mon ami, déclara Yvonne à Henri, se pourrait-il que nous ayons enfin trouvé une solution ? »

Irène eut l'occasion de rencontrer son frère seulement à deux reprises. Les examens approchaient et il était censé réviser ses cours. En fait, Louis venait de vivre une très mauvaise année à Paris. Il s'était senti isolé, loin des siens, et avait déjoué toutes les prévisions optimistes de sa mère. À la veille de passer les épreuves, conscient de son impréparation, il décida de rentrer à Nantes, sans délai, et sans même prendre le temps de prévenir ses parents. Yvonne et Henri Demestre eurent donc la surprise de voir débarquer leur fils, avec armes et bagages, un jour de la fin mai. La réception fut orageuse. Le ton monta très vite entre ses parents et lui. Il y eut beaucoup de cris, de reproches, et Louis, semblable à lui-même, clôtura la discussion par un geste coléreux qui fut fatal au miroir de l'entrée. Après quoi, il tourna les talons en déclarant avec véhémence que si c'était ainsi que sa propre famille l'accueillait, il préférait s'en aller. Bien entendu, il était présent le soir même au dîner où Émilienne avait rajouté un couvert…

D'une certaine façon, tout était rentré dans l'ordre.

La gravité des événements qui se déroulaient en Europe, l'escalade infernale des prétentions allemandes taraudaient d'inquiétude chaque foyer français. La menace de guerre et sa cohorte de malheurs s'invitaient à la table familiale : désormais, pas une semaine ne se passait sans que la question de l'imminence de la guerre ne se glissât dans les conversations. Alice avait maintenant la réponse à ses interrogations. Le 24 mai, l'Angleterre et la France signaient un pacte d'assistance mutuelle en cas d'agression contre la Pologne. Il était clair pour tous que c'était la dernière étape avant l'impensable. Les seules informations dont disposait la population provenaient des journaux et du poste de TSF. Chez les Demestre, aucun des deux ne faisait partie, jusqu'à présent, des réflexes quotidiens. Mais les choses changeaient et Henri consultait maintenant, chaque jour, la une du *Phare de la Loire*.

À la mi-juin, Alice et François échouèrent à leur baccalauréat avec une belle unanimité. Alice en fut mortifiée, s'en voulut beaucoup de n'avoir pas su se reprendre en main quand il en était encore temps. Elle sentait bien aussi qu'elle avait déçu ses parents. Mais dans l'atmosphère si particulière de ces mois qui précédèrent la déclaration de guerre, son échec parut un souci bien dérisoire au regard des épreuves à venir.

CHAPITRE 5

Librairie *Beaufreton*

En ce tragique mois de mai 1940, l'Histoire s'emballait. Les *Panzerdivisionen*, contournant la ligne Maginot, déferlaient sur le nord et l'est de la France, chassant devant elles la cohorte toujours plus longue des civils qui fuyaient les zones de combat. Dès le 12 mai, Nantes vit passer les réfugiés belges et luxembourgeois, suivis de près par ceux du nord, des Ardennes et de la région parisienne. En tout, plus de deux cent mille fugitifs, à pied, en vélo, en charrette ou en voiture, exténués et hagards, traînant après eux enfants et bagages et porteurs de rumeurs alarmantes : les exactions de la soldatesque, la décomposition des troupes françaises, les dizaines de tués sur les routes, mitraillés par les *stukas*. Le temps d'un repas chaud ou d'une halte dans les écoles transformées en lieux d'hébergement, ils fuyaient à nouveau, loin, toujours plus loin, laissant derrière eux des relents de peur et de mort.

Ils furent nombreux, le 17 juin, à écouter, abasourdis, le discours du maréchal Pétain qui annonçait l'arrêt des combats, et déclarait « ville ouverte » les agglomérations de plus de vingt mille habitants. Où était donc passée leur grande armée ? Les Nantais, qui n'avaient pas encore eu à subir l'invasion ennemie, étaient partagés entre l'incrédulité, la résignation et la révolte. Le même jour, ils apprenaient le naufrage du *Lancastria*, coulé par l'aviation allemande, au large de la pointe Saint-Gildas, avec à son bord cinq mille soldats britanniques qui venaient d'évacuer la région. Le 18, la tension en ville était à son comble. On attendait l'arrivée des troupes allemandes d'un instant à l'autre. Ce jour-là, des examens de droit devaient se dérouler à l'IPO, l'Institut polytechnique de l'ouest. Louis Demestre se souviendrait longtemps des conditions dans lesquelles il passa les épreuves de première année. Dans une atmosphère électrique, les professeurs chargés de les surveiller, sur le qui-vive, pressaient les étudiants de finir, donnant au besoin un petit coup de pouce à certains pour qu'ils terminent leurs épreuves au plus vite.

Chez les Demestre, l'heure était à la veillée d'armes. Yvonne, accompagnée d'Émilienne et d'Alice, avait déjà fait provision de pommes de terre, d'huile, de farine, de sucre et de café. Elle avait prévu également de bêcher quelques mètres carrés de jardin pour y faire pousser des légumes, et trois jeunes poules, tout à leurs privilèges de pondeuses, caquetaient sur la terrasse en partie grillagée, grattant le sol jonché de graines et de paille. Malgré les terribles événements, Irène n'avait pas rejoint la maisonnée, mais les nouvelles qu'elle donnait étaient bonnes : elle avait suivi dans le Midi la famille qui l'employait comme gouvernante et coulait des jours paisibles à Nice, loin de la zone de guerre. Pour le docteur Demestre, les choses s'avéraient plus compliquées, car l'essence venant à manquer, il évitait d'utiliser sa voiture. Refusant de réduire le périmètre de ses visites, il se rendait à pied, malgré la distance, ou prenait le tramway, incapable qu'il était d'enfourcher une bicyclette.

Il pleuvait sur Nantes, ce mercredi 19 juin, quand l'avant-garde de la quatrième armée du général Von Kluge franchit la barrière de l'octroi, route de Rennes, à onze heures cinquante, bientôt suivie par les chars qui fonçaient en direction de la

Loire. Rue Paul Bellamy, comme ailleurs, on avait baissé les rideaux de fer et fermé les volets. De rares passants s'arrêtaient pour regarder les soldats motorisés en uniforme vert-de-gris, sanglés et casqués, mitraillette au poing. Au passage des blindés, les fenêtres tremblèrent, et le grondement des chenilles rompit le silence mortel qui pesait sur la ville. Il ne fallut que quelques heures à l'occupant pour investir tous les quartiers. La croix gammée flottait au fronton de l'Hôtel de Ville et sur la façade du nouveau siège de la *Kommandantur*, place Louis XVI. Des mitrailleuses et des canons antichars avaient pris position à chaque carrefour, jusque sur l'esplanade de l'église Saint-Similien. Lorsque les habitants se risquèrent à sortir, en début de soirée, ce fut pour découvrir des affiches jaunes placardées sur les murs. En français et en allemand, elles exigeaient, mettaient en garde, menaçaient : vingt otages devaient être désignés chaque jour pour garantir le maintien de l'ordre ; le couvre-feu était fixé de vingt-deux heures à six heures du matin ; tout acte délictueux envers l'occupant serait passible, selon le degré de gravité, d'emprisonnement ou de peine de mort. Le décor et les acteurs étaient en place. L'Occupation commençait.

Comme tous les autres Nantais, les Demestre étaient conscients que leur ville, avec ses industries, son port et ses chantiers navals où deux sous-marins achevaient d'être construits, constituait un enjeu stratégique dans le conflit. Aussi, quand l'armistice fut décrété le 22 juin, ils furent à la fois malheureux et soulagés. Ils voyaient reculer le spectre d'une guerre effroyable qui livrerait Nantes et ses habitants aux attaques meurtrières des belligérants. Et puis, ils faisaient confiance à Pétain. Henri et Yvonne appartenaient, l'un et l'autre, à une famille de militaires, ils avaient la culture de la discipline, et dans cette période incertaine, dépourvus du recul que donneraient les années, ils étaient convaincus que le vieux maréchal avait choisi la voie de la sagesse. Pour eux cependant, il ne pouvait s'agir que d'une posture temporaire qui permettait de voir venir. Ils n'avaient pas entendu l'appel de cet autre général, inconnu, qui avait parlé sur les ondes, quelques jours plus tôt. Par la suite, ils ne lui accorderaient aucun crédit, arguant du fait qu'il était à Londres, alors qu'eux se trouvaient dans l'œil du cyclone.

La vie reprit son cours. Le 3 juillet, le journal *Le Phare de la Loire* était de nouveau dans les kiosques. Les tickets de rationnement, les longues queues chez les commerçants et le marché noir faisaient désormais partie du quotidien. Malgré l'opposition d'Yvonne, Henri avait proposé son nom parmi les centaines d'otages inscrits sur la liste qui servirait de réserve aux vingt noms prélevés chaque jour. Le maire socialiste, Auguste Pageot, refusant de procéder à leur désignation, laissa aux différents syndicats et corps de métiers le soin de le faire, l'ensemble du conseil municipal fournissant lui-même le premier contingent. Avec l'arrivée du nouveau *Feld Kommandant* de la place de Nantes, Karl Hotz, les mesures concernant les otages furent assouplies : les vingt personnes désignées n'étaient plus retenues dans l'hôtel de la Vendée mais devaient s'engager par écrit à ne pas quitter la ville. Bien des Nantais se réjouirent de la nomination du lieutenant-colonel Karl Hotz. Dans le cadre des dommages de guerre, il avait dirigé à Nantes, en qualité d'ingénieur en chef, les travaux de détournement de l'Erdre, de 1929 à 1933. Il parlait couramment le français, connaissait bien la ville et avait su y nouer des amitiés solides. Avec lui, pensait-on, l'Occupation saurait peut-être se montrer plus humaine.

*

* *

Alice vivait chez ses parents et n'avait pas repris ses cours après son échec au baccalauréat. Il y avait eu la drôle de guerre, et maintenant l'invasion allemande : dans ces circonstances particulières, faute de volonté ou de motivation, elle avait renoncé à poursuivre des études.

Elle voyait toujours François, mais l'heure n'était plus à l'insouciance et leur relation en pâtissait. Lui avait repassé son examen avec succès et comptait intégrer à la rentrée une école de commerce. Au fil des mois, le malentendu s'était progressivement installé entre eux. Alice cherchait auprès de lui un réconfort qu'il n'était pas en mesure de lui apporter avec son caractère sensible et frivole, imprévisible et attachant.

On était à la mi-juillet, elle lui avait donné rendez-vous au *Molière*, quelques jours avant son départ pour La Korrigane. Ils n'allaient pas se voir pendant plusieurs semaines. Arrivée en avance, elle chercha une place sur la terrasse. Mais la plupart des tables étaient déjà occupées par des officiers allemands, et elle répugnait à les côtoyer. Les hommes parlaient fort et leur accent guttural, leurs rires, leurs regards aussi, l'importunaient. Elle choisit une banquette à l'arrière. François fut ponctuel pour une fois et se montra, ce jour-là, particulièrement bavard.

« Quand partez-vous ? demanda-t-il, aussitôt arrivé. Ce dimanche ? Ton père vient aussi ?

– Non ! Papa ne peut pas… Enfin, il a ses patients, et en ce moment, il pense qu'ils ont particulièrement besoin de lui… Et puis, de toute façon, avec le problème de carburant, il n'est pas question qu'il prenne la voiture pour faire cent kilomètres ! »

Alice avait pour consigne de cacher le statut d'otage potentiel de son père.

« Alors, vous partez comment ? En autocar ?

– Oui. C'est le plus pratique. Et toi ?

– Nous embarquons tous pour Noirmoutier à la fin du mois. Si tout se passe bien d'ici là !

– Qu'est-ce que tu veux dire ? »

François se pencha vers elle, baissa la voix.

« Tu ne sais pas ? Il y a eu des actes de sabotages sur les lignes électriques… Les boches vont allonger le couvre-feu et alourdir l'amende, à ce qu'il paraît… De là à ce qu'ils nous interdisent de bouger… !

– Tais-toi… Tu es fou ? On pourrait nous entendre ! D'où tu tiens ça ? »

Alice pensait à son père. Jusqu'ici, pour autant qu'elle le sût, rien n'avait pu justifier une sanction quelconque de la part des autorités allemandes. Mais si un malheur arrivait, elle se doutait bien que la mécanique des otages pourrait se transformer en piège mortel. François était irresponsable de parler ainsi, et elle lui en voulait.

Il répondit avec une mine de conspirateur :

« Je ne peux pas te donner mes sources… l'info est sûre en tout cas, le maire va publier une mise en garde. »

Le père de François avait ses entrées à la préfecture, Alice le savait. Elle préféra changer de sujet.

« Tu sais que c'est peut-être notre dernier été sur la côte ? Les parents pensent que les villas seront sans doute réquisitionnées.

– Alors, raison de plus pour en profiter ! Après tout, on est quand même en vacances ! »

Il s'étira nonchalamment et se mit à fredonner :

« Y'a d'la joie, bonjour bonjour les hirondelles, Y'a d'la joie et du soleil dans les ruelles, Y'a d'la joie… »

Elle le regardait, les yeux pleins de reproches. Il s'interrompit, rit et l'embrassa. Contrariée, elle se raidit et s'écarta de lui.

« Sissi, méchante Sissi… et le pauvre François tout triste parce que sa belle ne veut plus de lui… »

Cet air faussement contrit, cette moue irrésistible, elle n'en était plus dupe, mais elle refusait de le quitter sur une querelle.

Elle préféra se pelotonner contre lui, sans dire un mot. Contrairement à son habitude, il ne lui proposa pas de la raccompagner, car il avait rendez-vous avec sa mère chez *Decré*, pour acheter des vêtements. Alice décida alors de se rendre à la librairie *Beaufreton*, passage Pommeraye, pas très loin de la place Graslin. Elle espérait y trouver un ou deux romans pour les vacances : c'était un endroit qu'elle aimait pour son côté à la fois intime et mystérieux.

En ce mitan de juillet, la librairie était calme. L'escalier majestueux qui y conduisait n'avait pas encore été pris d'assaut par le bataillon des mères cochant fébrilement leur liste de fournitures et chapitrant des écoliers boudeurs, orphelins de vagues et de vent. À l'intérieur, dans l'ambiance recueillie d'une nef, la lumière d'aquarium provenant de la grande verrière baignait les rayonnages tapissés de livres d'une lueur irréelle. On chuchotait ici comme dans une église. Alice se dirigea vers la table qui exposait les dernières parutions, regarda les titres, indécise. Elle n'y connaissait pas grand-chose en littérature et ne savait pas vraiment ce qu'elle cherchait. Elle prit un livre au hasard, l'ouvrit et le feuilleta machinalement.

« Alice ? »

Elle leva les yeux, le reconnut aussitôt.

« Yves ! Bonjour… Quelle bonne surprise ! »

Le grand cavalier blond. L'ange de l'apocalypse. Souriante, elle lui tendait la main. Il la serra fermement, lui rendit son sourire. Ils s'étaient aperçus une fois, depuis leur première rencontre, à une soirée où l'un et l'autre étaient accompagnés. Ils s'étaient salués brièvement et elle s'était rendu compte qu'elle avait eu du plaisir à le revoir, ne fût-ce que quelques instants.

« Je cherche un livre pour ma sœur, c'est bientôt son anniversaire. Vous pouvez peut-être m'aider ? »

Elle eut une moue dépitée.

« Désolée, je serai une piètre conseillère… Moi-même, je ne sais pas quoi choisir. »

Il se pencha vers les ouvrages alignés sur le présentoir, s'arrêta devant une couverture au titre singulier *Le Combat contre les ombres*.

« Vous connaissez ? Georges Duhamel est un excellent auteur. J'avais commencé *La Chronique des Pasquier*, mais je ne suis pas non plus un lecteur assidu. J'aimerais bien pourtant… Ne pensez-vous pas qu'il faut avoir l'esprit serein pour s'adonner à la lecture ?

– Oui, sûrement… Je ressens ça aussi. Je suis toujours si inquiète… Mais vous, Yves, vous l'êtes donc aussi ? »

Elle avait parlé ingénument, avec cette franchise qui désarmait. Il lui jeta un regard d'une acuité qui la fit rougir. Il dit simplement :

« J'ignore si nous partageons la même inquiétude, mais comment ne pas se sentir soucieux en ce moment ? »

Alice avait envie qu'il sache tout le cas qu'elle faisait de son opinion.

« Vous savez, je n'ai pas oublié notre conversation. Vous étiez tellement lucide ! Tout ce qui est arrivé ensuite vous a donné raison. »

Comme il ne répondait pas, elle ajouta :

« Nous avons la paix aujourd'hui… Mais quelle paix, mon Dieu ! À quel prix ! Et où tout cela nous mènera-t-il ?

– Écoutez, Alice, voulez-vous qu'on rentre ensemble ? Je peux faire un bout de chemin avec vous… Où habitez-vous ? Nous pourrons bavarder plus tranquillement en marchant… »

Le hasard faisait bien les choses. Yves se rendait au rond-point de Rennes, au-delà de la rue Paul Bellamy. Ils quittèrent la librairie, après avoir acheté, sur les conseils du vendeur, lui le dernier ouvrage de Duhamel, elle un roman de Francis Carco, *Brumes*, et un autre de François Mauriac *Les Chemins de la mer*. Ils marchaient côte à côte, Yves réglant son pas sur le sien. Elle apprit qu'il faisait partie des équipes d'urgence de la Croix-Rouge, et aussi qu'il refusait l'armistice décrété par Pétain. Il n'eut pas l'air surpris quand elle lui déclara que ses parents défendaient la position du maréchal.

« Et vous êtes d'accord avec eux ?

– Ils ne sont pas pour l'Allemagne, Yves, croyez-le bien. Simplement, ils pensent que la France n'est pas en position de gagner la guerre. Son armée a été défaite, la population a déjà beaucoup souffert.

– Et comment voient-ils l'avenir ? La France va donc rester sous domination allemande ? Vous voyez bien que c'est déjà insupportable ! »

Elle sentait une tension dans sa voix, une colère retenue. Elle se taisait, attendant la suite.

« Un seul homme est capable de renverser le cours des choses, le général de Gaulle ! Ils sont beaucoup à l'avoir déjà rejoint à Londres. Les Anglais résistent. Ils nous aideront. Les Américains finiront bien par intervenir, vous verrez. C'est une question de temps.

– Mais ça veut dire quoi ? Que la guerre…

– Que la guerre continue, Alice, elle n'a jamais cessé. Partout, les gens se mobilisent. »

Elle demanda d'une toute petite voix :

« Vous voulez dire… qu'ici à Nantes, il y a des gens qui vont continuer de se battre ?

– Sans doute. Et ils seront de plus en plus nombreux à le faire.

– Mais que vont devenir les otages ?

– Ceux qui se battent aussi risquent leur vie. Le chantage aux otages ne les arrêtera pas. Ils n'ont pas le choix. C'est terrible, mais c'est ainsi. »

Il vit son visage désemparé, son regard perdu. Il eut pitié d'elle.

« Petite Alice, personne n'est taillé pour la guerre. Il va falloir simplement se résoudre à admettre que cette paix qu'on nous a imposée n'est pas la nôtre. »

Elle n'osa pas lui demander s'il comptait aussi se battre et par quels moyens. Elle sentait que beaucoup de choses lui échappaient : au fond, elle ne percevait de la guerre que l'aspect quotidien des restrictions – encore sa famille n'était-elle pas des plus à plaindre ! – et le décor étrangement irréel de ces pancartes, de ces drapeaux, de ces armes, de ces uniformes allemands qui avaient envahi sa ville, qu'elle s'efforçait de rejeter à la périphérie de sa conscience par un réflexe désormais familier.

Ils se séparèrent sur le trottoir, devant chez elle. Spontanément, il se pencha pour l'embrasser sur la joue et elle crut déceler dans son regard un éclair de tendresse. Ils échangèrent leur numéro de téléphone. Il lui promit qu'il l'appellerait.

*

* *

En septembre, suite aux premiers bombardements qui avaient meurtri Nantes le 27 juillet, Yvonne conseilla à ses enfants de passer leur diplôme de secouriste. Elle-même s'était engagée comme infirmière Croix-Rouge durant la Grande Guerre et ne concevait pas qu'on pût rester passif quand les circonstances exigeaient le concours de tous. Qui pouvait prédire la suite des événements ? Le pire devait être envisagé. Louis refusa. Il ne supportait pas la vue du sang. Alice y vit l'occasion de crever cette bulle faussement confortable où elle s'était laissé enfermer par commodité. Elle n'eut pas à se faire violence, son insouciance avait fini par lui peser.

À l'automne, les Allemands décrétèrent les zones côtières interdites aux estivants. Les forteresses de béton du mur de l'Atlantique s'érigeaient peu à peu le long du littoral et, à Saint-Nazaire, on construisait une base sous-marine qui abriterait les redoutables *U-Boots*, hantise des transatlantiques. Les propriétaires des villas furent donc priés de remettre les clefs de leur résidence à la *Kommandantur* locale et les Demestre durent se résoudre à abandonner La Korrigane qui fut aussitôt réquisitionnée.

Les Nantais semblaient s'être résignés à la cohabitation avec l'occupant. Pourtant, dès le début de l'été, la résistance avait commencé de s'organiser et les premiers réseaux clandestins s'étaient constitués. L'un d'eux favorisait l'évasion des soldats en fuite ou internés dans des camps autour de Nantes : à l'aide de faux papiers, ils gagnaient les côtes pour tenter de rejoindre Londres ou franchissaient la zone libre. Dans les mois qui suivirent l'occupation de Nantes, les actes de sabotage se multiplièrent. En réaction, le maire de la ville fut arrêté dès le 10 octobre et incarcéré à la prison des Rochettes, la *Kommandantur* lui reprochant un trop grand laxisme, voire de la complaisance, face à des agressions incessantes. Un mois plus tard, un nouveau défi était lancé à l'occupant : dans la nuit du 10 novembre, deux étudiants grimpèrent dans les tours de la cathédrale pour hisser le drapeau français sur le paratonnerre. Au matin du 11 novembre, le drapeau tricolore flottait très haut, plus haut que les croix gammées accrochées au fronton des édifices, rappelant à tous les Nantais la victoire de 1918.

Si la destitution du maire marquait, avec l'alourdissement de l'amende payée par la ville, un raidissement des autorités allemandes, la population n'avait pas trop à se plaindre de leurs contacts avec elles. Les Demestre éprouvaient, comme la majorité de leurs concitoyens, cette schizophrénie de l'âme, entre acceptation et refus, qui les faisait s'accommoder tant bien que mal de la situation et applaudir secrètement aux actes de rébellion. Alice avait eu un échange assez vif avec ses parents, après sa conversation avec Yves, sur le rôle du général de Gaulle et de ses partisans. Henri et Yvonne continuaient de voir, dans l'homme du 18 juin, un ambitieux isolé qui entraînerait ses compagnons dans un combat perdu d'avance. Ils pensaient l'un et l'autre que le salut viendrait des Américains, sans d'ailleurs bien savoir ni comment ni quand.

Et il y eut ce jour de décembre où, après une violente altercation entre Louis et ses parents, Alice jeta des vêtements dans une valise et déclara à sa mère qu'elle partait vivre chez tante Marthe pour quelque temps. Cette vieille amie d'Yvonne connaissait les blessures secrètes de la tribu Demestre et avait recueilli Alice à deux reprises. C'est une jeune fille en pleurs qu'elle découvrit en ouvrant sa porte.

« Mon petit, dit-elle doucement, mon petit, viens. Je vais préparer ta chambre. »

Depuis le départ d'Irène, la tension s'était exacerbée entre Louis et sa plus jeune sœur. Obscurément, ils se disputaient l'amour d'Yvonne, et Louis n'avait que trop conscience d'avoir brûlé ses cartouches. Peut-être ses emportements, ses caprices incessants n'étaient-ils que l'aveu impuissant de cette certitude.

Sa dernière demande extravagante concernant l'achat d'une moto d'occasion relevait du même scénario. Faisant fi de l'argument qu'il n'en avait nul besoin pour se déplacer en ville, et qu'un tel engin n'était pas de mise en période de pénurie de carburant, il s'était entêté en plaidant que la moto était bradée justement pour cette raison-là, que c'était une chance unique de l'avoir à bas prix quand bien même il devrait la garder au chaud pour des jours meilleurs. Alice avait pris le parti de ses parents et il s'était emporté contre elle avec brutalité. Sans doute la fois de trop.

Elle passa le premier soir en tête à tête avec tante Marthe. Elles avaient fermé les volets et calfeutré les fenêtres avec des couvertures. Un moment, le martèlement de bottes d'une ronde de nuit vint briser leur quiétude, puis le silence retomba. Maintenant qu'elle se savait à l'abri, Alice sentait la colère prendre le pas sur le chagrin. Elle découvrait la profondeur de son ressentiment. Il en réveillait d'autres, plus anciens. Cela lui faisait comme une morsure au cœur, un lourd battement d'ailes, oppressant, dans la poitrine. Elle sombra dans un mauvais sommeil, balbutiant par instant des paroles confuses qui la faisaient tressaillir.

Dès le lendemain, elle téléphona à François. Elle avait tellement besoin de le voir, vite, très vite ! Il ne pouvait pas se libérer avant le soir, il promit de venir juste après dîner. Quand il arriva, vingt heures trente étaient depuis longtemps sonnées, et Alice désespérait. Elle se jeta dans ses bras et fondit en larmes. Il caressait ses cheveux, la berçait comme une enfant en murmurant :

« Chut, je suis là maintenant. Tout va bien, ma crevette, ne pleure plus, regarde-moi, tu veux ? »

Et il tenta de prendre son visage entre ses mains. Mais elle détourna la tête et, fâchée encore, protesta :

« Pourquoi arrives-tu si tard ? Je ne t'attendais plus !

– J'ai fait de mon mieux, Sissi, le dîner s'est prolongé, je ne pouvais pas partir avant la fin !

– Le bon petit garçon ! Tu as une famille bien tranquille, toi, qu'il ne faut pas déranger dans ses habitudes !

– Ne sois pas méchante. Je sais que tu es malheureuse, c'est pour ça que je suis venu. Tu t'es encore disputée avec ton frère et ça s'est mal passé ? »

Alice secoua la tête, le repoussa et vint s'asseoir sur le canapé du salon où il la rejoignit aussitôt et l'attira contre lui.

Elle ne se défendit pas, mais ses épaules s'affaissèrent tandis qu'elle répondait d'un ton amer :

« Disputée ? Non… Tu ne peux pas comprendre. Personne ne peut comprendre. Est-ce que tu sais ce que c'est d'avoir l'estomac noué chaque matin, à se demander comment la journée finira ? Et quand on est dehors, à prier pour que tout se soit bien passé durant ton absence ? Est-ce que tu peux imaginer une seconde ce que cela fait de vivre chaque jour sur le fil du rasoir ? »

Il la laissait parler. Il n'ignorait rien de ses difficultés. Il l'avait vue plusieurs fois en détresse. Mais n'ayant pas encore assez vécu, il avait du mal à se représenter ce que cela pouvait signifier pour elle de peurs, de tensions, de désespoir aussi. Et puis, son caractère léger le poussait à balayer bien vite ces zones grises. Ce qui le séduisait chez Alice, c'était son goût pour la vie, pour le rire, son sens inné des situations cocasses, sa sensibilité aussi. Bref, tout ce qu'elle avait en commun avec lui. Le reste, il préférait ne pas trop s'y attarder.

Alice parlait toujours. Elle avait besoin de s'épancher auprès de lui, après tout n'était-il pas son seul amour ?

Le temps passait et l'heure du couvre-feu approchait. Il jeta un coup d'œil furtif à sa montre. Alice surprit son regard. Était-ce la tension de ces derniers jours ? Elle explosa.

« Je t'ennuie avec mes histoires ? Tu te demandes quand tu vas pouvoir renter chez toi, c'est ça ? »

Il protesta.

« Non ! Sissi, arrête ! C'est simplement que les parents veulent que je rentre avant le couvre-feu…

– Ah oui, le couvre-feu ! Je crois me rappeler certaines parties de tarot chez les Delaunay où tu ne craignais pas de rentrer plus tard ?

– Mais maintenant ça n'est plus pareil ! Tu sais bien, les boches sont beaucoup moins coulants. Si je tombe sur une patrouille imbécile… »

Alice s'était levée. Elle était très pâle. Il s'attendait à ce qu'elle crie, à ce qu'elle pleure. Mais elle dit avec une voix d'une terrible douceur :

« Va-t'en, François. Pars vite. Il ne faut pas que tu sois en retard. Non ! Tais-toi, je t'en prie ! Et surtout, ne reviens plus. Je ne veux plus te voir.

– Écoute, tu m'en veux, je préfère m'en aller. Je t'appellerai demain. »

Il cherchait encore une parade.

« Tu n'as pas compris. C'est fini, François. C'est fini entre nous… Nous deux, ça ne collait pas vraiment. »

Il y eut un silence. François sentit qu'il ne s'agissait pas cette fois d'une énième querelle d'amoureux. Mais il était ainsi fait, les obstacles le décourageaient vite. Il préféra ne pas trop réfléchir, bredouilla un « bonsoir, Sissi », gagna la porte et sortit sans se retourner. Il ne rappela pas, et Alice ne chercha pas à le joindre.

Curieusement, après sa rupture avec François, Alice éprouva un apaisement. Depuis longtemps déjà, elle se sentait prisonnière de liens affectifs qu'elle n'avait pas le courage de rompre. Au fond d'elle-même, l'issue ne faisait pas de doute. Les choses étaient en ordre à présent. Elle resta plusieurs jours encore auprès de tante Marthe. Dans l'appartement petit mais douillet, au contact de cette femme attentive et calme, elle reprenait pied peu à peu, rassemblant ses forces, résolue à ne plus jamais se laisser atteindre par la névrose fraternelle. Elle voulait faire quelque chose de sa vie, le monde était vaste, foisonnant, qu'attendait-elle pour s'y jeter à corps perdu ?

Un dimanche matin, elle sonna à la porte, ce fut son père qui lui ouvrit. Dès qu'il la vit, son visage s'éclaira et un bon sourire retroussa sa moustache grisonnante, réveillant les petites rides aux coins de ses yeux. Il paraissait à la fois soulagé et heureux. Il l'étreignit sans un mot, puis s'écarta d'elle en grommelant :

« Je suis content que tu sois revenue. Ta mère est à la messe, tu peux encore la rejoindre, elle est partie il y a quelques minutes.

– J'y vais papa, à tout à l'heure. »

Elle lui envoya un baiser du bout des doigts et ressortit aussitôt. Elle hâtait le pas en redescendant la rue en direction de Saint-Similien. Elle courait presque. Elle atteignit la place dix minutes plus tard et pénétra dans l'église par la petite porte de droite. Elle remonta lentement l'allée centrale, cherchant du regard la haute silhouette dans cette foule recueillie. Le prêtre entamait le *Kyrie*, et l'assistance reprenait d'une seule voix *Kyrie eleison* avec une ferveur qui l'impressionna. Enfin, elle l'aperçut. Elle se tenait au deuxième rang, près de l'autel, immobile, la tête inclinée dans une méditation silencieuse. Une lumière blanche de vitrail éclairait ses cheveux et sa toque de velours gris. Les deux sièges à côté d'elle étaient vides. Alice se glissa dans la rangée et la rejoignit au moment où elle relevait la tête. Yvonne n'eut pas le temps de se composer un visage et Alice, le cœur serré, vit la détresse de son regard, le pli d'amertume de sa bouche et l'infinie tristesse qu'elle dégageait. Doucement, elle lui prit la main, referma ses doigts sur les siens, et sans se regarder, elles restèrent ainsi, unies, heureuses de cette proximité enfin retrouvée.

À la sortie de la messe, tandis que les cloches sonnaient à toute volée, Yvonne s'arrêta sur le parvis et désigna les canons qui pointaient, depuis la terrasse, en direction de la ville.

« Quelle farce, ma petite chérie, quelle sinistre farce ! Combien de temps encore devrons-nous supporter cela ? »

Au déjeuner familial où Louis les avait rejoints, résolu à se montrer aimable avec sa sœur, Henri pesta ouvertement « contre ces foutus généraux qui avaient été incapables de prévoir la stratégie de contournement et s'étaient endormis sur leur ligne défensive ».

Les mois passant, la tension que créait la présence allemande était de plus en plus palpable. Malgré le démantèlement des premières filières de résistants, les attentats, loin de cesser, s'intensifièrent et, en janvier 1941, la ville se vit condamnée à payer une caution de trois millions de francs pour prix de sa mauvaise volonté. Le haut commandement de Paris alla même jusqu'à ordonner, en représailles, la destruction d'un quartier entier de Nantes, toutefois il se heurta à l'opposition de Karl Hotz, conscient qu'une telle mesure ne pourrait qu'attiser davantage l'hostilité de la population. Entre-temps, la rotation des otages était passée de vingt à dix par jour, mais les prisons étaient pleines et il n'était pas difficile d'imaginer qu'elles constituaient le vivier où viendrait puiser l'occupant en cas de répression. Nul n'ignorait l'arbitraire des tribunaux allemands et leur capacité à prononcer des peines sans rapport avec l'acte commis, selon les circonstances du moment. Dans cette grande loterie de l'infortune, mieux valait ne pas avoir tiré le bon numéro.

CHAPITRE 6

Le pont transbordeur

Ce matin du 20 octobre 1941, le lieutenant-colonel Karl Hotz et son ordonnance le capitaine Wilhem Sieger traversent la place Saint-Pierre et s'engagent d'un pas tranquille dans la rue du Roi Albert pour rejoindre la *Kommandantur*, par la petite rue Chauvin. C'est leur trajet habituel. Il est sept heures trente, leurs bottes résonnent sur les trottoirs déserts encore humides de rosée nocturne. Soudain, deux coups de feu éclatent. Karl Hotz, atteint dans le dos, s'écroule face contre terre, mortellement blessé. Sieger, affolé, appelle à l'aide et assiste, impuissant, à l'agonie du *Feldkommandant* qui meurt sous ses yeux. Les deux hommes qui se tenaient en embuscade ont eu le temps de s'enfuir.

La scène dut se dérouler à peu près ainsi. L'Histoire retiendra cet instant comme celui qui fit basculer Nantes dans l'épopée tragique. La nouvelle fit rapidement le tour de la ville, bien avant que ne fût annoncée, sur les affiches placardées le lendemain sur les murs, l'effroyable sanction.

Yvonne Demestre apprit la nouvelle tôt dans la matinée, par une de ses amies qui habitait place Saint-Pierre. Atterrée, elle exprima à voix haute ce qui était, sans doute, le sentiment partagé par beaucoup :

« Quelle folie ! Ce n'est pas un résistant de Nantes qui a fait le coup… C'est impossible ! Cet homme-là, à sa façon, nous évitait le pire ! Que va-t-il advenir de nous, maintenant ? »

Par prudence, elle demanda à ses enfants d'éviter de se rendre dans le centre-ville ce jour-là : les contrôles y seraient certainement très sévères. De fait, les réactions allemandes ne se firent pas attendre. Le couvre-feu fut décrété de dix-neuf heures à huit heures du matin, le téléphone coupé jusqu'au lendemain soir et la ville déclarée en état de blocus. Alors que le préfet était emmené par la police allemande pour interrogatoire, on arrêtait dans la nuit plusieurs officiers de gendarmerie. Et dès le lendemain, les Nantais découvraient, sur des affiches rouges, l'ampleur du châtiment : cinquante otages seraient fusillés le jour même, à Nantes, à Chateaubriand et au mont Valérien ; cinquante autres seraient exécutés si le 23, à minuit, les auteurs du crime n'étaient pas découverts. Cette seconde menace, fort heureusement, ne fut pas suivie d'effet. Parmi ceux qui tombèrent sous les balles allemandes le 22 octobre se trouvaient Léon Jost, président des anciens combattants et animateur de la filière d'évasion des prisonniers de guerre, le jeune Michel Dabat qui avait osé faire flotter le drapeau tricolore sur la cathédrale et deux garçons de dix-sept ans, André Le Moal et Guy Môquet.

Un voile de deuil s'abattait sur la ville. La colère et l'amertume furent d'abord dirigées contre les auteurs de l'attentat tenus pour responsables des exécutions. Les Demestre étaient de ceux-là qui ne cessèrent jamais de dénoncer un assassinat qui, selon eux, ne servait pas les intérêts de la Résistance et dont les conséquences crucifiaient des familles déjà durement touchées par l'emprisonnement des leurs. Il est probable cependant que ce martyrologe suscita dans la région de nouvelles vocations parmi ceux qui ne supportaient plus la présence allemande. Dans les mois qui suivirent, les actes de sabotages et les attentats se multiplièrent.

L'hiver 42 fut particulièrement froid. Le prix du blé ne cessait de monter et il devenait de plus en plus difficile de s'en procurer. Yvonne décida, la mort dans l'âme, de sacrifier ses poules qui finirent sous le couteau d'Émilienne et régalèrent la table familiale. Au printemps, la pénurie de beurre s'aggravant, elle organisa avec Alice une expédition à bicyclette dans la campagne nantaise, chez les Barbin, des fermiers de Thouaré que les Demestre connaissaient d'avant-guerre. On pouvait compter sur eux pour dénicher quelques denrées rares qu'ils gardaient au secret. Pour elles deux, cette escapade fut un vrai bonheur. Elles partirent tôt le matin, par une belle matinée d'avril, le panier de pique-nique ficelé sur le porte-bagage. Elles s'arrêtèrent en cours de route et s'installèrent dans un champ inondé de soleil, laissant les vélos au bord du chemin. L'herbe était tiède, les buissons couverts de fleurs blanches. Clignant des paupières, Alice, la main en visière pour se protéger les yeux, observait la campagne au loin où paissaient quelques vaches.

« Peut-on imaginer, maman, qu'on est en guerre ? Comme c'est paisible, ici !

– Pourtant, nous ne sommes qu'à une vingtaine de kilomètres de Nantes ! Regarde cette lumière, ça ne te rappelle pas nos marais ? Mon Dieu, dire que nous ne pourrons pas aller à La Korrigane cet été !

– Oui… ça me fait mal au cœur de savoir que les Allemands occupent la villa depuis octobre… !

– Tu sais, il faudra bien qu'un jour cette guerre finisse. Ton père et moi… »

Alice l'interrompit avec douceur :

« Maman… vous croyez toujours que le maréchal est capable de nous sortir de là ? »

Ce fut au tour d'Yvonne de l'interrompre, agacée.

« Arrête, veux-tu ? C'est encore ce garçon qui te met ces idées dans la tête ! D'un autre côté, c'est vrai, je ne comprends plus très bien où tout cela nous mène. Ce Laval, tout de même… il ne m'inspire vraiment pas confiance… »

Elle soupira, se leva, fixa son chapeau de paille avec des épingles et saisit le panier de pique-nique.

« Allez, en selle, soldat. On a encore de la route à faire. »

La Gaillardière était une longère basse de plafond, chaulée, avec de petites fenêtres étroites donnant sur une cour qui sentait bon l'étable et la paille fraîche. Dans un coin, quelques poules s'affairaient sur un tas de fumier. Huguette Barbin les accueillit sur le pas de sa porte et les fit entrer dans la grande pièce où un jambon entamé pendait à la poutre maîtresse. Elle les fit asseoir et leur proposa un verre de muscadet. C'était une petite femme menue, aux gestes vifs et au visage ouvert. Elle restait debout à côté d'elles, essuyant ses mains brunes sur son sarrau bleu.

« Ça fait un bon bout de temps qu'on vous avait pas vues ? Mademoiselle a bien changé. Vrai que j'l'aurais pas reconnue, dame oui ! Tiens, voilà Maurice, il va s'occuper de vous. »

Maurice Barbin entra, salua, retira sa casquette qu'il posa sur la table. Ses yeux noirs sous deux sourcils broussailleux exprimaient d'ordinaire la ruse et la méfiance. Devant ses hôtes, cependant, il se départit de sa réserve et se laissa aller à vitupérer contre la misère des temps. Il se souvenait encore du jour où le pont de Thouaré avait été détruit : une explosion d'une telle intensité que les murs de la ferme avaient tremblé.

« Vous auriez dû voir ça quand le pont a pété ! Le boucan que ça a fait, et la fumée… La Noiraude, elle a eu si peur qu'elle a vêlé en moins d'deux ! Encore heureux qu'elle a pas crevé !

– Je sais, mon pauvre Maurice, nous avons entendu l'explosion jusqu'à Nantes ! C'était le 19 juin, les Allemands étaient déjà en ville !

– Ouais ! Nos p'tits gars, ils voulaient couper la route aux fritz… Sûr qu'ils se sont sacrément battus ! Ben, ça n'a pas empêché grand-chose, hein ! Notez que maintenant, ça nous embête bien ce pont coupé. Enfin, que voulez-vous… À la grâce du Bon Dieu ! »

Il écartait les bras dans un geste fataliste.

« Sans compter qu'les doryphores réquisitionnent not' lait et not' viande. Tout juste si on arrive à en garder pour nous ! On va quand même pas tout leur laisser, vindiou ! »

Yvonne répondit, une lueur amusée dans les yeux :

« Ça, Maurice, on peut vous faire confiance pour les rouler ! Je suis sûre que vos caves recèlent des trésors ! »

Il sourit, se redressa, les pouces aux bretelles, leur fit un clin d'œil.

« Attendez là. J'ai qué'ques p'tites choses pour vous. Huguette, tu ressers ces dames. »

Cette fois, Huguette, en plus des verres de vin blanc, leur coupa généreusement deux tranches de jambon qu'elle posa sur une assiette. Yvonne et Alice ne se firent pas prier.

Lorsqu'elles repartirent, leurs sacoches de bicyclette regorgeaient de victuailles : des œufs, une motte de beurre, du lard et un lapin, du fromage blanc en faisselle, ainsi qu'une bouteille d'un petit vin de pays. Elles promirent de revenir dès que les vivres viendraient à manquer. Elles tinrent parole : jusqu'à la fin de la guerre, elles retourneraient à La Gaillardière, la pédale alerte et la jupe au vent, rapportant leur butin sans jamais être inquiétées, épuisées et heureuses de ces échappées belles aux saveurs d'herbes et de foin.

*

* *

La ville aussi intégrait les contraintes de la guerre. Les voitures au gazogène avaient depuis longtemps remplacé les véhicules à essence. Les fiacres et les chevaux attendaient le client, place du Commerce, devant l'immeuble du *Phare de la Loire.* Les vélos taxis proposaient leurs services à tous les coins de rue. Avec l'arrivée des beaux jours, les femmes affichaient leurs jambes en dessinant, le long des mollets, une fine ligne noire qui imitait l'ourlet aguichant de la soie. Les hurlements des sirènes d'alerte faisaient moins peur : cela tomberait bien quelque part, mais pas ici, pas en ville. Les comédies au théâtre Graslin jouaient à guichet fermé, et les écoliers continuaient de se poursuivre dans les rues, à la sortie des classes, comme une portée de jeunes chiots.

Alice avait commencé de donner des cours de maths aux enfants de ses voisins et enseignait désormais à une dizaine d'élèves. Avec ses amies d'enfance, Ginette, Laure et Mado, elle fréquentait les cinémas du centre-ville, en particulier l'*Apollo* et le *Katorza*, où il lui arrivait de croiser François. Ils se saluaient amicalement, sans arrière-pensée. Il était parfois accompagné d'une jeune fille qu'il lui avait présentée comme sa fiancée.

Depuis leur rencontre à la librairie *Beaufreton*, Yves et Alice s'étaient revus quelquefois. C'était lui qui appelait. Mais il pouvait rester des mois sans téléphoner. Alice ne posait pas de question, Yves semblait avoir une vie très remplie et un peu mystérieuse. Ses cours à l'école de médecine et son service à l'hôpital le prenaient déjà beaucoup, elle le savait. Elle appréciait d'autant plus les rares moments qu'ils partageaient ensemble. Plutôt que de s'asseoir dans les salles de cafés, ils préféraient flâner dans les rues ou sur les quais. Avec lui, une simple promenade se transformait en escapade insolite. Il aimait les chemins buissonniers et préférait l'envers du décor. Il avait un don pour ressentir les pulsions intimes d'un lieu, en déceler les secrètes connivences.

Un jour, s'arrêtant à l'angle de la place du Port-Communeau, il désigna les immeubles tassés, aux pans dangereusement inclinés.

« Regardez ces façades, elles datent probablement du XVIIIe. Ç'a été de belles demeures autrefois. Imaginez-les grouillantes de vie, quand cette place était un port et que l'eau venait battre sous les fenêtres…

– C'est difficile à croire ! Elles ont l'air si abandonnées. On dirait… (Alice cherchait ses mots) on dirait des vieilles pénitentes de retour de vêpres ! »

Elle éclata de rire. Yves avait souri. Elle ajouta :

« Elles sont pathétiques ! Pourquoi penchent-elles ainsi ?

– Parce qu'autrefois on construisait sur pilotis à cause des marécages. À cet endroit, le sous-sol est meuble, les fondations sont fragiles. Pathétiques ? Oui, vous avez raison. Regardez comme elles tentent d'échapper au sable qui les engloutit ! »

Alice haussa les épaules.

« Elles sont d'un autre temps ! Heureusement, ici, tout va changer. L'Erdre va devenir un boulevard, est-ce que vous imaginez ? »

La réponse d'Yves la prit de court :

« Une ville résiste toujours aux changements brutaux ! Nos yeux n'oublient jamais. Vous verrez, ces lieux que l'on croyait disparus, leur reflet persistera, comme un mirage, un rêve ancien dont on ne peut se défaire. On n'en sera jamais quitte avec eux. »

Il parlait avec ferveur, comme s'il y allait de sa vie.

Au cours de ces longues flâneries avec lui, Alice, émerveillée, apprenait peu à peu à observer, surprise de sentir vibrer en elle ces antennes invisibles qui donnaient à son regard une profondeur qu'elle ne soupçonnait pas.

Lors de leur dernière équipée, Yves l'avait entraînée sur les bords de la Loire, jusqu'aux quais de la Fosse et de l'Aiguillon, immergés dans la formidable clameur du port. Pour Alice, c'était une découverte. Partagée entre l'effroi et l'excitation, elle longeait les façades lépreuses des hôtels borgnes et des bars enfumés grouillant d'une vie clandestine, curieuse des ruelles entr'aperçues où se devinaient, dans l'ombre, les lanternes des maisons closes. Près des bateaux amarrés, les grues déchargeaient les palettes dans un vacarme de poulies, de cris et de sirènes. Yves avait pris le bras d'Alice pour fendre le flot des dockers et des matelots qui sifflaient sur leur passage. Il élevait la voix au-dessus du tumulte :

« J'aime cet endroit, son bouillonnement. Pour moi, le cœur de Nantes est ici. Vous ne sentez pas ? On croirait entendre battre son pouls… »

Ses yeux brillaient, il avait l'air heureux. Alice, elle, n'en finissait pas d'être étonnée. Au bout du quai, ils s'arrêtèrent pour contempler le pont transbordeur qui reliait le port aux chantiers navals et aux fonderies ; il dominait la Loire de ses deux pylônes cyclopéens raccordés par un long tablier métallique à haubans. La nacelle, suspendue au pont par des câbles, faisait la navette entre les deux rives. Yves proposa à Alice d'y monter. Le trajet était rapide, à peine plus de deux minutes. Sur la plate-forme, ils se mêlèrent aux ouvriers en bleu de travail qui rejoignaient leurs ateliers. Yves lui désignait au loin les infrastructures portuaires, les navires à quai, les chantiers sur l'autre rive.

« Regardez autour de vous… C'est ce qui nous vaut tant de raids aériens. Un jour ou l'autre, la bataille se livrera ici, c'est sûr… quand ils en auront fini avec Saint-Nazaire ! »

Son visage avait pris une expression dure qu'elle ne lui connaissait pas.

Elle protesta :

« C'est notre malédiction ! Je ne peux pas croire que nous subirons le sort de Saint-Nazaire. Notre ville a déjà tant souffert !

Yves, vous êtes un oiseau de mauvais augure ! Ne pouvez-vous imaginer un autre scénario que le pire ? »

Elle s'était assombrie et levait vers lui un regard chargé de reproches. Mais il avait repris son expression amicale. Il lui répondit avec douceur :

« Vous avez raison. Laissons à l'avenir ce qui lui appartient… Tenez, nous sommes arrivés. »

Ils descendirent sur la berge et laissèrent les autres passagers les distancer. Alice, fatiguée de la longue promenade, demandait grâce. Non loin, une cabane aux planches disjointes alignait trois tables et un comptoir de guingois. Le taulier n'avait que de la bière ou du vin à offrir. Ils prirent un siège et commandèrent. La bière était fraîche et une buée s'était formée sur la bouteille en verre. Levant le coude avec panache, Alice trinqua avant de déclarer, le sourire en coin :

« Yves, si je dis à ma mère où vous m'avez entraînée aujourd'hui, elle vous prendra pour le diable en personne ! »

Elle huma sa chope, but une gorgée en faisant la grimace. Elle riait, heureuse de cette escapade, toute pénétrée de sensations nouvelles, essuyant de ses doigts la mousse blanche qui ourlait ses lèvres. Il la regardait et à cet instant elle sut qu'il l'aimait. Elle n'était pas vraiment surprise. Depuis le début, elle avait senti naître, entre eux, quelque chose qui n'était déjà plus de l'amitié. Elle-même avait cherché à analyser ses propres sentiments. C'était tellement différent de ce qu'elle avait éprouvé pour François qu'elle manquait de repères. Lui, de son côté, affichait un comportement amical mais distant, et continuait à la vouvoyer. Il ne cherchait jamais à prolonger un contact physique avec elle. Il lui avait relâché le bras, tout à l'heure, dès qu'ils s'étaient éloignés des équipages sur le quai. Seul son regard trahissait, fugitivement, son attirance pour elle. De cela au moins Alice était sûre. Comment réagirait-elle s'il la prenait dans ses bras ? Elle n'en savait rien. Elle l'admirait et il l'intimidait, était-ce cela qui l'empêchait de voir clairement en elle ? Pourtant, bien qu'elle ne cherchât jamais à le séduire, elle était secrètement heureuse de lui plaire.

Quand ils remontèrent dans la nacelle pour rejoindre le quai de la Fosse, il lui montra, sur les hauteurs, la butte Sainte-Anne, où la grande statue blanche, une main droite levée vers le fleuve, veille sur les marins du haut de son promontoire.

« La prochaine fois, je vous emmènerai là-haut. La vue est splendide. Il faut grimper cent vingt et une marches. Vous vous sentez de taille ?

– Qu'est-ce que vous croyez ? J'ai de l'entraînement avec ma bicyclette ! On verra bien qui arrivera le premier ! »

Il rit, feignit de se méprendre :

« Évidemment, si vous grimpez à vélo, je n'ai aucune chance ! Il faudra que je m'entraîne ! »

Alice n'oublierait jamais cette après-midi-là. Avant de reprendre son service à l'Hôtel-Dieu, Yves la raccompagna jusqu'à l'aubette des tramways. Alors que la motrice approchait, il dit, et sa voix avait une gravité inhabituelle :

« Je ne sais pas quand nous nous reverrons… Peut-être pas avant longtemps. Je garderai le souvenir de cette journée. Alice… ne m'oubliez pas. »

Il venait de l'embrasser, et la tenait toujours par les épaules, ses yeux cherchant les siens. Interdite, elle tentait de deviner le sens de ses paroles.

Elle finit par dire, en soutenant son regard :

« Je vous dois beaucoup, Yves… Comment vous oublier ! J'attendrai que vous m'appeliez. J'ai confiance en vous. »

Quand elle fut sur la plate-forme, à l'arrière du wagon, elle agita la main et lui envoya un baiser. Il restait debout, immobile, regardant le tramway s'éloigner, puis il se détourna brusquement et elle vit sa longue silhouette au loin se perdre dans la foule.

*

* *

Irène était revenue à Nantes sans crier gare. Le vieil homme dont elle s'occupait depuis deux ans avait été hospitalisé et on n'avait plus besoin de ses services. Avant de se mettre en quête d'une nouvelle place, elle avait éprouvé le besoin de revenir chez elle, parmi les siens. Dans le milieu privilégié où elle évoluait, à Nice, elle n'avait connu aucune des privations qui étaient le lot commun des Français. C'est à peine si elle avait pris conscience de l'occupation italienne depuis que la zone libre avait été envahie. À Nantes, ce fut un choc. Yvonne l'avait tout de suite avertie qu'elle devrait se plier aux contraintes du rationnement et éviter toute excentricité qui pût mettre en danger sa famille. Il lui fallut peu de jours pour prendre la mesure de la situation. Elle avait appris, lors des rares échanges épistolaires qu'elle entretenait avec ses parents, que La Korrigane avait été réquisitionnée, et cela non plus n'augurait rien de bon. Dans ces conditions, elle n'envisageait pas un seul instant de passer l'été à Nantes. Elle en avait discuté avec son frère et, un matin, elle s'en ouvrit à sa mère en lui faisant valoir son besoin d'autonomie :

« Je vais retourner à Paris bientôt, j'ai quelques pistes sur Neuilly. Mais… j'aimerais bien disposer de ma propre chambre, ou d'un studio, même si je suis logée et nourrie par mon employeur. C'est lassant d'être tout le temps chez les autres ! »

Yvonne avait compris ce qu'on attendait d'elle.

Elle répondit :

« Je suppose que tu as eu le temps de mettre de l'argent de côté, depuis que tu travailles ?

– Oui, mais il n'est pas question que j'y touche, ce sont mes économies.

– C'est aussi mon avis. Ce que je veux dire, c'est que tu as pu te constituer un petit pécule, précisément parce que tu n'as rien à dépenser. Un studio risque de te coûter très cher !

– Pas si vous m'aidez, maman ! Écoutez, je ne vous ai rien coûté ces dernières années, alors que Louis et Alice... »

Yvonne lui coupa la parole, sèchement :

« Cesse de te comparer à eux. Ils ne travaillent pas encore, contrairement à toi. Je serais disposée à t'aider si ta demande était justifiée et raisonnable... Elle ne l'est pas ! Je crains fort que tu surestimes nos capacités financières, à ton père et à moi ! »

Irène changea de tactique et tenta d'adoucir son propos :

« Si vous saviez, maman, combien mon métier est difficile ! Jamais un instant de répit. Même les jours de repos. Si je suis dans ma chambre et qu'on a besoin de moi, je ne peux pas refuser ! J'ai fini par m'éloigner les jours de congé, pour être sûre d'avoir la paix ! »

Yvonne ne put s'empêcher de sourire. Elle objecta :

« En tout cas, nous avons pu constater combien tu avais profité de ton séjour à Nice ! Si j'en juge par tes récriminations depuis que tu es à Nantes, tu n'as pas été trop maltraitée par ton employeur ? »

Irène s'énervait. Elle éleva le ton :

« Vous n'allez tout de même pas me reprocher d'avoir été bien traitée ! Qu'est-ce que j'y peux, moi, si la situation ici est épouvantable ? Maman, honnêtement, vous et papa pourriez faire un effort ! »

Yvonne répliqua avec fermeté :

« Cette conversation, je crois, a assez duré. Je ne reviendrai pas sur ce que je t'ai dit. »

Il y eut un silence. Puis, d'une voix suave, Irène demanda :

« Et si vous vendiez quelque chose ? Après tout, c'est ce que vous aviez fait pour le séjour de Louis à Paris, je crois me souvenir ?

– Je vois que tu as bonne mémoire… Eh bien, justement, ça n'a pas été une réussite ! Et je ne tiens pas à recommencer. »

Sans attendre la riposte d'Irène, elle ajouta :

« Irène, le sujet est clos ! Si tu veux bien me laisser, j'ai à faire. »

Et elle sortit de la pièce avant que la discussion ne s'envenimât.

*

* *

Le 7 mai, peu avant minuit, les sirènes déclenchèrent leur mugissement sinistre. Les Nantais, réveillés dans leur premier sommeil, se hâtèrent vers les abris. Le docteur Demestre avait aussitôt rejoint le PC de la défense passive, à l'hôtel *Rosmadec*. Yvonne et ses enfants descendirent dans les caves de l'immeuble où ils retrouvèrent leurs voisins, déjà installés sur des matelas de fortune. Ils se serrèrent pour faire place aux arrivants. Une autre famille entra à son tour, avec deux petits enfants apeurés qui sanglotaient. L'atmosphère devint vite irrespirable. Irène se leva brusquement et déclara qu'elle remontait à l'appartement. Louis l'avait empoignée par le bras pour l'obliger à se rasseoir lorsque les premières explosions retentirent. Jamais ce bruit ne leur avait paru aussi proche. Cette fois, il ne faisait pas de doute que les bombes étaient tombées sur la ville. Pendant quelques minutes, les déflagrations se succédèrent, suivies d'un silence mortel. Tétanisés, ils attendirent un long moment dans le noir, avant que les modulations de fin d'alerte ne retentissent, leur signifiant que l'attaque était terminée.

Le lendemain matin, Henri Demestre, de retour d'une longue nuit de veille, leur apprenait que dix-huit personnes avaient été tuées lors de ces raids aériens qui avaient touché le port, les chantiers navals, mais aussi la rue Crébillon et le musée Dobrée. Jamais Nantes n'avait été atteint au cœur jusqu'alors, jamais il n'y avait eu autant de victimes. Effarés, les habitants découvraient la réalité tragique de cette menace qu'ils avaient fini par oublier dans la routine des alertes. Alice pleura. Elle était bouleversée. Elle pensait aux morts, elle pensait aux récentes paroles d'Yves auxquelles elle avait refusé de croire, se demandant si cette première nuit de terreur n'en préfigurait pas d'autres à venir.

Suite à ce bombardement, Yvonne décida de se mettre à la recherche d'une résidence à la campagne où ils pourraient se replier le cas échéant et où ils passeraient quelques semaines en été.

Un matin de juin, Henri, Yvonne, Louis et Alice montèrent en voiture pour aller visiter une maison dans les environs d'Oudon. Irène, prévoyant de rentrer bientôt à Paris, n'avait pas voulu se joindre à eux. Après avoir exploré les moindres recoins de la demeure, ils tombèrent tous d'accord pour la trouver agréable. C'était une bâtisse à un étage, avec des volets verts et des pampres de vigne qui couraient sur la façade. Elle donnait sur un grand jardin. La propriétaire, une femme âgée, s'était réservé trois pièces à l'étage, et ils pouvaient disposer de la totalité du rez-de-chaussée ainsi que du jardin. Un ruisseau coulait à son extrémité et on entendait les grenouilles coasser. À l'intérieur, le mobilier était simple, mais l'essentiel s'y trouvait. La grande cheminée rassura Yvonne sur les possibilités de chauffage et Henri décréta que la chaise longue en osier, sous le pommier, serait son lieu de détente privilégié, toutes les fois qu'il viendrait rejoindre sa famille en été. Le marché fut conclu. Ils pique-niquèrent sur la pelouse et visitèrent le village, s'égarant parfois dans les petits chemins qui sillonnaient le bocage. Les habitants semblaient accoutumés aux citadins et se montraient aimables. Yvonne récupéra même quatre œufs qu'une fermière accepta de lui vendre et ils reprirent, le soir, la direction de Nantes, un peu euphoriques et saoulés de grand air. Louis chantait à tue-tête *Le Temps des cerises*, tandis qu'Alice, peu sensible aux prouesses vocales de son frère, s'était endormie comme une enfant, la tête ballottée par les cahots de la route.

Lorsqu'ils ouvrirent la porte, un grand silence régnait au rez-de-chaussée. Ils savaient qu'Émilienne avait pris son congé pour deux jours, mais Irène n'était pas venue les accueillir. Dans le vestibule, Yvonne remarqua tout de suite, à droite, un vide sur la tapisserie : le miroir n'y était plus. Intriguée, elle se dirigea vers la salle à manger et appela : Irène se trouvait peut-être à l'étage.

Elle aperçut immédiatement l'enveloppe posée sur la table, qui portait l'écriture de sa fille : *à l'attention du docteur et madame Henri Demestre*. Elle déplia la lettre, le cœur battant, et lut :

Je pars pour Paris tout à l'heure, par le train de quinze heures trente. À l'arrivée, on viendra me chercher à la gare. Vous allez trouver des changements dans l'appartement : j'ai fait venir ce matin un antiquaire qui a emporté quelques meubles et pièces d'argenterie. J'estime que j'en avais le droit. Alice et Louis vivent à vos dépens, et moi je devrais me débrouiller seule ? Vous m'avez refusé votre aide, alors j'ai vendu ce qui m'était nécessaire pour pouvoir louer une chambre à Paris. Considérez qu'il s'agit d'une avance sur ma part d'héritage.

Votre fille,

Irène Demestre

Yvonne poussa un cri de surprise et de colère. Elle appela son époux, lui tendit la lettre, en fulminant :

« Tiens, lis, lis ! Notre fille nous a volés ! Elle a quitté la maison en vendant nos meubles ! »

Henri, abasourdi, avait pris la lettre, entouré d'Alice et de Louis qui le pressaient de questions, tandis qu'Yvonne se précipitait vers le salon. Effectivement, la grande pièce avait été soulagée d'un certain nombre de petits meubles : le chiffonnier, le secrétaire Louis XV et une table bouillotte avaient disparu, ainsi qu'une gravure et deux peintures XVIIIe sur bois. La ménagère en argent massif et le Gallé à col haut ne trônaient plus sur la console. Le pillage s'arrêtait là. Irène n'avait pas osé toucher aux médaillons qui représentaient ses ascendants maternels, mais cela n'apaisa en rien le désarroi et la colère de sa mère. Louis fut chargé d'aller s'enquérir auprès des voisins afin d'obtenir d'éventuels témoignages, pendant qu'Henri réfléchissait aux termes de la plainte qu'ils déposeraient au commissariat, dès le lendemain. Les voisins avaient bien vu une camionnette grise stationnée devant le porche et des meubles que deux hommes transportaient, mais Irène les avait rassurés en leur expliquant qu'ils étaient destinés à son appartement parisien. Ils n'avaient rien trouvé à redire. Malgré tout, les Demestre craignaient le scandale. Ils décidèrent d'attendre un peu avant de dénoncer ce « cambriolage sans effraction ». Bien leur en prit, car un avocat de leurs amis les informa que le vol entre parents et enfants n'était pas reconnu. Cette « rapine » selon les termes d'Yvonne, fut sans doute l'ultime outrage qui décida les Demestre à rompre avec leur fille. Il fut entendu qu'elle ne mettrait plus les pieds chez eux et qu'ils cesseraient désormais de s'intéresser à sa vie. Ces dispositions servaient leur ressentiment et leur amertume, mais elles blessaient au plus profond d'eux-mêmes le fragile espoir qu'ils avaient entretenu, envers et contre tout : celui de renouer un jour, avec l'enfant prodigue, un improbable dialogue.

CHAPITRE 7

Rue du Calvaire

Un soir de juillet 1942, le téléphone sonna chez les Demestre à une heure insolite : il était presque vingt-deux heures et seule une urgence médicale pouvait justifier un appel aussi tardif. Dans une atmosphère de confinement à laquelle obligeaient le calfeutrage des fenêtres et l'usage chichement mesuré de l'électricité, la famille, comme chaque soir, s'était réunie dans le salon. Sous l'unique abat-jour allumé, chacun avait trouvé à s'occuper. Yvonne ravaudait le col d'une vieille robe pour tenter de la prolonger, Alice tricotait un gilet de coton en prévision de l'été pendant qu'Henri roulait entre ses doigts une cigarette remplie d'un ersatz de tabac. Louis, qui préparait ses examens de droit, travaillait dans sa chambre. Henri n'aimait pas qu'on le dérangeât le soir. Il se leva donc en maugréant et décrocha le combiné. Au bout du fil, une voix anxieuse chuchotait :

« Monsieur Cohen, fuyez, vite, la police vient vous arrêter avec toute votre famille. »

Avant que l'interlocuteur ne raccrochât précipitamment, Henri, pétrifié, eut le temps de répondre :

« Je ne suis pas monsieur Cohen, vous faites erreur ! »

Sa femme et sa fille avaient levé les yeux et le regardaient. Lui, le visage décomposé, posa le combiné d'un geste lent, avant d'expliquer :

« Quelqu'un qui voulait prévenir une famille juive de son arrestation imminente. Il s'est trompé de numéro... Les pauvres gens ! »

Cet incident – Alice le raconterait plus tard – lui fit prendre conscience subitement de ce que vivaient, au quotidien, ces familles persécutées dont on parlait peu, si ce n'est pour les vilipender dans une propagande déchaînée qui n'abusait plus personne. Il y avait loin, en effet, entre les caricatures grotesques qu'une certaine presse affichait, et ces voisins amicaux et discrets, ce médecin dévoué, ce commerçant affable, connus et appréciés de tous. Ce soir-là, chez les Demestre, la quiétude familiale avait été rompue par l'irruption de l'innommable. Il ne leur était plus possible de retourner à leurs occupations comme si rien ne s'était passé. Ils tremblaient pour cette famille inconnue. S'était-elle enfuie à temps ? Où irait-elle se cacher ? Qui viendrait en aide à ces parias que l'occupant désignait comme de dangereux comploteurs ? Et sinon… où les conduiraient ces trains qui partaient vers l'Allemagne ? À quoi ressemblaient ces camps de travail auxquels on les destinait ? Quelle était la place des enfants dans tout cela ? Comme tous les Nantais, ils ignoraient bien sûr l'existence des camps de la mort. À vrai dire, jusqu'ici, ils ne s'étaient pas trop posé de questions. Le sort des Juifs, dans la tourmente d'une guerre qui n'en finissait pas, ne constituait pas leur préoccupation première. Pourtant, au cours de cette soirée, ils ne cessèrent d'en parler. Ils comprenaient l'angoisse de bêtes traquées de ces hommes et de ces femmes qui cherchaient à protéger leurs enfants d'un sort incertain. Depuis cet appel nocturne, à cause de cette voix chuchotée au bout du fil, à cause de tout ce qu'elle induisait de souffrance et de peur, ils en mesuraient le poids de larmes. Les jours suivants, ils apprendraient que trente Juifs avaient été arrêtés à Nantes et avaient rejoint, à Angers-Saint-Laud, un convoi de huit cent vingt-quatre âmes à destination d'Auschwitz.

*

* *

Depuis les derniers bombardements du mois de mai – les plus meurtriers que Nantes ait connus jusqu'alors –, Alice avait décidé de rejoindre une équipe de volontaires de la Croix-Rouge parmi celles qui secondaient la défense passive. Malgré son désir d'appartenir à une structure d'urgence, elle n'avait pas été retenue. Le questionnaire médical qu'elle avait dû remplir avait fait apparaître sa fragilité pulmonaire. En présence de fumée opaque et de poussière, elle deviendrait totalement inopérante et se mettrait elle-même en danger. Elle accepta donc de recevoir une formation d'auxiliaire sociale qui la destinait à prendre en charge, au plan psychologique, les personnes choquées mais valides, à procéder à leur évacuation, à organiser la distribution de vivres et de couvertures, à coordonner le regroupement des familles et à les aider dans leurs démarches de relogement. Sa formation de secouriste, au début de l'Occupation, ne lui avait encore jamais servi. Depuis le début de la guerre, elle subissait un quotidien fait de contraintes et de privations rendues chaque jour plus insupportables. Elle avait l'impression de dérober au présent de rares moments de plaisir et d'en être redevable. Elle tentait bien, quelquefois, de se projeter dans le futur, mais si lourdes étaient les menaces dans un horizon proche que cela tenait plus du rêve que du projet d'avenir. Sa vie était comme suspendue, arrêtée dans son déroulement : elle attendait. Et c'est cette attente qu'elle avait décidé de briser. Elle s'inscrivit donc à la session de septembre et découvrit une équipe de bénévoles à la bonne humeur contagieuse, avec lesquels elle donna libre cours à sa gaieté naturelle, à son besoin de partage, à son sens inné du contact. C'était comme si, au fond, depuis toujours, sa place avait été là.

Pendant ce temps, Louis passait avec succès ses examens et obtenait sa licence en droit. Au mois de septembre, il trouva un emploi dans un cabinet d'assurances, rue du Calvaire, et ce premier salaire fut accueilli avec soulagement par Yvonne qui tenait les cordons de la bourse. Les quelques placements que les Demestre avaient pu faire avant-guerre étaient gelés et les patients d'Henri, les patientes surtout, des femmes seules ou ayant leur mari prisonnier, ne pouvaient plus payer leur consultation. Elle songea à mettre en location la chambre du rez-de-chaussée qui donnait sur le jardin et servait de débarras. Pour y accéder, il fallait traverser la salle à manger, une contrainte qui l'avait dissuadée, jusqu'ici, de le faire.

Ce fut à cette époque qu'elle reçut un coup de fil de Toulouse : la supérieure du couvent des réparatrices du Sacré-Cœur lui apprenait la mort de sa sœur, en religion mère Marie de Saint-Armel. Yvonne savait qu'elle était malade depuis longtemps. Le cancer qui la rongeait avait eu raison d'elle... Sa sœur Marguerite, son aînée de trois ans, avait choisi à l'âge de vingt ans d'entrer au Carmel, honorant, par une tragique ironie de l'histoire, la promesse que sa mère n'avait pas tenue. Personne n'avait compris ce qui avait poussé cette très belle jeune fille à se cloîtrer dans un ordre réputé pour sa dureté. Elle se souvint de leur dernière entrevue au parloir, juste avant la guerre, alors qu'elle était allée la voir, inquiète du ton de sa lettre et alertée par les symptômes du mal qu'elle décrivait. Une grille les séparait, l'empêchant de l'étreindre. Mais l'aurait-elle pu si elles s'étaient retrouvées côte à côte ? Marguerite dissimulait ses mains dans les larges plis de ses manches et sous le voile, le pâle visage semblait inaccessible. Ses yeux, d'un bleu si vif autrefois, paraissaient éteints et son regard trahissait une détresse immense.

Chacune de ses visites renforçait Yvonne dans sa conviction : Marguerite ne rayonnait d'aucune paix de l'âme, nulle marque chez elle de cette joie spirituelle qu'on prête volontiers aux moniales. Mais elle ne s'était jamais plainte et ne livrait rien d'elle-même. Pour éviter les questions, elle s'enquérait de la vie des autres, de ses parents, de ses neveux, des quelques amis dont elle gardait le souvenir. Et Yvonne repartait avec le sentiment d'avoir manqué quelque chose. Lorsque Mathilde, leur mère, était morte, Marguerite n'avait pas été autorisée à quitter le couvent pour assister à son enterrement. Elle resterait prisonnière, jusqu'à la fin, de cette cellule glaciale, de ces couloirs sans lumière où glissent des ombres furtives, de ce silence perpétuel, interrompu à heures fixes par les offices liturgiques et les litanies des nonnes.

La dernière fois – était-ce le pressentiment de sa fin proche ? –, Marguerite s'était livrée, à mots mesurés : des confidences arrachées presque malgré elle. Et Yvonne avait compris le calvaire que sa sœur endurait. Sa naissance, son allure un peu trop froide, un peu trop orgueilleuse disaient certaines, lui avaient attiré l'inimitié de quelques-unes de ces femmes qui avaient fait vœu d'amour et d'humilité. Et dans l'univers clos du Carmel, les haines avaient flambé, les mesquineries et toute la méchanceté dont l'individu social est capable avaient meurtri cette âme qui n'avait pas su se préserver, qui n'avait pas trouvé dans la foi ou la prière le réconfort qu'elle espérait. Elle avait cru qu'elle rencontrerait la paix de l'esprit derrière les murs du cloître, qu'elle pourrait se perdre dans la contemplation de son Dieu. Elle s'était retrouvée à la merci des passions humaines. Yvonne n'oublierait jamais les mots de Marguerite, à la fin de sa confession :

« Vonette, j'ai vécu l'enfer sur cette terre. Puisse le ciel m'accorder le paradis ! »

Vonette, son petit nom à elle, Yvonne, au temps béni de leur enfance… Elle avait oublié. Personne, jamais, ne l'appelait par ce nom-là. Plus personne, jamais, ne l'appellerait ainsi.

En prononçant ce diminutif puéril, Marguerite renouait inconsciemment avec la complicité qui les avait unies autrefois. Ce mot, ce simple mot qui remontait à la surface, tel un poisson sans vie, marquait par son insignifiance le terrible passage du temps. Lorsqu'elles s'étaient levées, à la fin de la visite, Yvonne avait posé sa main contre la grille de séparation, les yeux rivés sur ceux de sa sœur. Marguerite s'était approchée, avait placé sa paume contre la sienne, leurs doigts s'étaient rejoints. Dans ses yeux, nulle trace de larmes mais une souffrance infinie. Elle l'avait tenue dans son regard, quelques instants, avant de murmurer :

« Je prierai pour toi et les tiens. Priez pour moi aussi. Que Dieu nous vienne en aide ! »

Puis elle s'était détournée et Yvonne l'avait regardée s'éloigner, se fondre lentement dans l'ombre grise du parloir.

Et voilà qu'elle était morte, seule, loin des siens. Le règlement du Carmel interdisait aux familles d'assister aux funérailles. La supérieure avait assuré qu'elle était partie vers son éternité, dans la paix du Christ et entourée de ses sœurs. Yvonne l'imaginait, sur son lit de mort, son beau visage amaigri, enserré dans la guimpe et le voile, les yeux clos pour toujours sur un monde qu'elle n'avait pas connu, ou si peu, et qui l'avait ignorée.

Le soir, au dîner, elle annonça la nouvelle, sans dissimuler son chagrin. Louis et Alice étaient venus plusieurs fois rendre visite à leur tante à Toulouse et leur mère avait souvent évoqué ses jeunes années avec Marguerite, des années de petites filles insouciantes et joyeuses. Ils étaient affectés l'un et l'autre par cette disparition, davantage encore, peut-être, par le sentiment poignant d'une vie fourvoyée. Yvonne ressortit les photos, celles de leur jeunesse, les seules dont elle disposait. Ils se penchèrent sur les albums aux couleurs sépia : on y reconnaissait Marguerite, à seize ans, portant le costume breton, avec la coiffe de dentelles et le tablier de soie brodé, elle encore, un peu plus tard, en robe d'organdi blanc, avec son ombrelle tout aussi blanche, ses cheveux blonds, retenus par deux peignes, flottant sur ses épaules. Sur une autre photo, elle et ses cousines formaient une chaîne au-dessus d'un ruisseau, pour aider l'une d'entre elles à franchir le cours d'eau. Il y avait beaucoup de grâce et de rires dans cette scène champêtre. Mais partout et toujours, Alice en fit la remarque, ces yeux un peu trop graves, cette bouche sérieuse, qui contrastaient avec la gaieté gourmande de sa sœur. Quelque chose au fond du regard, quand l'objectif l'avait fixé, qui semblait se perdre dans un lointain qu'elle était seule à entrevoir. Que cachaient cet air pensif, ce détachement qui semblait l'éloigner des autres ? Avait-elle, dès cette époque, commencé de renoncer au monde ? Quelles fautes, si jeune fût-elle, tentait-elle de racheter ? Quel amour blessé, cette âme secrète et ardente avait-elle voulu ensevelir ? Ces quelques clichés participaient du mystère sans le résoudre. Marguerite reposait désormais dans le petit cimetière du Carmel, abandonnant aux siens l'énigme de sa vie.

*

* *

On entrait dans l'hiver. Le 11 novembre 1942, en réaction au débarquement allié sur les côtes algériennes, les Allemands avaient franchi la ligne de démarcation. Désormais, la France entière était occupée. À Nantes, les pluies d'automne détrempaient les affiches de propagande apposées depuis l'été, qui vantaient les mérites de « la relève » : des prisonniers de guerre, décharnés, tendaient un doigt accusateur en direction des passants pour les inciter à venir les remplacer. Trois travailleurs français volontaires contre un captif. Tel était le marché proposé par le gouvernement aux civils, à grand renfort d'émissions de radio et d'articles de journaux. L'Allemagne, avec l'essentiel de ses troupes concentré sur le front russe, avait besoin de main-d'œuvre pour faire tourner ses usines et la France devait participer à l'effort de guerre pour aider le Reich à triompher du bolchevisme.

Malgré les rationnements de charbon, de gaz et d'électricité à l'entrée de ce long hiver, auxquels s'ajoutaient les difficultés croissantes de ravitaillement, les candidats au départ ne se bousculaient pas. Alors, en février 1943, Vichy instaurait le STO, le Service du travail obligatoire. Il visait toute la jeunesse française, hommes et femmes en âge de travailler. La machine de guerre allemande avait besoin de forces vives sans délai, et il n'était plus possible de s'y soustraire.

Afin d'échapper à la réquisition, beaucoup prirent la fuite vers la campagne et les maquis où nombre d'entre eux rejoignirent l'Armée secrète. Pour Louis et Alice, les choses étaient plus simples. Louis se découvrit opportunément un hypothétique souffle au cœur qui le dispensait de cette obligation. Et Alice, avec son asthme chronique, ne courait aucun risque. D'ailleurs, la demande visait surtout des ouvriers habitués au travail à la chaîne, mais quelques rafles intempestives au sortir des cinémas les avaient mis sur leurs gardes.

Alice commençait à s'inquiéter du silence prolongé d'Yves. Il n'avait pas donné de nouvelles depuis le printemps 42, lors de leur dernière escapade sur le pont transbordeur. Plusieurs fois, elle avait été sur le point de lui téléphoner, lors du bombardement meurtrier de mai, notamment, puis quand elle avait rejoint l'équipe de la Croix-Rouge en septembre. Mais chaque fois, une sorte de timidité l'avait retenue. Yves lui avait dit qu'ils ne se reverraient peut-être pas avant longtemps. Il l'avait prévenue. Mais de quoi ? Pourquoi ? Jusqu'ici, c'était lui qui appelait. Ne pouvait-elle tenter de le faire à son tour ? Alors, elle s'y était risquée un soir, sans succès. Le téléphone avait sonné dans le vide. Elle avait récidivé un autre jour avant de renoncer. Elle ne connaissait pas ses horaires, ses habitudes. Elle ne connaissait pas non plus toutes ses activités. Elle réalisait maintenant qu'elle ne savait pas grand-chose de lui. Elle avait bien songé à se rendre au service hospitalier de l'Hôtel-Dieu où il travaillait, mais la peur de se ridiculiser l'avait retenue. Qu'aurait-il pensé en la voyant ? Qu'aurait-elle dit à l'infirmière, au médecin de garde, qui lui aurait demandé la raison de sa présence ? De quel droit s'enquerrait-elle ainsi de lui ? Elle pensa un moment qu'il l'avait peut-être oubliée, elle se sentait tellement petite à côté de lui ! Mais quelque chose en elle lui disait qu'il n'en était rien. Elle se résigna donc à attendre.

Quelques semaines plus tard, la réponse lui fut apportée de manière imprévisible. La chambre du rez-de-chaussée était occupée depuis peu par un nouveau locataire, un homme de trente-huit ans, aimable et discret. Il avait pris l'habitude d'acheter *le Phare de la Loire* chaque matin et de le laisser ensuite dans la salle à manger à la disposition de tous. Ce jour-là, à la fin du repas, Henri s'installa dans le fauteuil face à la véranda, le quotidien à la main, et entreprit d'y jeter un rapide coup d'œil avant de rejoindre son bureau. Alice pliait la nappe pour la ranger dans le buffet lorsqu'il l'interpella :

« Sissi, comment s'appelle déjà ton ami médecin ?

– Yves. Yves Durieux. Pourquoi cette question, papa ? »

Elle s'était tournée vers son père, sur le qui-vive. Elle vit aussitôt à son expression qu'il regrettait d'avoir parlé. Il tenait le journal grand ouvert et regardait vers le bas de la page. Elle se précipita et sans ménagement tenta de le lui prendre. Il résistait.

« Qu'est-ce que vous avez lu, papa ? Dites-le-moi ! Dites ! »

Elle suppliait. Il hésita un court instant, puis lâcha très vite :

« Ils l'ont fusillé. Tiens, lis toi-même. »

Il lui tendit le journal qu'elle lui arracha des mains. En bas de page, il y avait la chronique morne et répétitive des exécutions, signalées dans un simple encart. Elle lut :

« Yves Durieux, étudiant en médecine, a été fusillé le 23 mars, au champ du Bêle, pour faits de Résistance. »

Elle se tenait debout, la tête penchée sur la page, lisant et relisant, incrédule encore, comme si une autre lecture était possible, comme si une erreur s'était glissée, qu'un œil attentif finirait bien par trouver. Elle restait muette, comme foudroyée. Henri se leva et la prit doucement par les épaules. Il murmura :

« C'était… quelqu'un de proche n'est-ce pas ? Ma pauvre petite fille, ma pauvre, pauvre petite fille.

– Non ! »

Le cri avait jailli de sa gorge. Elle s'abattit sur l'épaule de son père en sanglotant. Il l'entoura de ses bras, la berça silencieusement, caressant ses cheveux, chuchotant, comme dans une comptine, les mêmes mots répétés à voix basse :

« Pauvre, pauvre petite fille, pauvre petite Sissi… »

Ses pleurs étaient d'une telle violence qu'ils la secouaient tout entière. Par moment, elle suffoquait. Cela dura longtemps. Quand elle se fut calmée, Henri la fit asseoir, lui tendit son mouchoir. Elle s'était ressaisie. Du moins le croyait-elle. Il ne fallait pas qu'Yves la vît dans cet état. Ça n'était pas digne de lui. Maintenant, elle voulait être seule, afin de penser à lui, de le retrouver dans un ultime tête-à-tête où ils se parleraient, où il lui dirait sûrement ce qu'il n'avait pas eu le temps de lui dire. Elle se tourna vers son père.

« Ça va aller, papa, vous pouvez retourner à votre bureau. »

Henri protesta :

« Je ne veux pas te laisser toute seule. J'attendrai que ta mère revienne. Elle ne devrait plus tarder. »

Yvonne s'était absentée chez une voisine de l'immeuble, deux étages au-dessus.

« Non, ça va mieux, je vous assure. D'ailleurs, je vais aller au jardin. Vous voyez bien, je suis calme, je ne pleure plus. Vraiment, vous pouvez me laisser, papa, je vais bien, c'est fini. »

Elle l'embrassa sur la joue, lui sourit bravement et sortit par la véranda. Elle ignorait encore que cette sorte de douleur a des ruses infinies, qu'elle vous traque longtemps après que vous l'avez crue éteinte, qu'elle prend de multiples aspects pour perdurer au fond de l'âme. Elle descendit dans le jardin, là où elle avait coutume de s'installer autrefois, Mazda sur les talons, lorsqu'elle voulait protéger ses rêveries de quinze ans. Mazda était enterrée depuis deux ans au pied du lilas et sa truffe humide, ses bons yeux confiants lui manquaient à cet instant. Cette journée de mars était douce, un soleil printanier réchauffait le mur de pierres grises. Elle s'assit dans l'herbe, les genoux repliés, la tête dans ses mains. Elle ferma les yeux. L'image d'Yves flottait légèrement devant elle, sa grande silhouette se précisait graduellement, comme s'il revenait sur ses pas pour venir la saluer. Elle revoyait l'éclat de ses yeux gris à leur dernière rencontre quand il la regardait avec cette manière si particulière, si pénétrante. Elle cherchait avidement les moindres sensations qui le lui restitueraient, elle se rappelait la pression de sa main sur son bras, dans la foule des dockers, et comme elle aurait aimé que cette main glissât dans la sienne. Yves, c'était une intelligence éclatante, une sensibilité singulière. Elle disait de lui en riant qu'il était un prophète, un passeur de rêves, l'ange de l'apocalypse, et il était vraiment tout cela à la fois. L'avait-il aimée ? Elle le croyait. L'aimait-elle ? Elle n'en doutait plus. Elle se demanda quelle avait été la nature de son engagement dans la Résistance, depuis combien de temps il en faisait partie. Elle essaya de reconstituer son arrestation, les coups, la torture peut-être dans les caves de la Gestapo, l'incarcération et puis la sentence, terrible. Qu'avait-il fait pour mériter la mort ? Comment avait-il accueilli le verdict ? Elle imagina ses derniers instants dans le camion qui le transportait sur le champ de tir. Avait-il eu une pensée pour elle ? Elle se figura le poteau, le bandeau sur les yeux. Il avait sans doute eu peur à la dernière seconde, comment ne pas avoir peur face au peloton d'exécution ? Ou bien était-il déjà au-delà de toute peur ? Quelle avait été son ultime pensée avant la salve ? Elle voulait tout savoir, elle voulait le suivre pas à pas dans ses derniers instants, c'était ce rendez-vous-là qu'elle avait avec lui, pour la dernière fois. Malgré l'horreur de la situation, Alice ne cherchait pas à maudire l'injustice du sort. La guerre était injuste par nature. Tant de gens autour d'elle étaient déjà tombés, victimes de cette grande pourvoyeuse de mort. Yves savait les risques qu'il courait, il lui avait dit « personne n'est taillé pour la guerre », simplement il avait décidé qu'il y avait quelque chose à faire. Il avait certainement accepté la possibilité d'en mourir. Elle était encore sous le coup de son sacrifice, elle essayait d'être à la hauteur. Plus tard viendrait le sentiment d'un gâchis irrémédiable, la conviction douloureuse qu'elle avait perdu l'homme avec lequel elle souhaitait construire sa vie. Dans la longue succession des années à venir, le destin ne lui offrirait pas de seconde chance. Elle ne le savait pas encore.

Quand Yvonne rejoignit sa fille au fond du jardin, elle se garda bien de toute effusion intempestive qui aurait déclenché à nouveau ses pleurs. Elle ne connaissait pas vraiment Yves qu'elle avait aperçu une ou deux fois, quand il était venu chercher Alice à la maison, mais le garçon lui avait fait une excellente impression. En tant que mère, elle voyait déjà son futur gendre dans ce grand jeune homme blond au visage intelligent et réfléchi. On le sentait déterminé, perspicace et très mûr pour son âge. De toute évidence, Alice était très impressionnée en sa présence et ne tarissait pas d'éloges après chacune de leurs escapades. Il y avait un bémol toutefois : il affichait sa sympathie pour le général de Gaulle et influençait manifestement le jugement de sa fille. Et puis, il n'était pas tout à fait de leur milieu, sa famille n'appartenait pas à la bonne société nantaise. Mais, après tout, ne représentait-il pas l'avenir, comparé à ces jeunes crétins imbus de leurs privilèges, et qui étaient des fruits secs ? Sans aucun doute, c'était un bon parti. Et puis, elle sentait bien qu'Alice lui portait un intérêt plus qu'amical. Le problème, c'est qu'il ne se manifestait pas beaucoup. Elle ne comprenait pas très bien le pourquoi de ces rendez-vous épisodiques entrecoupés de longs moments de silence. S'il tenait à elle, pourquoi diable ne la voyait-il pas davantage ? Elle avait bien risqué une réflexion, au début, mais elle s'était fait aussitôt rembarrer et avait jugé plus prudent, à l'avenir, de se taire. Cette mort brutale et tragique la consternait. Henri venait de lui raconter le choc que la nouvelle avait produit chez sa fille, son désespoir violent, et elle était très affectée par cette douleur qu'elle savait ne pas pouvoir consoler. Elle choisit d'aborder simplement et directement le sujet avec elle ; Alice avait certainement besoin d'extérioriser ce qu'elle éprouvait.

Elle vint s'asseoir à ses côtés et la questionna avec douceur :

« Tu aimais bien ce garçon. Qu'est-ce qu'il représentait exactement pour toi ?

– Tout. Tout et rien en même temps…

– Que veux-tu dire ? Qu'y avait-il entre vous ?

– Rien, maman. Il n'y avait rien. Je veux dire, il ne s'était rien passé… encore. »

Elle avait hésité sur le dernier mot. Car c'était bien de cela qu'il s'agissait. Il ne s'était encore rien passé entre eux. Tout était à venir. Pouvait-on parler d'une belle amitié ? Oui, sans aucun doute, mais qui s'était construite au fil des moments, ô combien rares, qu'ils avaient partagés ensemble. C'était leur intensité qui avait compté. Elle savait qu'elle s'était nourrie de son regard sur les choses, sur le monde, de sa sensibilité et de sa réflexion. Au-delà... qu'y avait-il eu au-delà ? Des intuitions, presque des certitudes, mais fondées sur rien de concret. Elle envisageait seulement aujourd'hui l'explication qu'elle avait longtemps cherchée à la réserve d'Yves. Il était résistant et cet engagement était pour lui primordial. Il ne voulait pas s'en autoriser d'autre. En s'interdisant ces liens plus forts, il voulait peut-être aussi la préserver de tout chagrin futur.

En tout cas, c'était un raisonnement plausible. C'est ce qu'elle exposa à sa mère et cela lui faisait du bien d'en parler, comme si, par-delà la mort, il était venu lui-même lui apporter la réponse.

Yvonne écouta attentivement et acquiesça aux interprétations d'Alice. Oui, tout cela se tenait. Qu'eût-il valu le mieux ? Qu'elle découvrît qu'elle n'était pas aimée, ou qu'elle comprît qu'il avait tenté de la protéger, justement parce qu'il l'aimait ?

Elle n'avait pas la réponse. Alors, elle lui demanda, plus prosaïquement, si elle connaissait ses parents, Alice lui répondit que non, qu'elle savait seulement qu'ils habitaient une petite ville près de Cholet. Le soir même, elle appelait son amie Solange, espérant qu'elle en saurait peut-être davantage. Mais Solange ignorait tout des circonstances de l'arrestation d'Yves et des motifs de son exécution. Elle lui communiqua l'adresse des parents, au cas où elle voudrait leur écrire, en disant qu'ils ne devaient pas en savoir beaucoup plus. Alice décida de n'en rien faire. Elle passa par des moments de désespoir et d'abattement, suivis d'autres où elle reprenait pied. Puis elle apprit à vivre avec son chagrin, jour après jour, nuit après nuit et à faire l'impossible deuil de cet amour mort-né.

*
* *

Après coup, Louis se dirait qu'il avait eu beaucoup de chance. Ce jeudi 16 septembre, il s'était rendu chez un client du cabinet, en début d'après-midi, et s'en revenait tranquillement à pied vers son bureau, situé rue du Calvaire, lorsqu'il entendit soudain le hurlement de la sirène. Perplexe, il leva les yeux vers le ciel. En général, les alertes aériennes se passaient plutôt la nuit ? Tout d'abord, il perçut un vrombissement lointain mais caractéristique : sûrement une escadrille de bombardiers américains qui se dirigeait vers Saint-Nazaire ou La Rochelle. Il avait l'habitude. Ils passaient haut dans le ciel, on les voyait au loin, puis ils disparaissaient à l'horizon. On entendait même les déflagrations quand ils visaient le port de Saint-Nazaire. Mais voilà qu'ils se rapprochaient, cette fois, et qu'on distinguait nettement leur fuselage étincelant dans le soleil. Combien étaient-ils ? Impossible à dire, plusieurs dizaines, c'est sûr. Et puis, il y avait ces drôles de petits objets brillants qu'ils lâchaient de leurs soutes. Des tracts ? Ça leur arrivait parfois.

Louis plissait ses yeux de myope derrière ses verres épais. Des passants, intrigués, levaient le nez en l'air eux aussi, sans chercher à courir aux abris. Puis tout alla très vite : les premières explosions, d'une violence inouïe, les gaz fumigènes qui montent de la ville et le crépitement d'acier des tirs de la DCA. Le port était-il visé ? Non, le centre-ville ! En quelques secondes, tout bascula pour ces milliers de badauds qui arpentaient les rues commerçantes à la veille de la rentrée des classes. Louis entendit un sifflement sinistre non loin de lui, et dans un réflexe, se jeta par terre. Le souffle de la bombe, immédiatement suivi d'une déflagration terrible, projeta des corps contre les murs, les immeubles s'écroulèrent dans un fracas de verre brisé, de façades qui s'effondrent. À chaque impact des bombes répondaient des hurlements de terreur ou de douleur. Louis sentait le sol trembler sous lui. Malgré la poussière compacte et l'épaisse fumée grise, il se releva et courut s'abriter dans un corridor, déjà occupé par une dizaine de personnes terrorisées. Un quart d'heure seulement, un quart d'heure d'enfer suffit aux cent-soixante forteresses volantes, pour anéantir, en trois vagues successives, tout le centre de Nantes. Les mille bombes lâchées sur la ville ce jour-là allaient faire onze cents morts et près de deux mille blessés. L'Hôtel-Dieu, malgré son immense croix rouge peinte sur fond blanc, sur toute la longueur du toit, n'avait pas été épargné. En plus des dizaines de morts et des deux-cents blessés, les onze blocs opératoires prévus pour les opérations de secours avaient été soufflés. Tandis que les équipes soignantes rescapées tentaient d'organiser l'évacuation des malades et des blessés, les survivants du centre-ville se relevaient dans un décor d'apocalypse. Partout, des façades dévorées par les flammes, des corps carbonisés, d'autres décapités, démembrés, des silhouettes fantomatiques, couvertes de poussière, errant au milieu des ruines et des cratères laissés par les bombes, sous les geysers des canalisations crevées. On entendait les appels de ceux qui étaient emmurés sous les décombres. La rue du Calvaire n'était plus qu'un champ de ruines. Les *Galeries Lafayette* et *Prisunic*, à l'entrée de la rue, s'étaient transformés en deux brasiers ardents. Place Royale, presque tout avait été détruit. Seule subsistait, au milieu, l'imposante fontaine. Place du Commerce, l'immeuble du *Phare de la Loire* était en feu et au centre de la place gisaient les corps de tous ceux qui s'étaient réfugiés dans l'aubette. Couchés sur le flanc, les chevaux éventrés, certains encore attelés à leur fiacre, baignaient dans leur sang. À côté d'eux, la pancarte en ferraille, portant l'inscription *« Soyez bons pour les animaux »*, était restée debout. Parmi des rescapés hagards, Louis, trébuchant sur un tapis de verre brisé, tenta de se frayer un chemin au milieu des gravats. Il avait hâte de rentrer chez lui pour s'assurer que sa famille avait été épargnée. En chemin, il croisa les premiers sauveteurs occupés à dégager un amas de ferraille et de pierres qui obstruait un soupirail d'où parvenaient des cris. Il s'arrêta. Le plus âgé l'interpella :

« Tu veux nous aider, mon gars ? C'est pas le boulot qui manque. »

Louis hésita. L'horreur de la situation, au lieu de l'affoler, l'avait galvanisé. Il n'avait pas cédé à la panique, seul le désir de s'enquérir des siens le retenait encore d'accepter. Il montra ses lunettes couvertes de poussière.

« Je n'y vois pas grand-chose, mais si je peux être utile…

– Tu es myope ? Ben, ça tombe bien, mon gars, on a besoin de taupes pour creuser ! »

Et d'autorité il lui tendit une pioche. Le manche était lourd. Louis s'avisa que c'était la première fois qu'il en tenait une dans ses mains. Il s'attaqua maladroitement aux premiers gravats. On entendait le crépitement des flammes, tout près, le halètement des hommes qui creusaient et les appels angoissés venus des caves. Les horloges de la ville s'étaient toutes arrêtées à seize heures quinze. Le temps n'existait plus. Une atmosphère étrange, de cauchemar éveillé, régnait sur Nantes. Des convois circulaient en un va-et-vient incessant sur les artères restées praticables : les équipes de la défense passive, mais aussi les longs cortèges pitoyables des blessés qui rejoignaient, dans des véhicules de fortune, le vieil hôpital Saint-Jacques où s'était constitué à la hâte l'accueil d'urgence.

La rue Paul Bellamy avait été épargnée. Yvonne était seule à la maison, Henri et Alice ayant rejoint leur poste respectif dès la première alerte. Du fond de l'abri où elle s'était réfugiée avec tous les voisins, elle avait entendu très distinctement le passage de la première vague de bombardiers venue du nord. Les rafales de la DCA, depuis l'esplanade de Saint-Similien, si proche, l'effroyable vacarme provoqué par l'explosion des bombes lui avait fait comprendre tout de suite que le cœur de Nantes était touché. Elle pensait avec angoisse à Louis qui travaillait dans le centre-ville et elle attendait, en compagnie d'Émilienne, fébrile, incapable d'une activité cohérente. Elle sortait de temps en temps dans la rue, comme si elle s'attendait à le voir surgir d'un moment à l'autre. Très vite, les premières rumeurs avaient circulé. La gare, l'hôpital étaient anéantis. Le centre-ville aussi. Il y avait beaucoup de morts et de blessés. On ne pouvait pas circuler à cause des menaces d'explosion du gaz et d'effondrement des immeubles. L'eau était coupée, l'électricité aussi.

En début de soirée, Louis fut enfin de retour. Les vêtements déchirés, couverts de plâtre, il se jeta dans les bras de sa mère qui l'étreignit longuement.

« Mon petit, où étais-tu ? J'étais folle d'inquiétude !

– Oh, maman, si vous saviez, c'est abominable ! Quand ça a été fini, j'ai voulu rentrer à la maison. J'étais inquiet pour vous aussi. Mais on avait besoin de moi. Je ne pouvais pas refuser ! Regardez ! »

Et il exhiba ses mains, paumes ouvertes, ses doigts gonflés, couverts d'ampoules. Dans la vie de Louis, il n'y aurait pas beaucoup d'occasions comme celle-là de montrer son dévouement sans limites à la cause d'autrui. Il en était fier et savait qu'il gagnait ainsi l'estime de sa mère. Il lui raconta les heures hallucinées qu'il venait de vivre, et l'émotion passée, ils laissèrent éclater leur ressentiment contre la cruauté aveugle des aviateurs américains. On disait que le port n'avait même pas été touché !

Tard dans la nuit, ce fut au tour d'Alice de rentrer, après une journée éprouvante passée à secourir les sinistrés et à organiser leur hébergement d'urgence. Elle était si épuisée qu'elle n'eut pas la force de veiller pour attendre son père. Elle alla se coucher, après avoir avalé sur le pouce une assiette de soupe. Elle devait se lever tôt le lendemain pour retourner à son poste. Louis ne tarda pas, non plus, à rejoindre sa chambre, et Yvonne resta seule au salon, décidée à ne pas s'endormir avant le retour d'Henri.

Il revint à l'aube et ouvrit la porte. Elle se précipita vers lui, mais avant qu'elle n'ait eu le temps de parler il lui dit :

« Nous avons un rescapé. »

À côté de lui se tenait un chat roux efflanqué, au poil rêche et sale.

« Henri ! D'où sors-tu cet animal ?

– De l'enfer, ma Bonne, de l'enfer ! De dessous les décombres. Il a miaulé, je l'ai caressé et il m'a suivi… Que veux-tu, je n'allais pas le chasser !

– Mon Dieu ! C'est tellement toi, ça ! Tout le monde meurt et tu ramènes un chat ! »

Elle eut une sorte de rire brisé. Épuisée par une nuit d'inquiétude, elle pleurait en silence. Elle prit les deux mains d'Henri dans les siennes et les serra avec force. Il lui répondit par un pauvre sourire. Son visage était blême, des cernes bleuâtres accentuaient la maigreur de ses joues.

Il lui demanda un café et un sandwich ; il voulait juste dormir deux heures, puis il repartirait. Il y avait tant à faire, c'était une effroyable tragédie. Il avait dû intervenir dans des situations déchirantes où il fallait administrer sur place de la morphine aux mourants piégés dans leur tombeau de pierres, dans d'autres cas, c'était l'aumônier qui donnait les derniers sacrements à travers les soupiraux, à ceux qui allaient bientôt mourir de suffocation, prisonniers des caves englouties. Sans parler des amputations faites à même le sol, dans des conditions insoutenables. Les postes de secours étaient débordés. Il parlait d'une voix basse, très lasse. Yvonne, accablée, l'écoutait sans rien dire.

Au matin, le convoi sanitaire, dépêché dans la nuit par le gouvernement, stationnait quai Turenne. On évacuait par centaines les blessés dans des wagons aménagés en hôpital. Nantes pleurait ses morts et enterrait le millier de victimes dans des fosses communes. Les disparus resteraient sans sépulture. Durant ces journées, ces nuits éprouvantes, Alice se dépensa avec toute l'énergie du désespoir. Plus rien ne comptait que les soins, les réconforts prodigués. Elle se sentait portée par le dynamisme, l'acharnement des équipes. Les familles, les amis tentaient de se regrouper, de donner des nouvelles. Yvonne se rendait tous les jours à pied, chez les uns ou les autres, recevait chez elle toutes celles qui avaient besoin de venir échanger. Dans les conversations, la cote des Américains était tombée au plus bas. On admirait le courage des aviateurs anglais qui risquaient leur vie en attaquant en piqué, on louait le dévouement des soldats allemands qui portaient secours aux victimes, désamorçaient les bombes, combattaient les incendies aux côtés des pompiers. Après un tel cataclysme, certains pensaient que Nantes avait fini de souffrir. D'autres disaient au contraire que les Alliés ayant raté leur cible, ils allaient revenir. Et beaucoup décidèrent de quitter la ville au plus vite.

Et ceux-là avaient raison. Le 23 septembre, une semaine exactement après la déferlante meurtrière américaine, alors qu'on finissait à peine d'enterrer les morts, les forteresses volantes venaient à trois reprises ravager ce qui restait de Nantes. Elles pilonnèrent à nouveau le centre-ville, mais cette fois atteignirent leur cible : le port et les chantiers navals. Vingt bateaux à quai furent coulés ou sinistrés. Les bombes incendiaires propageaient les flammes d'un quartier à l'autre. Le grand magasin *Decré* n'était plus qu'une immense carcasse de feu dont la structure métallique se tordait sous une chaleur incandescente. Dans la nuit qui suivit, une gigantesque lueur d'incendie ondoya au-dessus de la ville. On aurait dit que Nantes tout entière brûlait. Au musée des Beaux-Arts transformé en morgue, le décompte macabre recommençait et les habitants déboussolés cherchaient les leurs dans un silence halluciné, entrecoupé de sanglots dès qu'un visage, un vêtement, était identifié.

L'ordre d'évacuation avait déjà été donné pour les femmes et les enfants, mais ce furent près de cent cinquante mille personnes qui se jetèrent sur les routes dans une fuite éperdue. Renouant avec l'exode de 1940, des colonnes hétéroclites franchissaient la Loire, vers le sud, en direction de Clisson et de la Vendée. Nantes était devenue une ville morte. Le gaz et l'électricité n'étaient plus que très partiellement distribués, les grands magasins, les cafés, les cinémas étaient détruits ou fermés. Dans la ville dévastée, plus personne ne se hasardait dans les rues. Ceux qui avaient encore une activité quittaient la ville le soir et revenaient le matin.

Les Demestre furent de ceux qui décidèrent de rester. En tant que médecin et membre de la défense passive, Henri ne pouvait quitter son poste et Alice refusait de s'éloigner, se considérant comme mobilisable à tout moment. Louis avait perdu son travail, car ses bureaux avaient été littéralement pulvérisés avec leurs occupants. Le locataire que tout le monde croyait mort était réapparu, puis avait de nouveau disparu, pour revenir sur Nantes quelque temps plus tard. À l'unanimité, le chat roux fut baptisé Jonas, en souvenir des circonstances de son sauvetage : il était sorti vivant du ventre de la baleine.

CHAPITRE 8

Hôtel *Impérial*

Irène chercha à joindre ses parents dans les jours qui suivirent les bombardements de septembre. Les lignes téléphoniques, coupées ou endommagées, avaient rendu toute communication impossible. À cette occasion, Germaine Perrin offrit une fois encore ses bons offices. Elle habitait en dehors de Nantes, son téléphone fonctionnait, et elle promit à Irène de la tenir informée dès qu'elle aurait eu des nouvelles. Elle réussit à contacter une de ses relations, en ville, qui accepta de se déplacer. Les Demestre eurent ainsi le plaisir d'apprendre que leur fille se souciait d'eux. Deux semaines plus tard, Yvonne avait Irène au bout du fil. Elle la rassura : tout le monde était sauf et la maison avait été épargnée. Irène lui apprit qu'elle habitait Neuilly où elle travaillait comme gouvernante auprès d'une septuagénaire irascible. Elle affirma qu'elle était bien traitée et ne manquait de rien. Dire que ce furent des retrouvailles serait excessif. L'enfant prodigue ne s'était nullement repentie. Elle avait manifesté son besoin de renouer avec sa famille, compte tenu de circonstances particulièrement dramatiques et pour Yvonne, cela suffisait. Elle n'en demandait pas davantage.

Les jours tragiques qu'ils venaient de vivre l'incitaient à la clémence. Pour autant, elle n'avait rien oublié et ne se faisait plus guère d'illusions. L'histoire d'Irène avec les siens n'avait été qu'une succession de trahisons. Depuis qu'elle était partie, chacun avait ressenti, à des degrés divers, un soulagement, une délivrance, et leur vie s'était enfin autorisé un cours normal, si tant est qu'on pût parler ainsi en temps de guerre. Yvonne n'envisageait pas un seul instant son retour. Qu'éprouvait-elle à son égard ? De la pitié ? Peut-être. De la tendresse maternelle ? Probablement pas. Quelle chose étrange que ce lien mère-fille qui perdurait au-delà des sentiments ou plutôt malgré eux ! Irène, coupée de sa famille, esclave dévouée d'un employeur qui lui assurait le gîte et le couvert, dont elle appréciait le train de vie fastueux au point de croire qu'il était devenu le sien, ne pouvait s'empêcher de s'enquérir de ses parents. Elle les avait haïs, Louis excepté, sans doute parce qu'il partageait avec elle l'infortune de n'être pas le préféré. Pourtant, elle avait toujours repoussé, parfois avec violence, les tentatives de sa mère de l'apprivoiser. Et elle avait endossé le mauvais rôle avec une jubilation qui avait fini par décourager son entourage. Dans ses moments de lucidité, Irène se détestait et avait des accents de sincérité qui ébranlaient son interlocuteur. Et puis, tout basculait à nouveau, sans que l'on ne sût jamais quelle était, chez elle, la part de jeu ou de vérité.

Aujourd'hui, ce qui importait aux yeux d'Yvonne, c'était que le noyau familial se reconstituât, même bancal. Les premiers jalons étaient posés pour des relations incertaines et fluctuantes : dans ce revirement d'Irène, Yvonne Demestre voulait voir un signe du destin et était résolue à parier, encore une fois, pour le meilleur.

Au cours de l'automne, il apparut que la présence d'Alice à Nantes, en tant qu'auxiliaire Croix-Rouge, n'était plus nécessaire puisqu'il ne restait plus personne à évacuer. Les autorités municipales poussaient au départ les habitants dont la présence n'était pas absolument indispensable. Tout manquait en ville et la pénurie de charbon s'annonçait préoccupante. Les Demestre prirent donc la décision de s'établir à la campagne, dans la maison du Vieux cellier qu'ils avaient louée un an et demi plus tôt. Henri resterait à Nantes, en compagnie d'Émilienne et du chat Jonas qui ne le quittait plus d'une semelle. Dans la mesure du possible, il les rejoindrait chaque fin de semaine. L'installation se fit dans une relative bonne humeur, entretenue par la bienveillance de l'accueil : les villageois qui avaient vu passer bien des réfugiés et compatissaient au sort des malheureux citadins, proposaient leur aide, donnaient un peu de bois et ouvraient leurs réserves, avec de petits arrangements, ce qui fit dire à Yvonne qu'ils mangeraient beaucoup mieux ici qu'ils n'auraient jamais pu l'espérer. Alice, dont l'énergie était retombée avec la fin des bombardements, fuyait ses souvenirs en se consacrant aux tâches de ravitaillement et à l'aménagement d'un petit lopin de terre pour les futures plantations de printemps. Yvonne et elle se lancèrent dans la fabrication de confitures de citrouille et de gelée de pomme, tandis que Louis s'essayait au maniement de la hache sur les bûches qu'ils avaient récupérées. Il ne put s'empêcher, d'ailleurs, d'ironiser en déclarant qu'au fond, c'étaient les Alliés qui avaient convaincu les Français de retourner à la terre, bien plus que tous les discours du maréchal Pétain. Henri, lorsqu'il revenait le vendredi soir, se chargeait de leur rappeler les restrictions de plus en plus dures que supportaient les Nantais. Les coupures de gaz et d'électricité intervenaient plusieurs fois par jour, le charbon était rationné et il valait mieux rajouter des couvertures si l'on craignait trop le froid. Les soixante grammes de viande autorisés par semaine étaient des portions de famine. Lui-même restait très pudique sur sa propre situation, mais Yvonne savait bien que la solitude lui pesait. Les contraintes de la guerre l'avaient habitué à ces soirées en famille dans le salon. Même s'il parlait peu, il se laissait bercer par le bourdonnement de leur conversation. Ils étaient là, autour de lui, et ces moments, paisibles depuis le départ d'Irène, lui manquaient. Il avait pris l'habitude de se faire monter un plateau dans sa chambre, avec une bouteille d'un mauvais vin qu'Émilienne parvenait à dénicher de temps à autre, et il la vidait au cours de ses longues nuits d'insomnie. Les nombreuses alertes nocturnes dont le rythme s'était accéléré ces derniers mois avaient aggravé sa propension naturelle à fuir le sommeil. Et c'était de cela dont il aurait eu le plus besoin : le sommeil, et l'oubli qui l'accompagne.

L'année 44 fut pour Nantes l'année de tous les dangers. Dès le printemps, les bombardements reprirent de plus belle et s'intensifièrent à mesure qu'approchait la date du débarquement allié sur les côtes normandes. De mai à août, des escadrilles de bombardiers se déployèrent à nouveau dans le ciel, pilonnant sans relâche les quartiers du centre, le port et toutes les infrastructures industrielles et navales alentour. La nuit, dans le crépitement frénétique des mitrailleuses, les faisceaux des projecteurs balayaient en vain l'espace où grondaient les moteurs. Le jour, le ballet infernal des avions alliés tournait au-dessus de la ville, comme un terrifiant essaim de mort. Dans les abris, la vie s'était organisée dans la durée. Chacun savait qu'il n'y aurait pas de répit tant que subsisteraient les fondations économiques ou logistiques sur lesquelles l'occupant s'appuyait pour tenir. La gare de l'État, l'usine des Eaux furent touchées, mais aussi la cathédrale Saint-Pierre, où fut tué le curé qui avait béni tant de cercueils. Chaque attaque faisait des dizaines de victimes. Les sirènes s'étaient tues. Désormais, c'étaient les cloches des églises qui annonçaient les alertes. La ville, pantelante, attendait le coup de grâce. Partout, bloquant les axes routiers, les Allemands dressaient des murs de ciment, des fortins de sacs de sable, posaient des rails antichars et des barbelés. Pour ceux qui auraient voulu fuir, il était trop tard. Les gens s'installaient dans l'atmosphère irréelle d'un état de siège. On sentait maintenant que la fin était proche. Nantes agonisait avec ses derniers habitants terrés dans leurs abris.

Yvonne et ses enfants étaient revenus à Nantes depuis le mois de mai, juste avant que la ville ne se transformât en forteresse. Alice avait repris son poste à la Croix-Rouge. Mais désormais, il s'agissait de ravitailler et d'aider des assiégés, car toutes les routes étaient coupées. Ce furent des semaines d'angoisse et de folie. La nervosité de l'occupant grandissait de jour en jour. On ramassait presque quotidiennement les morts sous les décombres. Et puis, une nuit d'août, l'armée allemande se retira enfin, après avoir fait sauter tous les ponts sur la Loire. Seul le pont transbordeur, encore debout par on ne sait quel miracle, échappait à la destruction.

Yvonne les vit passer, remontant la rue Paul Bellamy en direction de l'est : une longue cohorte d'hommes épuisés, à l'uniforme avachi, officiers et soldats mêlés, traînant derrière eux, au milieu des canons et des mitrailleuses, des véhicules disparates remplis à ras bord du fruit de leur pillage. Elle se remémora l'arrivée arrogante de ces mêmes hommes, quatre ans plus tôt, et la débâcle des soldats français d'alors. Oui, l'histoire bégayait, ou plutôt la roue tournait, comme la Terre avec le Soleil. Ceux-là entraient maintenant dans la nuit des vaincus, et bientôt les vainqueurs arpenteraient la même rue, dans tout l'éclat de leur triomphe. Mais c'était une ville morte, anéantie, qu'ils fouleraient à leur tour. Yvonne était partagée entre un immense sentiment de soulagement et une profonde tristesse : tant de souffrances pour en arriver là !

Aussi bien, quand les Américains pénétrèrent dans la ville, le 14 août, entourés d'une foule joyeuse et festive, les Demestre restèrent à l'écart des débordements enthousiastes. Ils ne pouvaient oublier les milliers de vies foudroyées par leurs bombes. Les stratèges alliés avaient sûrement leurs raisons pour martyriser ainsi leur ville, mais il leur paraissait indécent de venir féliciter des hommes dont les avions, quelques semaines plus tôt, semaient encore la mort du haut du ciel, à cinq mille mètres d'altitude.

*

* *

À l'automne, Alice avait pris sa décision. Les quelques mois passés dans les équipes de secours et d'entraide l'avaient mûrie. Les événements tragiques l'avaient contrainte à affronter le réel. La mort d'Yves lui enjoignait de ne pas céder à la tentation du désespoir et du repliement sur soi.

La Croix-Rouge recrutait : bientôt les camps de concentration allaient être libérés, et il fallait organiser l'accueil aux frontières de ces deux millions de Français qui y croupissaient encore, au titre de prisonniers de guerre ou de déportés, sans parler des retours des travailleurs du STO. Une formation de deux mois était proposée aux candidates désireuses de participer à cette tâche qui s'annonçait difficile. Curieusement, alors qu'elle n'avait encore jamais quitté le cocon familial, Alice n'hésita pas un instant. Elle en parla avec sa mère, bien sûr, qui, loin de la décourager, lui donna son accord en lui faisant valoir, de surcroît, les avantages concrets de cette mission. Yvonne sentait que sa fille avait besoin d'un formidable changement pour ne pas retomber dans une dangereuse mélancolie. Trop de souvenirs terribles étaient liés à leur ville dévastée.

Au mois de mars 1945, Alice rejoignit son lieu d'affectation, l'hôtel *Impérial* à Annecy. C'était un établissement luxueux du début du siècle, situé au bord du lac et entouré d'un vaste parc boisé. Par ses dimensions fastueuses, il évoquait plutôt le palais d'été d'un tsar. Le futur roi Georges VI, le sultan du Maroc et Winston Churchill l'avaient d'ailleurs fréquenté en leur temps. Aujourd'hui, entièrement rénové et rebaptisé *Impérial Palace*, l'hôtel a conservé son embarcadère privé et sa plage, et contemple toujours, depuis sa vaste terrasse, la chaîne de montagnes qui enserre le lac : l'œil glisse sur les massifs verdoyants du Parmelan et du Veyrier, tout proches, se perd au loin vers les crêtes enneigées du Grand Arc, et discerne à peine, à droite, sous le belvédère de la Grande Jeanne, les clochers de la vieille ville.

À l'époque, l'hôtel disposait d'une capacité d'hébergement de mille lits et la direction départementale du rapatriement avait décidé d'en faire un centre d'accueil pour les déportés, alors même que pointait déjà, à la veille des premiers retours, « la tragique insuffisance des moyens d'hospitalisation » dans le département. Alice, à peine sortie de la gare, et longeant en car les rives du lac, fut éblouie par la beauté paisible du paysage et la magnificence du centre d'accueil. Elle disposait de quelques jours avant l'arrivée d'un convoi de femmes dont elle aurait à s'occuper, et elle les passa à explorer les rues de la vieille ville, les canaux bordés de maisons aux couleurs vives et les bords du lac où des bateaux invitaient à la promenade.

Yvonne reçut sa première lettre enthousiaste :

Chère maman,

Vous ne pouvez imaginer le cadre où je vis. Je partage une chambre avec une autre auxiliaire et notre fenêtre donne sur le lac. Nous disposons d'une vraie salle de bains. L'hôtel est très luxueux. Les chambres sont spacieuses et peuvent accueillir jusqu'à cinq personnes. Les salles à manger, au rez-de-chaussée, ouvrent par de grandes baies vitrées sur une immense terrasse. Le parc est très agréable, avec des arbres centenaires et un chemin qui mène directement au lac. Les stores, les rideaux, les nappes, tout est d'une blancheur immaculée, et la lumière pénètre de partout. Je songe à tous ces déportés qui vont découvrir ce lieu, après ce qu'ils ont vécu. Tout a été prévu pour leur bien-être : une infirmerie, des salles de lecture et de jeux avec un billard, et des barques au ponton, pour ceux qui voudront aller sur le lac.

Les filles de mon équipe sont très amicales. Notre infirmière-chef, madame Royer, est dynamique et efficace. J'appréhende un peu les premières arrivées. Nous ignorons dans quel état on trouvera les gens. On dit que certains arriveront très malades. Ils seront dirigés vers les hôpitaux civils et militaires. Ici, c'est plutôt un centre d'attente, de repos, le temps d'effectuer les contrôles médicaux et de préparer toutes les formalités pour leur retour chez eux.

Annecy est une très jolie petite cité. Elle semble intacte, comme si la guerre n'avait jamais existé. Dans la vieille ville, on marche sous des arcades des deux côtés de la rue. Il y a des fontaines, beaucoup d'églises, certaines très belles. Et puis cela me rappelle Nantes autrefois : les maisons anciennes donnent sur des canaux traversés de petits ponts en fer. Les façades sont peintes en jaune, en rose, en vert. L'atmosphère ici est détendue et en même temps on sent une sorte d'excitation. Les cafés sont bondés. Partout, on croise des militaires, des civils affairés, des Croix-Rouge, comme moi, avec leur uniforme. Tout le monde attend les premiers convois. On dit que ce sera dur.

Je pense à vous tous. Vous me manquez déjà. J'ai beaucoup de chance quand je pense à notre pauvre ville sinistrée. Les gens ici n'ont rien connu de tout cela, même si les problèmes de ravitaillement se posent à Annecy aussi. En tant que membres de la Croix-Rouge, nous n'avons pas à nous plaindre, nous sommes vraiment bien traitées.

Écrivez-moi vite, j'attends de vos bonnes nouvelles.

Je vous embrasse tous très affectueusement,

Votre Alice

La lettre d'Yvonne lui parvint quelques jours plus tard. Elle contenait une nouvelle de taille.

Ma petite chérie,

Ta bonne lettre nous a fait chaud au cœur. Je suis heureuse de te savoir dans un cadre aussi magnifique. Cela me rassure. Nous avons des informations comme quoi les Alliés avancent très vite maintenant. Les camps se libèrent les uns après les autres. On parle de conditions de vie effroyables dans ces camps. Ces malheureux auront sûrement besoin de soins et de repos à leur arrivée en France. J'ai lu que les autorités étaient préoccupées par le nombre de rapatriés qui arriveront presque tous en même temps. Tu vas avoir sûrement beaucoup de travail avec l'arrivée des premiers convois.

J'ai une nouvelle incroyable à t'annoncer. Je n'en reviens pas moi-même. Ire se fiance ! Elle nous a écrit une longue lettre à ton père et à moi pour nous dire qu'elle avait rencontré un jeune ingénieur. Ils se fréquentent déjà depuis deux mois et ils ont pris la décision de se marier. Il s'appelle Guy Dufour, il a le même âge qu'elle. Elle me demande d'organiser les fiançailles à Nantes, en avril, et de prévoir le mariage pour la fin juin. Tu imagines ? Ton père comme d'habitude joue les Cassandre, mais je suis vraiment très heureuse pour elle. Je suis sûre que cela va l'équilibrer. J'y ai toujours cru. D'ailleurs, depuis le temps qu'ils se voient, il n'y a pas eu de catastrophe comme la dernière fois. Elle a sûrement mûri. J'ai hâte de connaître ce garçon et de me faire une opinion sur lui. Ire ne parle pas beaucoup de sa famille, elle dit seulement qu'il a un frère, plus jeune et déjà marié. Attendons, donc !

À part cette formidable nouvelle, rien de particulier. Louis cherche du travail et me dit qu'il aimerait bien rencontrer une jeune fille avec qui faire des projets. Il a envie de se marier, lui aussi. Tant qu'il n'a pas de situation, cela me paraît prématuré.

À Nantes, les restrictions n'ont jamais été aussi grandes. Les denrées atteignent des prix astronomiques. On se demande quand tout cela va finir. Je vais faire pousser des pommes de terre dans le jardin. Je prévois déjà de récolter des haricots et des oignons. Ils ont toujours donné depuis quatre ans. J'ai l'intention de mettre aussi des tomates. Mais l'achat des graines devient difficile.

Ton père t'embrasse bien fort. Louis aussi. Émilienne t'envoie son bon souvenir. Jonas dort au soleil sur la terrasse. C'est encore lui qui a le moins de soucis !

Je t'embrasse bien tendrement, ma petite chérie. Prends soin de toi et écris-nous.

Maman

La nouvelle des fiançailles de sa sœur la stupéfiait. Qu'était-il donc arrivé à Irène pour qu'un garçon, apparemment intelligent, tombât ainsi dans ses filets ? Aurait-elle donc changé ? Alice savait bien que non. Il y avait un mystère qu'elle ne s'expliquait pas. Ire, c'était ainsi que sa mère l'appelait dans sa lettre. Ce diminutif ne sonnait pas comme un raccourci affectueux. Au contraire, il marquait la distance que sa mère avait mise entre elle et sa fille aînée. Ire, comme la colère, en latin. Cela lui allait bien. N'importe, si elle épousait un type solide, tant mieux. Et si sa mère avec son incorrigible optimisme avait eu finalement raison ?

Le surlendemain, le premier convoi arrivait en gare d'Annecy détourné des villes d'Annemasse et d'Évian complètement saturées. Une fanfare était venue l'accueillir et les familles agitaient des petits drapeaux tricolores, anxieuses à l'idée de retrouver bientôt un de leurs proches, joyeuses aussi, ignorantes de ce qu'elles allaient devoir affronter. Alice n'oublierait jamais ce premier jour. Elle pensait que les bombardements de Nantes l'avaient suffisamment aguerrie pour affronter les situations de détresse, mais les fantômes qu'elle vit débarquer des trains ne ressemblaient à rien de ce qu'elle avait connu jusqu'ici. Des centaines de spectres vivants dans leur tenue rayée de forçats, le crâne rasé, pieds nus ou en sabots de bois, livides, le regard tragiquement absent au fond des orbites creuses : les femmes qui arrivaient de Mauthausen n'étaient plus que des ombres. Un silence terrible accompagna leur descente hésitante sur le quai. À côté, dans les wagons suivants, les prisonniers de guerre, pâles et amaigris dans leur uniforme kaki, faisaient presque figure de bien portants avec leurs petites valises et leur musette. Ils se penchaient aux fenêtres du train, saluaient la foule qui se pressait autour d'eux.

Les déportées furent dirigées en autocars vers l'hôtel *Impérial* où elles devaient subir une visite médicale approfondie et passer à la désinfection. Dans l'un des cars qui les y conduisait, Alice, debout dans l'allée centrale, leur distribuait des bouteilles d'eau, souriait, incapable de prononcer une parole devant tant de douleur muette. Plus tard, des grabataires arrivèrent en civière et furent immédiatement conduites à l'infirmerie. Un certain nombre de femmes avaient déjà été renvoyées vers les hôpitaux de la ville. Pour Alice, c'était le baptême du feu. Elle fut chargée de surveiller les douches collectives et les centaines de corps décharnés qui exposaient leur nudité avec indifférence. Leurs jambes étaient couvertes de plaies, certains ventres gonflés par un œdème de carence rendaient plus pathétiques encore les membres atrophiés. Puis ce furent les séances de désinsectisation à la poudre DDT pour traquer les poux et la gale dont elles étaient couvertes. Elles troquèrent leurs misérables hardes contre des vêtements civils, et plus tard dans la journée, après un repas chaud, Alice put les diriger vers leurs chambres, à l'étage, où certaines, épuisées par le voyage, s'endormirent aussitôt.

Alice découvrit ce jour-là qu'elle n'en serait jamais quitte avec la souffrance. Qu'elle n'avait pas de limites, qu'il était possible, toujours, d'en repousser les bornes. Devant la longue agonie de ces mortes vivantes dont elle savait bien que certaines n'en reviendraient jamais, elle cherchait un sens à tout cela. Ces femmes avaient affronté le mal absolu, l'indicible, et elle, vivante parmi les vivants, ne pouvait leur offrir que sa compassion, comme un tout premier pas vers la douceur des choses.

Restait, informulée, la question du pourquoi. Alice sentait, pour la première fois, le doute s'insinuer en elle. Dieu avait permis à l'enfer de s'incarner sur terre, n'avait-il pas pitié des hommes ? Et si la parole de miséricorde des Écritures n'était qu'une imposture ? La grande clameur du monde montait-elle vers un ciel désespérément vide ou devait-elle imputer à l'abjection des camps le silence de Dieu ?

Dans la lettre adressée à Yvonne, la troisième depuis son arrivée, Alice ne tenta pas de faire partager à sa mère tout ce qu'elle avait ressenti au cours de ces premières journées éprouvantes, c'était au-delà des mots.

Bien chère maman,

Cette fois je suis au cœur de l'action. Avant-hier, nous avons accueilli notre premier convoi, mais il en arrive presque chaque jour, et on a l'impression qu'ils ramènent chaque fois davantage de prisonniers et de déportés. Ce qui se disait dernièrement sur l'horreur des camps est en dessous de la réalité. Je crois qu'elle dépasse tout ce qu'on pouvait imaginer en cruauté et en infamie. Je n'aurais jamais pensé qu'on puisse réduire un être humain à ce degré de déchéance. Nos prisonniers ont bien souffert, mais ce qu'ont vécu les déportés politiques, les Juifs et les Tziganes relève de l'enfer. Nous recevons ici des convois qui arrivent de Ravensbrück, de Mauthausen et de Dachau. Ce sont toujours les mêmes récits d'épouvante. On sait maintenant que certains déportés ont été gazés dès leur descente du train : les gens âgés ou malades, les enfants, parce qu'ils ne pouvaient pas travailler. On parle d'une destruction massive et systématique des Juifs, notamment à Auschwitz. On a peine à le croire, mais ce que je vois ne me laisse aucun doute. C'est abominable. J'espère que les nazis paieront tous leurs crimes.

J'ai fait la connaissance d'une famille de déportés nantais, les Taillandier. Un père et ses deux filles. Ils arrivent tous de Mauthausen, où la mère, Madeleine, est morte du typhus, deux semaines avant leur libération par la Croix-Rouge. L'une des filles, Denise, est en soins intensifs à l'hôpital civil, elle a contracté la typhoïde. Arlette et son père, Robert, restent ici jusqu'à sa guérison. Ils faisaient partie de la Résistance et ont été arrêtés en janvier 44. La mère et les deux filles appartenaient à la catégorie des déportées « Nuit et Brouillard », c'est-à-dire condamnées à disparaître sans laisser de trace. Il leur était interdit de recevoir du courrier ou des colis et de se joindre aux commandos qui travaillaient dans les usines, à l'extérieur du camp. Elles ont été ballottées d'un camp à l'autre, au rythme de l'avancée des Russes. Elles ont quitté Ravensbrück pour Mauthausen dans des conditions terribles. Une longue marche de la mort où certaines sont tombées d'épuisement, ou exécutées d'une balle dans la tête. Arlette a été utilisée comme cobaye pour des expérimentations médicales de stérilisation. Elle a terriblement souffert. Elle ne pourra plus avoir d'enfant. Mais c'est une fille qui a une force de caractère inouïe. C'est sûrement ce qui l'a aidée à survivre.

Je ressens beaucoup d'humilité devant tout cela. Je mesure combien ce que je fais est dérisoire par rapport à tout ce qu'il faudrait entreprendre. Les besoins ici sont immenses. Il y a un nombre important de rapatriés qui sont atteints de la tuberculose. Ils doivent être isolés et les lits manquent dans les hôpitaux de la région. On parle de réquisitionner tous les hôtels disponibles pour les transformer en sanatoriums.

Mais parlons maintenant de vous. Avez-vous déjà fixé la date des fiançailles et du mariage d'Irène ? Quand allez-vous rencontrer le futur mari ? Louis a-t-il trouvé un travail ? Quand je pense à toutes les privations que vous subissez, j'ai honte de manger aussi bien. Je vous enverrai prochainement deux saucissons de Savoie, du jambon cru ainsi que de la tome.

Je pense à vous tous chaque jour. Embrassez papa pour moi.

Tendres baisers.

Votre fille, Alice

La correspondance entre Yvonne et Alice était dense. En dépit de l'éloignement, Alice n'avait pas pris ses distances et avait besoin de cet échange quasi quotidien. Yvonne de son côté, s'inquiétait vite si elle restait sans nouvelles plus de cinq jours. Elle relatait les menus incidents qui émaillaient les journées ternes d'après-guerre dans une ville qui tardait à se reconstruire. Elle adressa enfin à Alice une lettre où elle racontait les fiançailles d'Irène.

Ma chère petite,

Comme je te le disais dans un précédent courrier, il était convenu que nous ferions connaissance du futur époux le jour même des fiançailles, puisqu'il ne leur était pas possible de se déplacer avant. En fait, ils sont arrivés l'avant-veille, accompagnés de madame Dufour. Le père, apparemment, n'était pas du voyage.

Le garçon m'a fait plutôt bonne impression. Il est bien de sa personne, mais il claudique du pied gauche, suite paraît-il d'une poliomyélite. Il a un visage intelligent et calme, des traits réguliers. Il n'est pas du tout de notre milieu et sa mère parle le langage des femmes du peuple, même si elle est discrète et bien élevée. Mais que veux-tu, s'ils sont heureux et que le ménage tient, que demander de plus ? Il paraît un peu ébloui par notre maison et notre salon, comme s'il n'avait jamais rien vu de plus beau. Il est très prévenant pour Ire et elle roucoule avec lui comme si elle était vraiment amoureuse. Je ne sais que penser. Elle a toujours attaché tellement d'importance au nom et à la naissance ! Peut-être comprend-elle qu'elle a beaucoup de chance d'avoir rencontré ce garçon qui est prêt à s'engager avec sérieux.

En tout cas, les voilà fiancés. Prochaine étape, le mariage, qui aura lieu dans l'intimité, le 25 juin. La cérémonie se déroulera à Saint-Similien. J'ai l'intention d'inviter tante Germaine et cousine Paulette. Il y aura aussi l'oncle Charles, de Tour. Louis ne tient pas à assister au mariage de sa sœur. Encore une lubie. Côté Dufour, il y aura les parents et le frère de Guy. Sa jeune femme ne pourra pas venir, j'ignore pourquoi. Enfin, les choses s'annoncent plutôt bien. Ire n'a jamais été aussi épanouie. Je ne la reconnais plus !

Ma Sissi, tes précédents courriers étaient bien graves. Est-ce que tu prends le temps de te distraire ? C'est important pour évacuer toute cette tension. Y a-t-il des théâtres, des concerts à Annecy ? Sors-tu un peu avec tes camarades ?

On te remercie tous, ma chérie, pour les victuailles que nous avons bien reçues. Elles ont été bienvenues ! Depuis que tu n'es plus là, je n'ai plus le cœur d'aller seule jusqu'à la Gaillardière !

Je t'embrasse bien tendrement.

Ta maman

À Annecy, le rythme des retours s'était accéléré. En plus des déportés, des prisonniers de guerre et des ouvriers du STO, il y avait les réfugiés et les civils déplacés de leur région et des villes détruites par les combats. Parmi eux, des repris de justice et des miliciens en fuite s'étaient infiltrés, cherchant à rentrer en France incognito, mêlés aux milliers de rapatriés. Alice s'était habituée au spectacle de ces arrestations, à la descente du train. Des policiers en civil ou des gendarmes saisissaient les suspects avec plus ou moins de rudesse s'ils étaient récalcitrants et les entraînaient rapidement vers une fourgonnette qui les attendait dans la cour de la gare. Deux avaient été lynchés sur place, un matin de mai, par une foule en furie, devant leurs gardiens impuissants. Elle-même avait joué un rôle d'intermédiaire navrée à l'occasion de l'une de ces arrestations.

Elle le raconta dans une de ses lettres.

Ma petite maman,

Le mois de juin approche, le mariage d'Irène aussi ! Vous avez bien fait d'organiser le repas au restaurant, cela vous évitera bien des tracas. Tout est si difficile à trouver en ce moment ou alors à des prix déraisonnables. Les témoins seront donc oncle Charles pour Irène et le frère du marié (comment s'appelle-t-il, au fait ?) celui de... Guy ? Cela me fait drôle de savoir que je vais avoir un beau-frère. Je me demande si je le connaîtrai un jour. Je suis sûre que tout se passera bien. Je penserai à vous et à papa ce jour-là. C'est un tel soulagement pour vous deux !

Ici, les rapatriés continuent d'arriver, toujours plus nombreux. À leur descente du train, parfois, on assiste à de drôles de choses. Je voudrais vous raconter l'histoire dont j'ai été témoin ces jours-ci. J'en suis encore bouleversée. Nous avons accueilli un couple de réfugiés qui prétendaient être arrivés de Pologne, via la Suisse. On les a conduits à l'hôtel Impérial *et j'avais déjà sympathisé avec la jeune femme, une Russe, très belle. Et puis, soudain, des hommes en civil ont fait irruption dans le hall et ont emmené son compagnon, un Français. On m'a dit que c'étaient des membres du cinquième bureau, et que l'homme était suspecté d'espionnage. J'ignore ce qu'on lui reproche. La femme m'a suppliée de faire quelque chose, elle ne pleurait pas, elle m'a dit qu'elle ne pouvait plus pleurer. Mais elle semblait dévastée par le chagrin. Elle parle un mauvais français, mais nous arrivons à nous comprendre. Depuis plusieurs jours, je fais la navette pour elle, entre la prison où lui est détenu et l'hôtel où elle l'attend. Elle me demande chaque fois comment il va et s'ils vont le libérer. Je ne peux pas lui dire que j'ai vu un homme au visage tuméfié, avec un œil fermé et une chemise déchirée et tachée de sang. Quand elle me regarde, c'est terrible. Elle a tellement confiance en moi et je suis obligée de lui mentir. Elle m'a dit qu'ils s'aiment à la folie, qu'ils ont survécu à tout ensemble et qu'ils veulent simplement retrouver une vie normale en France. Elle ne veut pas retourner dans son pays où elle craint pour sa vie. Et ce matin, j'ai appris par les autorités militaires qu'ils allaient la remettre entre les mains des Russes. Il y a des accords, paraît-il, et ils ne peuvent pas faire autrement. Je leur ai dit qu'elle craignait d'être exécutée à son retour là-bas. Le chargé d'affaires a simplement haussé les épaules en disant que ce n'était pas de sa responsabilité. Je n'ai pas eu le courage de le lui annoncer moi-même. C'est affreux. Encore deux vies broyées, au moment où chacun s'apprête à revivre, enfin ! Qui sait ce qu'elle va devenir... Elle s'appelle Nadieja, un nom qui signifie « espoir », quelle cruelle ironie ! Je sais que je n'oublierai plus jamais son visage.*

Pour ne pas vous laisser sur une note trop triste, je tiens à vous rassurer sur mes activités en dehors du travail. D'abord, il y a les promenades en bateau sur le lac. J'en ai fait plusieurs, avec deux collègues qui sont souvent mes compagnes de sorties. Nous sommes allées jusqu'à Talloires, un village ancien magnifique. L'eau du lac est très polluée et on ne peut pas s'y baigner, c'est dommage ! Heureusement, il y a les randonnées en montagne, les balades ne manquent pas. Cela me fait un bien fou. J'ai l'impression de respirer comme jamais ! Et puis, en ville, de nombreux concerts de bienfaisance sont donnés au profit de rapatriés, au théâtre d'Annecy ou au kiosque du square municipal, près du lac. L'orchestre de la Suisse romande s'y est produit jeudi dernier. Beaucoup de kermesses sont organisées, des compétitions sportives, des manifestations artistiques pour collecter des fonds. Cela crée une ambiance très gaie, les gens ont envie de faire la fête, de rire, de revivre.

Denise est presque guérie. Elle sera autorisée à sortir bientôt. Ils vont repartir tous les trois à Nantes. Nous nous reverrons là-bas. Nous sommes devenus amis.

Voilà, maman chérie, tout ce que je voulais vous dire. J'ai été plus bavarde que d'habitude. Dites à papa que je lui enverrai bientôt des cigarettes suisses, ainsi que du chocolat pour Louis.

Je vous embrasse de tout mon cœur.

Alice

*
* *

La vie continuait, à Nantes comme à Annecy. Irène et Guy s'étaient mariés le 25 juin, dans l'intimité. Les deux familles n'avaient pas grand-chose en commun. La mère et le frère de Guy étaient mal à l'aise et semblaient sur leurs gardes. Ils étaient les seuls à s'être déplacés. Yvonne était restée imperturbable durant la cérémonie et le repas qui avait suivi. Henri semblait soucieux et fataliste. Il avait très peu parlé. Germaine, Paulette et Charles avaient déployé des trésors d'urbanité pour remplir les silences. Quant à Irène et Guy, ils étaient concentrés, un peu tendus, apparemment conscients de la gravité de leur engagement. Tout le monde s'était séparé avec un certain soulagement, et les jeunes mariés avaient repris aussitôt le train pour Paris.

De son côté, Alice sentait que sa mission allait bientôt toucher à sa fin. Les convois continuaient d'arriver, mais ils étaient moins nombreux, et le centre d'accueil de l'*Impérial* avait prévu de fermer ses portes en septembre. On continuait toujours d'y accueillir des hommes, des femmes qui reprenaient vie lentement. On y mourait aussi parfois : une déportée originaire des Côtes-du-Nord avait succombé aux mauvais traitements subis à Ravensbrück et avait été enterrée, avec les honneurs, dans le cimetière d'Annecy, définitivement loin de sa terre natale. Alice avait accompagné à la gare la famille Taillandier, père et filles enfin réunis, à la fois rassérénée et inquiète à l'idée d'affronter le cours normal de la vie avec des bagages aussi lourds. Ils s'étaient promis de se revoir à Nantes.

Les états de service d'Alice avaient donné entière satisfaction et sa hiérarchie lui avait proposé une nouvelle mission, à Vienne, en Autriche, à l'hôpital militaire dirigé par les Français. Elle devait prendre ses fonctions en mars. Elle avait accepté aussitôt, heureuse de faire une pause de quelques mois au sein de sa famille, mais décidée à poursuivre son expérience dans l'aide humanitaire. Elle ne s'interrogeait pas encore sur son avenir, elle savait simplement que sa place était là, dans ces poches fiévreuses où se résorbaient les ultimes abcès de la guerre.

Pour Yvonne, informée du prochain retour d'Alice, l'occasion était trop belle : elle la rejoindrait à Annecy. Elles repartiraient ensemble, en faisant étape à Chamonix. Elle brûlait de connaître ces lieux magnifiques dont Alice lui parlait si souvent dans ses lettres ! Les retrouvailles de la mère et de la fille furent exubérantes. Leur complicité pouvait à nouveau s'exprimer par des voies autres qu'épistolaires. Alice savait déjà ce qui réjouirait sa mère, la surprendrait, l'intéresserait. Elle organisa plusieurs excursions en bateau et sur les chemins forestiers. L'arrière-saison s'annonçait magnifique, et le lac brillait de tous ses feux. Yvonne partageait la chambre d'Alice à l'*Impérial*, émerveillée par la somptuosité du décor, avouant son étonnement d'avoir dû attendre si longtemps pour découvrir les montagnes. Leur voyage de retour dura quinze jours. Elles s'attardaient sur chaque site, dans chaque hôtel où elles descendaient, goûtant la joie d'être ensemble et de partager des impressions, des expériences nouvelles. Jamais elles ne s'étaient ainsi retrouvées seules, loin des leurs, affranchies de toute inquiétude, vivant cette parenthèse enchantée comme elle devait l'être : un moment unique dont elles garderaient longtemps le souvenir lumineux. Yvonne oubliait là toutes les préoccupations pécuniaires qui rongeaient son quotidien. Elle avait vendu quelques biens à l'occasion du mariage d'Irène, pour aider à l'installation du jeune ménage, et avait puisé dans ses réserves pour s'offrir ce voyage. Après tout, elles n'auraient pas deux fois une occasion pareille ! Chaque journée fut vécue comme si c'était la dernière. Le soir, après dîner, elles retardaient l'instant de regagner leur chambre et restaient bavarder avec leurs hôtes ou leurs voisins de table. Elles s'installaient dans les fauteuils profonds, face à la cheminée, en buvant un vin de cannelle, ou se lançaient dans une partie de cartes avec les autres joueurs. Aux heures mauves du petit jour, elles guettaient le soleil, derrière les cimes neigeuses : habillées chaudement, elles descendaient, sur le chemin encore désert, durci par la gelée nocturne, et revenaient à l'hôtel quand les premiers rayons embrasaient les fenêtres. Alice, tout au bonheur de retrouver sa mère, ne se préoccupait guère de savoir par quel miracle elles côtoyaient le soir, dans les salons cossus, sur les terrasses des chalets d'altitude, des clients fortunés dont la désinvolture rieuse attestait une longue fréquentation de ces lieux d'exception.

Dans les premiers jours d'octobre, elles revinrent à Nantes comme on revient sur terre. Un crachin pluvieux emmaillotait la ville d'une fine pellicule glacée. De lourds nuages barraient l'horizon, donnant au ciel une couleur de fer qui plombait les eaux de la Loire. Nantes n'avait fait aucun frais pour les accueillir. Dans le taxi, Alice observait, le cœur serré, les stigmates encore visibles de sa ville bombardée. Émilienne leur avait préparé un repas de fête : un poulet rôti avec des pommes de terre. Dès qu'il les entendit, Henri sortit de son bureau, prit sa fille dans ses bras et l'étreignit longuement. Il lui tapota la joue d'un geste gauche, puis les complimenta toutes les deux sur leur bonne mine. Lui, en revanche, paraissait usé. Ses traits s'étaient encore creusés depuis le départ d'Alice. Seuls les moustaches et les yeux légèrement obliques donnaient à sa physionomie un air de gaieté quand il souriait. Et il souriait.

« J'ai une très bonne nouvelle à vous annoncer, vous êtes prêtes ? Yvonne, tu vas être grand-mère, et toi Alice, bientôt tante. »

Il se tut, attendant l'effet de ses paroles. Yvonne poussa un cri de joie et demanda un siège. Elle en avait les jambes coupées.

« Comment l'as-tu su ? Irène aurait pu m'appeler tout de même !

– Ça, quand les oiseaux voyagent, difficile de les joindre, n'est-ce pas ? Elle m'a téléphoné ce matin. Elle va très bien. La naissance est prévue pour fin mars début avril. »

Yvonne reprenait ses esprits. Elle secoua la tête en souriant.

« C'est un signe du ciel. La vie reprend ses droits. Je sens que nous abordons une période heureuse pour nous tous, mes chéris, et nous l'avons bien mérité ! J'appellerai Irène plus tard. Où est Louis ?

– Il passe un entretien d'embauche, dans un cabinet d'assurances, boulevard Delorme. C'est le deuxième en une semaine. Il espère que ça va marcher. »

Yvonne se relevait déjà.

« Qu'est-ce que je disais ? Eh bien, à table maintenant, vous n'avez donc pas faim, vous autres ? »

Le grincement familier des pieds de chaise, le lustre en cristal au-dessus de la table, la lumière blanche qui venait de la véranda, le cliquetis des couverts et le miaulement bref de Jonas venu aux nouvelles : Alice retrouvait peu à peu les sensations familières. Elle ne réalisait pas encore très bien. Il lui faudrait du temps. Elle n'était sûre que d'une chose : la tendresse qui montait en elle à les regarder tous les deux, avec leurs cheveux grisonnants, lui disait que l'histoire de sa vie était là, qu'elle s'échapperait sans doute encore et encore, mais que la force du lien qu'ils avaient tissé ensemble la ramènerait indéfectiblement vers eux, aussi loin qu'elle s'en fût.

CHAPITRE 9

Café *Rüdigerhof*

Plus d'un an s'était écoulé depuis que le boulevard de l'Erdre, dont les travaux de comblement s'achevaient, avait été rebaptisé Cours des 50-Otages. Nantes entendait ainsi honorer ses martyrs. Le 14 janvier 1945, le général de Gaulle était venu remettre la croix de la Libération à son maire, élevant la ville au rang de compagnon, à l'instar des quatre autres cités françaises distinguées pour leurs actes de résistance. L'été suivant, au terme d'un procès tendu, celui qui n'était plus que Philippe Pétain voyait sa peine de mort commuée en réclusion criminelle à perpétuité. Les journaux s'étaient fait largement l'écho de tous ces événements. Certains d'entre eux n'avaient pas échappé non plus au jugement de la victoire. *Le Phare de la Loire* dont les articles, durant la guerre, témoignaient d'une grande complaisance envers l'occupant avait bien tenté une conversion tardive. En vain. Au lendemain de la libération, il avait été interdit et ses biens confisqués. Les Nantais achetaient désormais *la Résistance de l'Ouest* qui affichait ses convictions avec panache. Au milieu de ces bouleversements, les Demestre, eux, n'avaient pas changé. Ou plutôt, ils étaient conscients d'avoir manqué un rendez-vous avec l'Histoire et restaient à l'écart des nouveaux crédos. Ils persistaient à exonérer l'ancien maréchal d'une partie de ses fautes, redoutaient l'influence des communistes, comprenaient qu'ils avaient sous-estimé la stature du général de Gaulle, mais s'en méfiaient encore. Et puis, comme la plupart des Français, ils étaient préoccupés par les difficultés quotidiennes. Ils continuaient d'affronter des restrictions de nourriture et de combustible, le rationnement s'étant même aggravé, avec le retour à Nantes de tous les réfugiés. L'opulence des restaurants du marché noir côtoyait l'indigence des civils qui se battaient parfois pour une place, dans les longues files d'attente devant les magasins. Yvonne Demestre, sur qui reposait le soin d'assurer le ravitaillement, avait retrouvé bien vite, après son équipée montagnarde, les soucis de la vie ordinaire : Louis n'avait pas obtenu le poste qu'il convoitait et, avec le retour de sa cadette, elle avait maintenant deux bouches à nourrir.

Quelques jours après son arrivée, Alice, surmontant son appréhension, décida d'aller faire un tour dans le centre-ville. Elle remonta le cours des 50-Otages, obliquant à gauche, puis à droite, marchant au hasard des rues, sans savoir vraiment ce qu'elle cherchait. Rues de Verdun et d'Orléans, des baraquements provisoires avaient remplacé les boutiques. Des palissades en bois se dressaient à l'emplacement des grands magasins, rue du Calvaire. Plus bas, on enterrait la voie ferrée sous l'ancien lit de la Loire. La voirie endommagée n'avait pas fini d'être reconstruite, partout de nouveaux aménagements étaient en cours, brouillant les anciens contours, effaçant les dernières traces d'intimité entre la cité et le fleuve. Dans chaque quartier subsistaient des ruines, des béances, les cicatrices d'une ville défigurée qui ne parlait plus au cœur que le langage de la désolation et dont elle était incapable d'imaginer la métamorphose. Il n'y avait plus personne, désormais, pour lui décrypter l'avenir… Au fil des semaines, elle sentit que le passé la rattrapait peu à peu, elle tenta de s'en défendre en renouant avec ses amies, mais elles avaient quitté Nantes, ou bien s'étaient installées dans une existence médiocre, régie par des préoccupations qu'elle ne partageait plus. Elle cherchait sa place et ne la trouvait pas. Louis, après un accueil affectueux, paraissait à nouveau mal supporter sa présence et l'intérêt dont elle faisait l'objet auprès de ses parents. Au fond, il valait mieux qu'elle parte. À la fin du mois de février, Alice faisait à nouveau ses bagages, à la fois triste et soulagée de quitter une ville morose, en proie aux tensions sociales, où les premiers cortèges d'ouvriers, déçus et amers, étaient venus manifester leur colère jusque devant la préfecture.

L'Autriche, c'était un très long voyage, mais cela ne l'effrayait pas. À Paris, elle passa quelques journées préparatoires au fort d'Ivry, avec d'autres auxiliaires de la Croix-Rouge en partance pour les hôpitaux militaires de la zone occupée. En gare de l'Est, trois compartiments leur étaient réservés dans l'Orient-Express qui devait les conduire successivement à Strasbourg, Munich et Salzbourg, avant d'atteindre Vienne, leur destination finale. Alice était curieuse de découvrir la ville qui avait accueilli son aïeul maternel durant son exil, une ville mythique dont la piété familiale, au fil des générations, s'était appliquée à enjoliver le souvenir. Elle monta dans le train, l'esprit libéré, impatiente, déjà, de ce qui l'attendait.

Deux semaines plus tard, Yvonne Demestre, à son tour, prenait le train pour Paris. Irène, dont l'accouchement approchait, la réclamait près d'elle. Depuis leur mariage, Guy et elle occupaient un petit appartement lumineux dans le XIVe arrondissement, rue Pernety. L'immeuble était modeste mais propre, typiquement parisien avec ses fenêtres hautes et étroites, munies de persiennes blanches. Un escalier en colimaçon conduisait au troisième étage. En franchissant le seuil, Yvonne constata au premier coup d'œil que les meubles qui garnissaient le séjour n'avaient rien de commun avec son univers. Irène et

Guy avaient choisi de s'équiper au goût du jour, un entre-deux hésitant entre le style épuré des années vingt et celui, massif et laid, des années quarante. Seules quelques gravures anciennes rappelaient discrètement la rue Paul Bellamy. Un bref instant, Yvonne eut un pincement au cœur en pensant aux meubles disparus dont elle avait la certitude, maintenant, qu'ils avaient été vendus. Mais l'accueil chaleureux de sa fille lui fit oublier tout le reste. Irène installa sa mère dans la chambre d'enfant. Elle paraissait épanouie, ses gestes avaient une douceur inhabituelle et la présence d'Yvonne semblait la rassurer. Jusqu'ici, elles n'avaient jamais partagé aucune des confidences qui font l'ordinaire des relations mère-fille, et les préparatifs de la naissance leur en fournissaient l'occasion. Yvonne comprit très vite qu'on attendait beaucoup d'elle, Irène étant manifestement débordée par la situation. Elle restait allongée une partie de la journée, tandis que Guy assurait les tâches quotidiennes, les courses, la cuisine et parfois le ménage, en rentrant du travail. Il ne s'en plaignait pas, mais parut apprécier vivement la présence de sa belle-mère qui prit aussitôt le relais. Yvonne se retrouva ainsi, sans l'avoir voulu, plongée dans l'intimité du couple et eut tout le loisir d'observer son gendre qu'elle connaissait à peine. C'était un garçon calme, d'un caractère plutôt doux, un peu secret. Il riait volontiers, se montrait prévenant avec Irène et surprit Yvonne, un soir, lorsqu'au cours d'une conversation il lui fit part de sa passion pour la musique. Elle avait bien remarqué le gramophone qui trônait sur une table, à côté du buffet de la salle à manger, mais n'avait jamais eu la curiosité de regarder la pile de disques, en dessous. Guy lui parla de Wagner, de Mozart et de Bach, des *Lieder* de Schubert dont il connaissait les meilleures interprétations, et Yvonne dut s'avouer qu'il en savait plus qu'elle. Il était visiblement heureux d'aborder le sujet, sachant qu'elle y était sensible, et pas mécontent de lui en remontrer un peu.

Le dimanche qui suivit son arrivée, madame Dufour mère vint déjeuner rue Pernety avec, dans son cabas, un lapin déjà mijoté, ainsi que des conserves de haricots. Pour faire bonne mesure, Yvonne avait préparé une tarte aux pommes, et le repas fut un succès, surtout après que Guy eut sorti une bouteille de bon bourgogne dont il refusa de dire l'origine. Après ces débuts prometteurs, Yvonne acquit la conviction qu'en dépit d'un attelage improbable, le couple tiendrait la distance et que l'enfant à naître ne pourrait que renforcer des liens encore fragiles. Était-ce son naturel optimiste, son désir obstiné de voir Irène se couler dans le moule de l'épouse irréprochable qui l'empêchait de sentir les signes avant-coureurs du dérapage ? Guy se dépensait sans compter pour faire tourner la maison. Bientôt, la présence de l'enfant monopoliserait toute l'attention d'Irène, et sans doute son mari prendrait-il sa part dans les soins apportés au nouveau-né. Mais saurait-elle endosser le rôle de mère, alors qu'à l'évidence, elle ne s'y était pas préparée ? Elle semblait plus intriguée et amusée de ce qu'il lui arrivait que vraiment émue par la naissance de son enfant. Yvonne ne remarquait pas les regards sévères que, par instant, Jeanne Dufour portait sur sa belle-fille. Un regard inquisiteur et méfiant, comme si elle avait senti un danger. Elle contemplait les mains d'Irène, de belles mains blanches, indolentes, aux ongles vernis de rouge, et ses yeux trahissaient sa réprobation. C'était une femme dure à la tâche, ignorant l'oisiveté et le superflu, que les langueurs d'Irène, le soin apporté à ses vêtements trop coûteux, scandalisaient. Elle n'en laissait rien paraître et seul un œil attentif aurait pu le déceler. Et puis, il y avait cette admiration, cet amour éperdu qu'elle portait à ce fils ingénieur, sa fierté et sa revanche, sorti du rang malgré son handicap, et pour lequel elle aurait tout donné. Lui-même adorait sa mère et partageait avec elle une grande connivence. Ce dimanche-là, Yvonne eut l'occasion d'assister à un léger accrochage entre les deux femmes, révélateur du fossé qui les séparait. Jeanne s'adressait à Irène :

« Ma bru, vous devriez installer un voile au-dessus du berceau, cela protègera le petit des mouches et des moustiques.

– Si vous vouliez bien cesser, mère, de dire ma bru, et m'appeler par mon prénom. »

L'agacement pointait dans la voix d'Irène.

« J'ai du mal à le prononcer, et puis vous êtes ma bru après tout, vous m'appelez bien mère ?

– Oui, mère c'est l'appellation d'usage. Ma bru… ça ne se dit pas.

– Ah, ça, depuis quand ? Je vois pas où est le mal. Chez nous, c'est comme ça qu'on dit.

– Chez vous, oui… »

Irène se retint. Elle fit un effort qui parut lui coûter et ajouta :

« C'est une très bonne idée, ce voile, vous pourriez le confectionner ?

– Bien sûr, avec ma machine à coudre, je vous fais ça très vite. Mais il faut que vous me donniez le tissu. Y'en a pas par chez nous, à Courlon. »

Yvonne intervint, heureuse de faire diversion.

« J'irai l'acheter dès demain au *Bon Marché*. Je vais prendre les dimensions du lit et je vous envoie ça par colis ?

– Vous avez pas besoin de l'envoyer, je vais revenir à Paris la semaine prochaine. Je le prendrai à ce moment-là. »

Jeanne aussi prenait ses marques. Elle était secrètement agacée par la présence d'Yvonne auprès du couple. Elle se sentait mise à l'écart et entendait se rendre utile, voire indispensable auprès de son fils. Yvonne considéra avec bonne humeur ces menus frictions sans gravité à ses yeux, de simples ajustements nécessaires entre deux familles qui se connaissaient finalement assez peu.

Le surlendemain, elle reçut un courrier de son mari, dans lequel il joignait la première lettre d'Alice envoyée de Vienne.

Yvonne chérie,

Sans nouvelles de toi depuis ton dernier appel, je suppose que tout va bien là-bas. Deux bonnes surprises sont arrivées ici, que je tiens à te faire partager. D'abord, un colis d'Amérique, à notre nom. Il contient une lettre d'une famille Smith qui se dit notre cousine par alliance, du côté bordelais. Je t'expliquerai. Ils ont eu vent de la pénurie qui sévit en France depuis la fin de la guerre et nous envoient des vêtements et des victuailles ! Il s'agit de conserves, cela attendra bien ton retour. Il y a un pâté qui m'a l'air fameux ! Ils ont été informés par les Demestre de Bordeaux que nous étions sinistrés à cause des bombardements américains. Louis m'a traduit la lettre écrite en anglais. Ils disent que ce colis n'est que le premier. Réconfortant, non ?

Deuxième bonne nouvelle, ta démarche auprès de tes amis Akerman a porté ses fruits. Il est possible que Louis trouve un travail à Londres. Beaucoup de conditions restent encore à remplir, mais c'est un bon début !

Et puis, mais ce n'est pas une surprise, une lettre de Sissi est arrivée. Elle a fait un bon voyage, quoique fatigant, et a déjà pris ses fonctions à l'hôpital. Vienne lui plaît beaucoup. Tu liras, on la sent dans son élément. Chère petite fille, elle nous étonnera toujours.

Voilà. Tout est calme ici. Tu nous manques, mais je sais qu'on a besoin de toi pour préparer l'arrivée du nouveau-né. Ménage-toi, je te connais. Tu ne fais jamais rien à moitié.

Transmets mon bon souvenir aux jeunes époux.

Louis se joint à moi pour t'embrasser fort.

Henri

Les nouvelles avaient de quoi réjouir Yvonne. Elle lut avec bonheur la longue lettre d'Alice qui paraissait très à l'aise dans ses nouvelles fonctions. Elle lui disait son admiration pour ce joyau de la Mitteleuropa qui n'avait pas déçu son attente et qu'elle se promettait d'explorer. Elle terminait avec un mot tendre pour sa mère et la promesse d'appeler bientôt. Yvonne glissa la lettre dans son corsage, elle avait l'intention de la relire, tranquillement, quand elle serait seule. Bien qu'elle eut reconnu l'écriture de sa sœur, Irène ne posa pas de questions mais demanda des nouvelles de son père. Encore un bon point pour elle, malgré tout, songea Yvonne qui n'en demandait pas tant.

Le temps de terminer la layette bleue que les deux grands-mères avaient tricotée de concert, l'enfant naissait, dans une clinique de l'arrondissement, le dernier jour du mois de mars. C'était un garçon. L'accouchement s'était parfaitement déroulé et Irène, épuisée et soulagée, contemplait depuis son lit ce tout petit être qui était sorti de son ventre. Guy, accroupi, l'œil rivé sur son objectif, mitraillait au plus près son « héritier », comme il se plaisait à le dire, fier de sa nouvelle paternité. Lorsque Yvonne prit l'enfant dans ses bras, elle observa ses traits, attentivement, avant de déclarer qu'il lui ressemblait. Les grands yeux bleus qui lui mangeaient le visage étaient bien les siens. Indéniablement, ce petit-là était de son sang. Le père dut en convenir, mais ça n'était pas pour lui déplaire, déclara-t-il, rendant un hommage discret à la beauté de sa belle-mère. Raymond Dufour avait fait le déplacement, et ce fut l'unique fois qu'Yvonne eut l'occasion de rencontrer cet homme de grande stature, au visage buriné, le béret sur l'oreille, silencieux, qui se mouvait maladroitement dans la chambre trop étroite. Quand Irène regagna son domicile, dix jours plus tard, serrant contre elle le petit Vincent, Yvonne s'avisa que sa mission touchait à sa fin. Elle resterait encore quelques jours auprès de sa fille, le temps d'organiser leur nouvelle vie, puis elle retournerait à Nantes où, déjà, l'on s'impatientait.

*
* *

Alice reçut la lettre de sa mère un jeudi, jour où elle n'était pas de service. Assise sur son lit, dans la chambre qu'elle partageait avec une autre infirmière, elle la parcourut rapidement avant de décider qu'il lui fallait un endroit plus propice pour la relire sans témoin. C'était un moment important pour elle. Elle attendait ces rendez-vous épistolaires, dont la régularité constituait le fil rouge de son existence, comme on reprend à voix basse une conversation interrompue la veille, mais dont on a toute liberté de choisir le cadre : ces lettres l'associaient aux événements de la vie familiale tout en la préservant, du fait de la distance, de son atmosphère délétère. Ici, à Vienne, existaient des lieux où elle se sentait particulièrement bien. Depuis qu'elle les avait découverts, les *Kaffeehäuser* étaient de ceux-là. Elle opta ce jour-là pour le café *Rüdigerhof*, sur Hamburgerstrasse, dont elle aimait l'atmosphère calme et chaleureuse. Elle s'installa sur une banquette en cuir, face à la rue et commanda un *Melange*, un ersatz de café au lait. À cette heure creuse de la matinée, la moitié des sièges restait inoccupée. Quelques groupes discutaient à voix feutrée, mais la plupart des consommateurs étaient seuls, comme elle. La lecture des journaux concentrait toute leur attention et elle éprouvait cette sensation agréable d'être enveloppée d'une présence discrète qui n'empiétait en rien sur son besoin de solitude. Elle attendit que le serveur vienne lui déposer le verre d'eau et la tasse fumante, avant de déplier les feuillets couverts de la grande écriture serrée aux ratures familières. Elle lut :

Ma bien chère petite,

Nous avons été si heureux, ton père et moi, de savoir que tu te plaisais autant dans tes nouvelles fonctions. Tu occupes un poste d'infirmière maintenant, et c'est une responsabilité supplémentaire. Mais nous savons qu'on peut te faire confiance. Tu dis que Vienne a subi de terribles bombardements et que certains quartiers te font penser à Nantes, mais ce qui faisait la beauté de cette ville semble avoir été préservé, si j'en juge par tes descriptions émerveillées ! J'espère que tu vas rencontrer des gens et lier des amitiés comme tu l'as fait à Annecy. Tu me parais encore un peu seule pour le moment.

Beaucoup de choses à te raconter, ma chérie, je ne sais par où commencer. Me voici donc grand-mère ! J'ai laissé Ire en tête à tête avec son petit Vincent. Un bel enfant, qui me ressemble par-dessus le marché ! Ire m'a surprise par sa gentillesse et sa volonté de bien faire. Guy est très dévoué, je suis sûre qu'ils s'en occuperont bien tous les deux. Et puis, madame Dufour m'a dit qu'elle veillerait à ce qu'ils n'aient besoin de rien. Elle peut facilement venir à Paris depuis sa campagne. J'avoue m'être sentie très fatiguée à mon retour à Nantes. Je n'avais pas éprouvé une telle lassitude depuis longtemps. Je vais tâcher de prendre un peu de repos avant d'entreprendre de nouvelles démarches. Je dois aider Louis à constituer un dossier de candidature pour un poste à Londres, dans la filiale d'une compagnie maritime. Tu te rends compte ? Ce sont les Akerman qui nous ont donné le petit coup de pouce. Il faut maintenant que ton frère aille jusqu'au bout et ne flanche pas à la dernière minute. C'est ma crainte. En attendant, il s'est remis à l'anglais et je sais à coup sûr que « My taylor is rich ». Il le chante sur tous les tons !

L'ennuyeux, c'est qu'il a un projet matrimonial en cours. Rien de bien engagé encore, mais cela pourrait l'inciter à renoncer. Tu le connais... Si, comme je l'espère, ce projet aboutit, j'envisage de mettre sa chambre en location après son départ, cela nous fera un petit revenu.

Sais-tu que La Korrigane va être de nouveau réquisitionnée pour loger des Nazairiens sinistrés ? Je vais me dépêcher d'aller là-bas pour mettre de côté le mobilier et la vaisselle qui ont un peu de valeur. Le garage servira de garde-meubles. On dit que les gens sont devenus fous après tout ce qu'ils ont subi et qu'ils pillent les villas qui leur sont prêtées. Je n'ai plus qu'à espérer qu'on tombera sur une famille honnête.

Et puis, vois-tu, en prévision de ton retour en permission, j'ai l'intention de louer deux chambres au Pouliguen, pour que nous puissions tous profiter de la mer. Depuis que nous avons rendu la maison du Vieux Cellier, on n'a plus nulle part où aller.

Ton père t'a raconté cette histoire des colis d'Amérique. C'est incroyable, non ? Ainsi, on a donc des cousins à New York qui s'occupent de notre bien-être ! Le plus drôle, c'est qu'il connaissait leur existence. Tu sais comment il est, la généalogie, ce n'est pas son fort. Ils ont envoyé des vêtements de qualité. Il y a, entre autres, un manteau en petit-gris exactement à ta taille. Une toque en velours vert et une veste en drap rouge que je retaillerai pour toi. Ils ont pensé également à la nourriture : des soupes en conserve aux noms bizarres : oyster soup et clam soup. Un pudding aussi, et un pâté de bœuf. Je sens qu'on va faire des découvertes ! Je vais devoir réactiver mon anglais pour les remercier comme il se doit ! Dire que ta grand-mère le parlait si bien !

Je t'envoie un premier mandat postal de deux mille francs, cela te permettra de mieux te nourrir, et puis de te distraire un peu.

J'aurais encore bien des choses à te dire, mais ce sera pour une autre fois. Je dois te laisser, ma petite chérie, si je veux arriver à la poste à temps. Écris-nous bien vite.

Mille baisers.

Maman

Alice sourit en repliant la lettre avec soin. « Mère, gardez-vous à droite, gardez-vous à gauche… », la célèbre apostrophe lui allait bien, songea-t-elle. Elle se battait sur tous les fronts à la fois, se dépensant sans compter pour les siens… Combien étaient-elles ces femmes qui, partout en Europe, luttaient pour survivre aux lendemains désenchantés de la victoire ? Elles devaient ressembler à la sienne, dans leur énergie obstinée, faisant feu de tout bois, misant sur l'avenir, et maintenant que la vie reprenait ses droits, s'efforçant de donner au quotidien un peu de couleurs. Cet argent qu'elle lui envoyait… Comment avait-elle deviné ? Savait-elle à quel point la population de Vienne souffrait de la faim ? Alice avait très vite constaté que les portions des repas, la qualité de la nourriture, à la cantine de l'hôpital, n'étaient en rien comparables à ce qu'elle avait connu à Annecy. L'approvisionnement était un casse-tête pour tout le monde. Seuls les Américains paraissaient ignorer la pénurie. Pourtant, elle n'en avait rien dit. Ils avaient assez de problèmes là-bas. Et puis, en dépit de tout, elle se plaisait à Vienne. Le jour de son arrivée, en empruntant les rues de la capitale autrichienne, elle avait été frappée, bien sûr, par les traces omniprésentes des bombardements. Mais elle avait été sensible à la majesté des volumes, au raffinement des façades endommagées qui défilaient sous ses yeux, à la beauté de l'architecture des édifices épargnés. Au-delà des stigmates visibles, Vienne conservait quelque chose de sa grandeur. Comme cette ville était étrange ! À la fois intime et secrète dans le dédale de ses ruelles tortueuses au cœur de l'ancienne cité, pompeuse et baroque dans la solennité de ses monuments guindés, l'extravagance de ses sculptures autour de la Hofburg, le long du Ring et sur les larges artères animées et bruyantes. Elle aurait été bien incapable d'expliquer pourquoi Vienne la touchait si profondément, mais le fait est qu'elle s'y acclimata en très peu de temps. Quelque chose de l'énergie qui circulait dans ces lieux rejoignait son besoin impérieux de vivre et de rattraper le temps perdu.

À la sévérité glacée de cette fin d'hiver avaient succédé les premiers jours du printemps, et en quelques semaines, tout ce qui comptait de parcs, de collines boisées, de bosquets et de jardins, s'était couvert d'un feuillage vert tendre. Les eaux du Danube reflétaient le bleu du ciel et l'air se chargeait à nouveau d'un parfum vif et léger comme si la périphérie viennoise, avec ses coteaux et ses prairies, s'insinuait à travers routes et fleuve pour remonter jusqu'au cœur de la ville, là même où gisaient encore, au fil des canaux, les carcasses des ponts effondrés. Ce que la neige avait dissimulé sous l'épaisse croûte blanche disparaissait à nouveau dans l'exubérance des feuillées. L'herbe repoussait drue sur les pelouses marquées par le gel, dans les fossés dévastés par les convois militaires. Sur le Prater, on s'activait à la reconstruction de la grande roue et des manèges de chevaux. Dans les quartiers les plus touchés, des équipes déblayaient des monceaux de gravats. Bientôt, les promeneurs s'attarderaient le soir, à la terrasse des *Heurigen*, sur les hauteurs des faubourgs, pour boire le vin des dernières vendanges. Vienne se hâtait de panser ses plaies.

Alice s'enhardissait maintenant, bien au-delà de Mariahilf, dans les autres arrondissements de la capitale, mais elle évitait la zone contrôlée par les Russes. Le bruit courait – à tort ou à raison – qu'il était risqué pour une jeune femme étrangère de s'y promener seule. Le découpage de Vienne en quatre secteurs avait attribué aux Soviétiques les arrondissements extérieurs, les plus vastes, et pouvait donner la désagréable impression d'enserrer les forces occidentales dans un étau. Le premier arrondissement, le Inner Stadt, point névralgique de la ville, était le seul sous mandat international, chacune des forces d'Occupation en prenant le contrôle tour à tour. Cette situation donnait lieu à des parades militaires, des passations de témoin entre les soldats alliés, à une collaboration plus ou moins réussie, dont la police militaire constituait un parfait exemple. Composée, pour chaque unité, d'un Russe, d'un Anglais, d'un Américain et d'un Français, elle patrouillait en Jeep à travers la ville et plus d'un Viennois devait se demander, en la voyant passer, dans quelle langue cet équipage improbable pouvait bien résoudre les conflits. Alice s'était d'abord amusée de tous ces rituels militaires qui étaient autant d'occasions, pour chaque armée, d'afficher sa puissance, avant de s'apercevoir qu'au jeu des comparaisons, les Français étaient les plus mal lotis. Face aux uniformes impeccables et aux équipements modernes des trois autres puissances, les soldats français tentaient vaille que vaille de donner le change. Lors des parades, il était difficile de ne pas voir les casques d'avant-guerre, les tenues hétéroclites et usées, les guêtres d'un autre âge, les armements obsolètes. C'étaient encore les tirailleurs marocains qui s'en sortaient le mieux, irréprochables dans leurs tenues coloniales. En les regardant défiler, Alice ressentait cruellement le décalage avec le lustre des autres armées. Elle comprenait intuitivement que les conséquences de la défaite et de l'Occupation n'en finissaient pas de se faire sentir, jusque dans les rangs de ces troupes françaises, reflet d'un pays ruiné qui tentait courageusement de se relever.

Naturellement, elle taisait dans ses courriers ses impressions négatives et les moments de désarroi qu'elle pouvait traverser. Elle savait que l'écriture avait le pouvoir de fixer les choses et que la distance aggravait le phénomène. Elle avait, par ailleurs, suffisamment d'occasions de vivre de bons moments pour ne pas se priver de les raconter.

Au mois de mai, Yvonne reçut ainsi une lettre d'Alice toute chargée d'humeur printanière.

Bien chère maman,

Je vous écris du café Rüdigerhof, où j'ai pris mes habitudes. On me fournit même le papier à lettres, s'il m'arrive d'en manquer ! Avec les beaux jours, c'est incroyable comme l'atmosphère de la ville a changé. Si vous étiez ici en ce moment, je suis sûre que vous tomberiez amoureuse de Vienne ! Les fêtes religieuses depuis Pâques ont été l'occasion de multiplier les concerts, il y en a partout, dans les églises, dans les Konzerthäuser, comme ils les appellent ici, dans les théâtres aussi. Sans compter les kiosques à musique qui sont une véritable attraction dans les parcs. Je suis surprise de voir à quel point les Viennois ont l'âme musicienne. J'assiste chaque dimanche matin à un concert et je côtoie aussi bien des femmes de chambre, des serveuses ou des ouvriers que des bourgeois des beaux quartiers. Le croiriez-vous ? Ils communient tous dans la même ferveur… musicale ! Ce peuple n'a pourtant pas la vie facile, mais il y a une gaieté en eux, une gourmandise de la vie qui est extraordinaire. Je trouve, quelque part, qu'il vous ressemble, maman… Après tout, n'avons-nous pas une ancêtre austro-hongroise qu'on disait bonne vivante ? Elle doit bien nous avoir laissé quelques gènes, non ? Dernièrement, je me suis rendue, avec deux autres collègues, dans une de leurs tavernes, où nous avons goûté un vin blanc accompagné de petites saucisses. Un régal ! Et ce qui était plaisant à voir, c'était le spectacle de tous ces gens attablés qui riaient et chantaient de bon cœur. Dans ces moments-là, on oublie toutes les privations.

À l'hôpital, après une période chargée, nous avons moins de malades, et je ne m'en plains pas. Je me suis liée d'amitié avec un de mes « patients », amnésique, un jeune Tchèque qui dit s'appeler Jan et se fait passer pour autrichien. J'ignore pourquoi. Il est arrivé avec une mauvaise blessure à la tête et a eu du mal à récupérer. Nous communiquons, malgré l'obstacle de la langue, avec quelques mots français et une profusion de gestes ! Je vois bien qu'il est heureux quand il me voit, peut-être même est-il un peu amoureux, mais si cela peut l'aider à guérir, pourquoi pas. Il y a quelque chose de profondément triste en lui. J'ignore tout de son histoire, mais elle doit être douloureuse. Je sens qu'il est terrorisé à l'idée de guérir, comme s'il refusait d'affronter la réalité qui l'attend dehors. Je vais devoir m'armer de beaucoup de patience pour l'aider.

L'armée française a tenu à récompenser les efforts du personnel de l'hôpital militaire : elle nous offre des billets pour une représentation des Noces de Figaro. *Ce ne sera pas à l'opéra qui n'est pas encore reconstruit, mais ça n'a pas d'importance, je m'en réjouis d'avance.*

Dites à Papa et à Louis que je vais leur envoyer des cigarettes américaines et du tabac dans un prochain colis. J'ai trouvé une petite veste tyrolienne brodée pour Vincent. C'est du quatre ans. Il a encore le temps de la mettre. Je suis contente de savoir que tout le monde va bien.

Je vous embrasse, ainsi que papa, avec toute mon affection.

Votre fille, Alice

Quelques semaines plus tard, alors qu'elle prenait son service du matin au quatrième étage de l'hôpital Saint-Michel, Alice apprenait que Jan s'était défenestré pendant la nuit. Il devait sortir deux jours plus tard. Il ne restait rien de lui. Pas même une identité, juste un prénom dont elle ignorait si c'était le sien.

Dans la soirée, elle alla se recueillir dans la petite chapelle qui jouxtait le mur nord de l'hôpital. Une vierge à l'enfant, en bois doré, tournait vers les fidèles son sourire extatique. Quelques cierges brûlaient à ses pieds. Alice en alluma un, en souvenir de Jan. Elle tenta de prier mais en fut incapable. L'esprit vide et le cœur pétrifié, elle n'éprouvait rien. Les mots qui lui venaient aux lèvres n'avaient plus de sens. Elle se leva et sortit. Lorsqu'elle retrouva la rumeur ocre et rose de la rue, un couple de jeunes gens venait à sa rencontre. Ils la dépassèrent, insouciants et heureux, et elle entendit longtemps le rire éclatant du garçon qui semblait rebondir, comme un galop léger, sur les pavés de la chaussée. Ce soir-là, elle détesta Vienne.

*

* *

La chambre, assez grande, donnait devant, sur la cour. La tapisserie à fleurs portait les traces des cadres disparus et le mobilier était rudimentaire : un grand lit en fer, deux tables de chevet, une armoire, un fauteuil. Mais l'essentiel s'y trouvait. En ce soir de juillet, les Demestre venaient de poser leurs bagages au premier étage de la villa Ker Stella, route de l'Océan. Louis occupait la deuxième chambre côté jardin. Sur le palier, entre les deux pièces, un renfoncement avait été aménagé en coin cuisine : un simple réchaud à gaz, avec un évier minuscule. Chaque chambre disposait d'un lavabo et d'un bidet, et les toilettes étaient dans la cour. Ignorant le confort spartiate, Yvonne respira avec délice l'air iodé qui montait avec la marée.

« Te rends-tu compte, Henri ? Nous sommes de retour au Pouliguen ! Nous allons enfin retrouver la mer et nos marais. Quel bonheur ! »

Henri sourit. Du moment qu'Yvonne était contente, tout lui convenait. Pendant qu'elle faisait le lit, il alla s'asseoir sur le fauteuil en osier près de la fenêtre. La soirée était avancée et la chaleur déclinait. Dehors, les enfants des propriétaires jouaient sur un tas de sable en criant. Une voix d'homme s'éleva, leur intimant l'ordre de rentrer. Henri se pencha, puis se rassit aussitôt en murmurant :

« Tu as vu le père Le Guillevic ? Avec sa jambe de bois et sa casquette, il a fière allure !

– Oui. Je l'ai rencontré la fois où j'ai visité. J'ai cru comprendre que la pêche ne nourrissait pas son homme. Il loue, lui aussi, pour arrondir ses revenus. On ira voir son chalutier, sur le port. Il s'appelle *La Jeanne*, je crois.

– Sais-tu comment il a perdu sa jambe ?

– Elle se serait prise dans un câble, lors d'une manœuvre d'accostage… C'est possible. Ils ne sont que trois sur le bateau. Ça peut aller très vite ! »

Les méchantes langues disaient aussi qu'il serait tombé, ivre, dans le port, entre le bord du quai et le chalut, et que sa jambe aurait été broyée. Il faut dire que le patron de *La Jeanne* arborait un visage rubicond, résultat, on était en droit de le supposer, des nombreuses virées dans les bistros du coin. Personne du reste n'aurait pensé à le lui reprocher. Le métier de marin était très dur, il fallait affronter la mer par tous les temps, et les rendez-vous au comptoir du *Bar des rugissants* faisaient partie du rituel des retours de pêche. On attribuait au rhum des vertus revigorantes au point que les mères en versaient dans les biberons de leurs tout-petits. L'habitude, ensuite, ne risquait pas de se perdre quand ils atteignaient l'âge adulte.

Henri espérait secrètement que le séjour au Pouliguen ferait oublier à sa femme sa récente déception : Louis avait renoncé au poste qui l'attendait à Londres. Au dernier moment, comme un cheval qui refuse l'obstacle, il avait déclaré forfait. La colère d'Yvonne avait été à la mesure de sa déconvenue. Une fois de plus, les Demestre avaient vécu une période houleuse et chaotique, avec des cris, des pleurs, des reproches véhéments, des rancœurs exhumées, et son lot de portes claquées. Louis, de son côté, touchait le fond. Il était conscient de son manque de courage et d'ambition. Il savait qu'il décevait sa mère une fois de plus. Il en était furieux et meurtri, mais il se sentait incapable de dépasser cette peur panique qui l'avait prise à l'idée de partir loin des siens et de prendre un poste où il aurait à faire ses preuves. Après deux semaines de tempête, il avait cherché à se réconcilier avec Yvonne, il ne supportait pas longtemps d'être fâché avec elle. À défaut de pouvoir susciter son admiration, il voulait avoir la certitude qu'elle l'aimait toujours. C'est ainsi qu'ils s'étaient retrouvés tous les trois au Pouliguen, où chacun espérait que le climat familial se décrisperait.

Le séjour se déroula sans accrocs, Yvonne et Henri avaient retrouvé leurs anciennes habitudes. Ils se promenaient le soir dans les marais, en évitant de passer par l'allée des Mouettes. La vue de leur villa occupée par d'autres, de leurs massifs peut-être saccagés, leur était insupportable. Ils se rendaient au marché, le matin, et revenaient avec du poisson frais, des coques, parfois une araignée de mer. À marée basse, Yvonne allait marcher sur le sable mouillé à la pointe de Penchâteau, tandis qu'Henri l'attendait à la plage, à demi allongé sur une serviette, à l'abri d'un parasol. Louis disparaissait souvent sans que personne ne songeât à lui poser de question, mais Yvonne avait bien remarqué qu'il attendait le passage du facteur, le matin, et qu'au fil des jours, son humeur s'en ressentait. Un soir, alors qu'ils dînaient tous les trois dans une crêperie sur le port, il se décida à parler, comme on se jette à l'eau :

« Je ne peux pas continuer de vivre à vos dépens. Je vais rentrer à Nantes demain et me mettre à chercher un travail, même sans rapport avec mes études. »

Yvonne protesta la première. Puis Henri objecta :

« En plein mois de juillet ? Tu ne vas rien trouver ! Attends au moins septembre ! »

Louis secoua la tête. Il avait son idée.

« J'ai encore une chance de trouver un poste de surveillant avant la rentrée scolaire. C'est le bon moment. »

Yvonne fronça les sourcils, dubitative.

« Et pourquoi cette décision soudaine ? Maintenant ?

– J'ai rencontré Jacques Bernier, hier, à la Baule. Il m'a dit qu'il y avait un poste à pourvoir à l'externat des Enfants nantais. Cela me va très bien. Je pourrai continuer de prospecter auprès des cabinets d'assurance. »

Henri hocha la tête, essuya ses moustaches avec le coin de sa serviette avant de conclure :

« Comme tu voudras. Tu aurais pu rester quelques jours de plus. Ta mère…

– Non, non. C'est bien ainsi. »

Yvonne l'avait interrompu sèchement.

« C'est une bonne décision. L'important c'est que tu trouves un travail. Cela nous soulagera, ton père et moi. »

Elle se tut avant d'ajouter plus doucement :

« Je vois que tu prends tes responsabilités. C'est bien, mon grand fils. Nous allons prier pour que ça marche ! »

Elle le regardait en souriant. Ses yeux à cet instant avaient cet éclat liquide qui soulignait le bleu des iris, comme illuminés de l'intérieur. Louis aurait voulu lui prendre la main par-dessus la table, pour se voir confirmer son retour en grâce, d'une simple pression, même imperceptible. Mais il n'osa pas. Au lieu de cela, il déclara :

« Dès que je saurai, je vous écrirai. Je… j'ai l'intention de rester à Nantes, il se peut que j'aie à chercher ailleurs si on ne me prend pas. J'en profiterai, de toute façon pour démarcher auprès des assureurs. »

Bien entendu, ni Henri ni Yvonne n'étaient tout à fait dupes. Ils avaient déjà compris que Louis regagnait Nantes aussi et surtout pour rejoindre la jeune fille qu'ils avaient rencontrée à deux reprises et qui semblait occuper tout son esprit. Yvonne connaissait trop bien son fils pour ne pas deviner que la relation n'évoluait pas selon ses désirs. Elle savait, elle avait toujours su que le dilettantisme de Louis serait un obstacle à tout engagement matrimonial sérieux. Peut-être lui-même commençait-il à le comprendre.

Le lendemain, après le départ de Louis, tandis qu'ils prenaient la route de la plage, elle se tourna vers son mari et dit avec une sorte de résignation :

« Tu vois, Henri, il m'a fallu attendre soixante-deux ans pour accepter la vie comme elle vient. Je crois qu'il ne sert à rien de vouloir changer le cours des choses. Nous sommes peut-être trop orgueilleux… »

Elle resta un long moment silencieuse, puis conclut dans un murmure :

« L'avenir, peut-être, nous réservera de bonnes surprises. Le ciel ne nous a pas épargnés jusqu'ici. Mais nous devons continuer à faire de notre mieux, n'est-ce pas ? Et pour le reste… à la grâce de Dieu ! »

CHAPITRE 10

Rue Paul Bellamy

Par un de ces hasards dont les voyages sont prodigues, Alice retrouva un cousin originaire de Tulle, alors qu'elle entamait un séjour d'une semaine à Zürs, prestigieuse station de ski sur les pentes de l'Arlberg et haut lieu de fréquentation des militaires français. Elle le voyait pour la première fois et ne put identifier un parent dans ce jeune officier qui prit place à côté d'elle sur le traîneau qui les emportait pour une longue promenade à travers les massifs enneigés. On était en février et la saison battait son plein. Emmitouflée sous d'épaisses couvertures, Alice offrait son visage au froid coupant qui giflait ses joues et emprisonnait des larmes gelées au coin de ses paupières. Elle respirait avec délice l'air glacé, attentive à la lumière presque irréelle qui montait à perte de vue des champs de neige. Au loin, les sapins glissaient silencieusement sur les mamelons boisés. Les deux chevaux trottaient allègrement devant elle, dans un bruit de grelots tintinnabulants, et sous leurs sabots nerveux, la neige volait en éclats. Elle rajusta son bonnet de laine, au ras des sourcils, remonta l'écharpe sur sa bouche et ferma les yeux. Une joie profonde la submergeait. Son corps et son esprit s'abreuvaient à toutes ces sensations nouvelles : la pureté du silence et de l'air, les étendues immaculées sous le soleil, la douceur de la neige où le traîneau glissait sans le moindre cahot, le frémissement des chevaux et leur odeur de bêtes où se mêlait le parfum âcre et lointain des résineux… Elle aurait voulu que le voyage durât une éternité.

Face à elle et à son compagnon s'étaient installés deux Autrichiens qui se lancèrent dans une conversation à laquelle elle ne comprenait rien. Son voisin immédiat avait dû repérer très vite qu'elle était française. Il se présenta, déclina son nom, celui de son régiment et son lieu d'affectation. C'est ainsi qu'elle se découvrit un cousin pas très éloigné puisque leurs parents s'étaient déjà rencontrés et ils échangèrent des nouvelles familiales aussi naturellement que s'ils se retrouvaient à un déjeuner d'anniversaire. Philippe, c'était son prénom, était venu d'Innsbruck passer quelques jours pour skier et se reposer. C'était un garçon agréable, au visage doux, qu'elle n'aurait pas imaginé dans l'armée. Mais il lui fit, dès le lendemain, une démonstration de sa forme physique en slalomant devant elle avec brio, alors qu'elle l'observait depuis la terrasse de l'*Edelweiss*. Alice n'avait pas encore fait ses premiers pas sur les pistes et décida de se lancer. Philippe s'offrit obligeamment comme instructeur, et l'élève se montra douée au point d'être en mesure de le suivre dès le troisième jour sur les pentes douces aux abords du village. Le soir, ils dînaient ensemble, dans la petite pension où Alice était descendue, et pour elle, cette nouvelle amitié avait la simplicité de l'évidence. Au fil des jours, Philippe se confia peu à peu et lui ouvrit les yeux sur les difficultés de son métier. Il lui parla du sentiment d'isolement que ressentaient les troupes françaises stationnées au Voralberg et au Tyrol, des conditions précaires de logement de leurs unités, dans des baraquements en bois sommaires ; des relations difficiles avec une population inamicale, exaspérée par l'occupation et par les prélèvements opérés sur son bétail et ses denrées alimentaires. Ils manquaient de terrains de manœuvre pour entraîner les troupes et souffraient de sous-équipement en matériel, uniformes et armement. Alice lui fit part de ses impressions lors du défilé des troupes à Vienne et il lui confirma qu'ils s'étaient donné justement pour tâche d'améliorer cette image. Beaucoup restait à faire pour redonner aux hommes la fierté de leur armée. Heureusement, il y avait des compensations. Les chasseurs alpins avaient trouvé dans ces montagnes autrichiennes un terrain d'exercice à leur mesure. Et puis, les championnats de ski à Saint-Anton et les multiples sports de montagne étaient autant d'occasions pour les soldats de faire la démonstration de leurs talents.

La semaine passa comme un rêve. Alice et Philippe trouvèrent dans leur tête-à-tête amical un remède à la solitude qui les habitait tous les deux. Alice, la peau brunie par le soleil, était radieuse. Les hommes la regardaient, à la terrasse des cafés, quand elle retirait son bonnet et secouait en riant sa chevelure bouclée. Elle n'en avait cure. Elle ne sut jamais ce que Philippe avait éprouvé pour elle et ne chercha pas à le savoir. Elle manifestait à son égard un comportement de camaraderie joyeuse qui décourageait tout autre sentiment. Le dernier jour, il lui fit part de son inquiétude à l'idée d'être peut-être muté en Extrême-Orient. Là-bas, une guerre se préparait. S'il devait partir, il n'aurait pas le choix. Innsbruck était à plus de dix heures de train de Vienne, ils n'auraient sans doute pas l'occasion de se revoir. Elle lui demanda de lui écrire pour lui donner de ses nouvelles. Qui sait ? Peut-être se retrouveraient-ils un jour en France, à une fête de famille ? Ils se séparèrent avec amitié, presque avec tendresse, certains l'un et l'autre qu'ils se disaient adieu.

*

* *

« Petit bonhomme… Comme il a changé ! »

Sa voix avait eu une inflexion tendre et soucieuse. Yvonne tenait Vincent dans ses bras et le regardait. Il fixait sa grand-mère de ses yeux bleus trop grands dans sa petite face blême. Elle caressa doucement ses cheveux fins et soyeux, pressa le petit ventre rebondi, mais l'enfant ne sourit pas, examinant le visage inconnu avec une attention grave. Elle se tourna vers sa fille.

« Tu me le confies un petit moment ? Je vous laisse vous installer dans la chambre d'Alice. J'ai fait monter un lit à barreaux et une table pour le langer. Vous serez bien.

– Il est fatigué par le voyage et tout est nouveau pour lui. Vous verrez, quand il sera habitué, il est très mignon et affectueux. »

Irène vantait les qualités de son fils, comme pour corriger l'impression négative qu'il aurait pu laisser à sa mère par son mutisme et sa pâleur. Guy et elle venaient passer quelques jours à Nantes avec Vincent, pour fêter son premier anniversaire. Ils n'étaient revenus qu'une fois depuis leur mariage et pour les accueillir la maison s'était mise sur son trente et un. Elle avait subi le grand nettoyage de printemps, de nouveaux rideaux ornaient les fenêtres du salon et il y avait des bouquets de jonquilles dans les vases. Émilienne avait déployé des trésors d'ingéniosité pour préparer des repas variés et Henri avait été aimablement prié de se montrer plus disert. Seul Jonas, inquiet de tout ce remue-ménage, s'était faufilé dans le cabinet de consultation où, pelotonné sous le bureau, il attendait, avec cette patience infinie des chats, le retour au calme.

Yvonne considérait que la réussite de ce séjour conditionnait l'avenir des relations avec leur fille et leur gendre et donc avec leur petit-fils. Elle pensait déjà aux futures vacances au Pouliguen, quand La Korrigane leur serait rendue. L'air marin était bon pour un enfant. Nul doute qu'Irène et Guy apprécieraient de venir passer quelques semaines au bord de la mer, et d'ailleurs, si les relations familiales continuaient de s'améliorer, rien n'interdirait à Irène de prolonger son séjour avec son fils. Yvonne n'avait pas revu l'enfant depuis son dernier passage à Paris qui remontait à six mois et elle l'avait trouvé changé. Il avait grandi et grossi bien sûr, mais il avait le teint blafard et une certaine atonie qui ne lui plaisaient pas. Henri, qui rencontrait son petit-fils pour la première fois, la rabroua :

« Tu es ridicule. Cet enfant est à peine arrivé que tu te fais déjà du souci. Il est pâle ? Et alors ? C'est une marque de famille ! Tu le trouves amorphe ? Laisse-lui le temps de s'habituer, Irène a raison, il est encore un peu perdu, ici. »

Elle eut beau se raisonner, l'inquiétude s'insinuait et ne la quittait plus. Et son regard changea. Elle devenait sensible à des détails qui lui auraient échappé auparavant, ou qu'elle aurait trouvés sans importance. Le voile d'optimisme qu'elle avait jeté sur le ménage d'Irène, depuis le début, se levait peu à peu. Au cours de la semaine, elle eut tout le loisir d'observer le couple. Guy paraissait plus lointain, on le sentait mal à l'aise dans son rôle de père : il prenait son petit garçon dans les bras, lui chatouillait le ventre pour le faire rire, se lassait très vite des mimiques de l'enfant, et le reposait dans son parc. Il le traitait comme un compagnon de jeu sans chercher à répondre à son besoin éperdu de tendresse dont il n'avait même pas conscience. Cet univers-là n'était pas le sien. À la naissance de Vincent, la découverte de sa paternité l'avait rempli de fierté, mais le quotidien absorbant et répétitif des premiers mois avait eu raison de sa sollicitude : tout au plus l'éprouvait-il comme une expérience nouvelle, amusante parfois, ennuyeuse le plus souvent. Irène manifestait le même désintérêt vis-à-vis de son fils. Elle s'acquittait de ses tâches maternelles avec une application teintée parfois d'exaspération. Yvonne constata qu'elle ne prenait presque jamais Vincent contre elle, notamment au moment des repas. Elle étalait une grande serviette sur le sofa, calait l'enfant entre des coussins et lui tendait le biberon. Elle s'énervait très vite quand il refusait la tétine en détournant la tête. Yvonne lui en fit la réflexion :

« Tu sais, je crois que si tu le prenais sur tes genoux, il boirait son biberon plus docilement, c'est important pour lui cette proximité avec toi.

– Je ne le fais plus depuis qu'il a uriné sur moi. Et puis, il recrache son lait, parfois. Je ne veux pas risquer de ruiner ma tenue ! C'est la meilleure solution que j'ai trouvée. Il est habitué, maintenant. Il doit sentir qu'il a un public, aujourd'hui. Habituellement, il ne fait pas de caprices.

– Est-ce que tu lui donnes un peu de viande hachée et des légumes moulinés ? Il a un an, tu pourrais commencer...

– J'ai déjà essayé, il n'aime pas la viande.

– Un œuf, peut-être, avec une purée de légumes, tu sais…

– Écoutez, maman, je vous remercie de vos conseils, mais je pense que pour l'instant le biberon suffit. Les légumes, il ne les tolère pas. Je lui donne de la bouillie à midi, ça le cale bien. Du reste, ma belle-mère le trouve déjà trop gros, n'est-ce pas, Guy ? »

Guy vint aussitôt au secours de sa femme :

« Ne vous inquiétez pas, mère, Irène prend bien soin de lui. Ma mère l'a gardé à Courlon pendant trois semaines et elle a trouvé qu'il avait excellent appétit ! N'est-ce pas, loupiot ? »

Et il pinça affectueusement la joue de Vincent qui sourit avec ravissement. Yvonne se tut. À quoi bon ? C'était déjà extraordinaire qu'Irène fût capable de s'occuper de son enfant. Elle lui en demandait sans doute trop. Après tout, son petit-fils n'était pas maltraité. Simplement, son cœur se serrait en voyant l'énorme demande d'amour de ce tout petit envers des parents distraits, pour ne pas dire indifférents. Chaque fois qu'il tendait les bras vers sa mère, elle lui donnait ses mains qu'il serrait très fort avant de les porter à sa bouche, mais dès qu'il avait commencé à les mouiller de sa bave, elle se dégageait et lui mettait une peluche dans les bras. Il ne pleurait pas, ou peu, comme s'il comprenait qu'il ne fallait pas. Lorsqu'elle le tenait contre elle, Yvonne sentait son petit corps se dilater de bonheur, elle posait ses lèvres sur les cheveux fins et le berçait doucement, sa tête blonde posée au creux de son cou.

Comment avait-elle pu croire qu'Irène se comporterait autrement qu'en mère égocentrique et sans tendresse ? Yvonne était inquiète et se demandait comment allait évoluer cette relation bancale, frustrante, avec les conséquences que cela aurait sur l'épanouissement de l'enfant. Elle cherchait déjà par quel moyen elle pourrait, un tant soit peu, y remédier.

Après leur départ, alors qu'elle méditait sur la stratégie à adopter pour faire en sorte qu'ils vinssent plus souvent, ou qu'Irène acceptât de leur confier son fils de temps à autre, Henri dit brusquement :

« À quoi servent tous ces plans sur la comète, hein ? Personnellement, je ne donne pas cher de leur ménage. Tu les as vus tous les deux ? Enfin, ce sont encore des jeunes mariés, bon sang ! Tu trouves, toi, qu'ils ont l'air de s'aimer ? C'est le mariage de la carpe et du lapin, oui ! »

Yvonne acquiesça en silence. Elle avait surpris le regard de sa fille sur Guy tandis qu'ils descendaient ensemble les marches du cours Saint-Pierre. Un regard de mépris pour sa claudication prononcée. Et ce sourire ironique quand il essayait maladroitement ce qu'elle appelait une posture, en tentant d'imiter un geste « distingué » ou perçu comme tel par lui. Une façon de croiser les jambes, de prendre une cigarette et de la porter à ses lèvres, de tenir sa tasse de thé ou d'appuyer son menton sur la paume de sa main. Pauvre Guy, c'est vrai qu'il était souvent affecté et ridicule, mais Irène ne pouvait s'en prendre qu'à elle-même. Au lieu de vouloir à toutes forces en faire un singe savant, pourquoi ne l'acceptait-elle pas comme il était ? Il aurait beau s'y reprendre cent fois, il ne parviendrait jamais à avoir l'aisance d'Henri, sa distinction naturelle et discrète. C'était pour elle qu'il faisait tout cela. Ou alors était-il réellement fasciné par ce milieu qu'il découvrait, si étranger au sien, et s'était-il donné pour but de parvenir à s'y fondre, avec la même détermination qu'il avait mise à poursuivre ses études ? Qu'est-ce qui les tenait l'un à l'autre, si ce n'était pas l'amour ? L'ambition pour lui, la volonté d'afficher sa normalité pour elle ? Tout cela était encore très confus pour Yvonne, mais elle sentait sourdre au fond d'elle-même les premiers signaux d'une catastrophe à venir, sans qu'elle pût rien empêcher, sans qu'elle pût même deviner ni quand ni comment elle se produirait.

*
* *

Cela lui était venu d'un seul coup, cette fatigue. Sans raison apparente. Tout était normal à la maison. Elle avait même trouvé une occasion de se réjouir : après des mois passés aux Enfants nantais comme surveillant d'internat, Louis venait de décrocher un emploi de juriste dans un cabinet d'assurances. Ce n'était pas très bien payé, mais il avait la perspective d'évoluer et la satisfaction d'avoir un métier qui valorisait ses études de droit. Il était tiré d'affaire et elle reçut la nouvelle avec un grand soulagement. Le mois de juin était radieux, elle en avait profité pour s'installer sur la terrasse, dans un transat où elle s'était endormie. Émilienne l'avait secouée pour la réveiller, craignant qu'elle n'attrapât une insolation. Effectivement, elle s'était levée avec une forte migraine, avait incriminé l'exposition au soleil et était montée dans sa chambre. Le lendemain matin, elle fut incapable de se mettre debout. Les douleurs violentes qu'elle ressentait derrière les tempes lui donnaient la nausée. Ces symptômes-là lui étaient familiers. Deux jours au repos dans l'obscurité et quelques cachets d'aspirine devraient en venir à bout. Mais une tristesse pesante l'avait envahie. Elle attendit que cessent les maux de tête, persuadée que ce sentiment étrange disparaîtrait avec eux. Trois jours plus tard, toute trace de migraine s'était envolée et elle décida de se lever. Émilienne venait de déposer son petit déjeuner sur la table et, comme elle allait mieux, ouvrit grand les persiennes et la fenêtre, libérant un flot de lumière.

Yvonne fit quelques pas dans la pièce, s'approcha de l'embrasure et regarda le jardin qui descendait jusqu'à l'Erdre. Elle contempla un long moment les arbres, les massifs de fleurs, le mur de pierre, sur la gauche, ruisselant de soleil. Elle eut l'impression qu'une vitre continuait de la séparer de ce décor indifférent qui vivait sa propre vie. Elle referma la fenêtre. Une mouche, heurtée par le battant, tomba sur le parquet. Couchée sur le dos, elle tournait sur elle-même, frénétiquement, dans un long grésillement d'ailes. Cela dura plusieurs minutes. Puis, les pattes agitées de spasmes, elle tenta quelques soubresauts et s'immobilisa. Yvonne s'était assise sur le lit et assistait, fascinée, à l'agonie de l'insecte. Elle se sentait aussi démunie, aussi impuissante que lui. N'était-ce pas exactement ce qu'elle avait fait, toute sa vie, se cogner contre une vitre, à la recherche d'une issue qui n'existait pas ? Et qu'on ne lui dise pas qu'elle avait placé ses espérances trop haut. Chacun était en droit d'attendre le meilleur pour les siens et pour soi. Henri… Sûrement le meilleur des hommes, mais si peu accordé à son caractère, à ses goûts, à ses ambitions. Elle était lasse de devoir jongler avec leurs revenus toujours insuffisants, de devoir vendre, ici et là, quelques biens pour parer aux dépenses imprévues. Elle savait qu'il partageait le même désenchantement et qu'il s'en évadait à sa manière, la plus dangereuse pour sa santé. Et puis, il y avait eu la guerre, et cette chape de plomb sur la jeunesse, l'insouciance de ses enfants. Irène, qui avait été leur croix, s'en était bien sortie par on ne sait quel miracle, mais elle pressentait aujourd'hui que le miracle avait fait long feu… Louis ? Oh, Louis finirait bien par prendre son autonomie, mais il ne ferait jamais la carrière qu'elle avait rêvée pour lui. La jeune fille qu'il fréquentait l'avait quitté en lui disant qu'elle recherchait la sécurité auprès d'un homme. Il avait eu du mal à s'en remettre. Et en attendant, il vivait toujours sous leur toit. Il n'y avait qu'Alice, sa petite Sissi, dont elle était fière. Dans un an, elle serait de retour, et elle s'en réjouissait. En même temps, elle aurait voulu la voir mariée et heureuse. N'était-ce pas la situation normale d'une jeune femme de vingt-sept ans ? Une fois rentrée, il faudrait qu'elle se prépare à un vrai métier. Il n'y avait pas d'avenir pour elle dans la Croix-Rouge. Mais l'économie du pays était ruinée et les emplois ne couraient pas les rues. De plus, Alice n'avait pas de diplôme. Qu'allait-elle devenir ? Comme tout cela était difficile et au-delà de ses forces désormais !

Yvonne se leva, constata avec surprise que son visage était mouillé de larmes et se dirigea vers la penderie dans l'intention de s'habiller. Mais devant les portes grandes ouvertes, elle fut incapable de choisir une tenue. Non pas qu'elle eut une garde-robe importante, loin de là, simplement il lui en coûtait trop d'avoir à décider quelque chose, ne serait-ce que le choix d'un chemisier et d'une jupe. Et d'ailleurs, pour quoi faire ? Elle battit en retraite, rejoignit son lit, s'allongea et ferma les yeux. À compter de cet instant, elle ne quitta plus sa chambre.

Henri s'inquiéta à juste titre de l'état dépressif de sa femme. Il fit appel à son meilleur ami, le docteur Bailly, dont elle écoutait plus volontiers les conseils. Jacques Bailly ne reconnut pas Yvonne dans cette femme prostrée, silencieuse et angoissée. Elle avait proprement décroché et ne lui parlait plus que de son dégoût de la vie. Il eut beau lui dire que sa famille avait besoin d'elle, qu'elle devait se soigner pour retrouver sa vitalité et sa pugnacité, elle secouait la tête en disant que le temps était venu pour elle de mourir.

Il lui prescrivit des fortifiants et une cure de sommeil. Elle refusa d'aller en maison de repos mais finit par accepter de se mettre au vert, à la campagne, chez un couple ami. Elle partit pour Talmont en faisant promettre à Henri de cacher son état à Sissi.

Une semaine plus tard, Alice recevait une longue lettre de son père. Elle n'en fut pas surprise, car il arrivait parfois qu'il lui écrivît.

Ma chère Alice,

Je prends la plume à la place de ta mère qui vient de partir à Talmont chez Lucie et Gustave. Elle va y rester quelque temps, Bailly l'a trouvée un peu anémiée et l'air de la campagne lui fera du bien. Et puis elle n'aura à s'occuper de rien.

Ne t'inquiète surtout pas, il n'y a rien de grave. Elle a besoin de repos, c'est tout. Elle est ravie de pouvoir renouer de longues conversations avec Lucie... Tu les connais ! Je plains Gustave ! Elle t'écrira de là-bas d'ici quelque temps.

Comment vas-tu, ma bien chère fille ? Toujours enthousiasmée par l'Autriche ? J'espère que ton métier continue de te satisfaire et que tu ménages tes forces. Respecte bien les règles d'hygiène quand tu soignes les plaies souillées. C'est vital pour le malade et pour toi. Je n'aime pas trop l'idée de te voir monter à cheval ; un accident est vite arrivé. Sois prudente, c'est un sport plus dangereux que le ski.

Je suis les événements sur le journal et j'entends dire que les relations se tendent avec les Soviétiques ? On évoque même un conflit est-ouest et une troisième guerre mondiale ! Je sais bien que les journaux exagèrent toujours, mais tout de même, si le différend avec le reste des Alliés s'accentue, on se demande ce qu'il va advenir de la gouvernance de l'Autriche. Les Soviétiques, en plus, ont le soutien du K.P.Ö. qui refuse toujours le plan Marshall, paraît-il. Et pourtant, d'après ce que tu nous dis, ce pauvre pays en aurait bien besoin !

Louis et moi fumons avec délice les cigarettes que tu nous as fait parvenir. Tu sais qu'il est très content de son nouvel emploi. Voilà en tout cas un souci de moins pour tout le monde !

Jonas a bien compris que tu avais demandé de ses nouvelles. Il se dore au soleil au moment où je t'écris. Cela lui fait le poil tout rouge, on dirait un gros écureuil !

Prends soin de toi, ma chère Sissi, et écris-nous bien vite.

Je t'embrasse affectueusement.

Ton père dévoué

H. Demestre

Au cours des semaines qui suivirent, Alice reçut plusieurs lettres d'Henri et finit par appeler Talmont où Yvonne s'employa à la rassurer.

À aucun moment elle ne soupçonna que sa mère avait pu ainsi lâcher prise.

Plus tard, quand elle pourrait enfin parler de cet épisode douloureux, Yvonne Demestre accepterait de nommer son mal en disant que la dépression n'était pas une affaire de volonté, contrairement à ce qu'elle avait cru, et que cette expérience lui avait appris l'humilité et à accepter les limites de ses forces.

*

* *

Le jour où, à la fin de sa lettre, sa femme lui demanda si les arbres plantés le printemps précédent poussaient bien, Henri Demestre sut qu'elle allait beaucoup mieux. Deux semaines plus tard, elle revenait à Nantes avec en tête un projet qui l'accapara complètement les deux mois suivants. En ville, la reconstruction allait bon train, mais les problèmes de logement étaient loin d'être résolus. Et dans le centre, il devenait quasiment impossible de se loger. C'est dans un tel contexte qu'Yvonne Demestre entra en contact avec le consulat d'Italie qui recherchait une chambre ou un deux-pièces pour le nouveau consul. Cela tombait bien. Le studio que les Demestre louaient au premier étage, juste à côté de leur appartement, venait de se libérer. Yvonne entreprit aussitôt des travaux de remise en état, en conformité avec le statut de son hôte. Le cabinet de toilette se transforma en une vraie salle de bains carrelée, avec baignoire, et la grande pièce fut retapissée au goût du jour. En octobre, le consul d'Italie prenait possession des lieux. Vittorio Bassani était un bel homme de trente-cinq ans, au visage ouvert, d'une éducation parfaite, conscient de sa séduction mais suffisamment subtil pour ne pas en jouer. Dès le premier contact, Yvonne fut aussitôt conquise et l'invita à dîner un soir, avec les Bailly qui connaissaient bien l'Italie. Le dîner fut une réussite à tous égards. La conversation porta sur la beauté des villes italiennes, sur les trésors que sont Florence, Rome et Venise, sur l'art de vivre à la française. Le consul ne fit pas étalage de sa culture qui semblait vaste, mais leur apprit qu'il était originaire de Bologne et qu'il était divorcé. Cette dernière information causa à Yvonne une grande déception. Il y avait donc une ombre au tableau. Bien entendu, elle ignorait les raisons du divorce, mais ses préjugés à son encontre étaient tels qu'elle craignait que son hôte appartînt à la catégorie des hommes volages, peu soucieux de leur foyer. À sa décharge, il est vrai qu'en 1947 les divorces étaient particulièrement rares en Italie. Elle aurait aimé en savoir un peu plus, mais les circonstances, ce soir-là, ne s'y prêtaient pas. Au dessert, Jacques Bailly, enhardi par l'atmosphère chaleureuse et le chianti classico millésimé, se risqua à aborder le sujet politique.

« Ne sommes-nous pas, nous les Français, un peuple paradoxal ? Nous avons condamné à mort un maréchal de France et nous adoubons un général rebelle qui laisse entrer les communistes dans son gouvernement. N'est-ce pas une belle ironie de l'Histoire ? »

Vittorio Bassani répondit calmement :

« C'est l'Histoire qui juge les hommes. Le général de Gaulle a rendu sa grandeur à la France. L'Italie aurait été fière d'avoir un rebelle de cette trempe. La France aujourd'hui fait partie des vainqueurs, et comme telle tient son rang parmi les Alliés. À qui le doit-elle ? Pas à l'armée vaincue de 1940 ni à la politique de collaboration, mais à sa Résistance intérieure et à son armée d'Afrique qui ont contribué à libérer votre pays. Et celui qui a fédéré toutes ces forces, n'est-ce pas le général de Gaulle ? »

Henri en convint, mais ajouta :

« Tout de même, ne trouvez-vous pas dangereux ces communistes au gouvernement, alors même que pèse la menace soviétique à l'Est ? Regardez les tensions en Autriche. Qui peut savoir comment tout cela va finir ? »

Il eut aussitôt conscience que ses questions pouvaient gêner son hôte et se hâta de changer de sujet :

« Ma fille vivant à Vienne, je suis toujours un peu anxieux du déroulement des événements là-bas. Je vous prie d'excuser ma question. »

Vittorio Bassani sourit, éluda la question, avant de répondre :

« Vous savez que l'Italie a eu aussi son mot à dire sur le partage de l'Autriche. Nous avons réclamé et obtenu l'annexion du Tyrol du Sud, parce que, depuis le col du Brenner, nous redoutons les armées venues des plaines germaniques.

Mais nous souhaitons aussi, comme la majorité des Alliés, que l'Autriche retrouve sa souveraineté le plus tôt possible. Les Américains n'en démordront pas. Et puis, les Soviétiques ont déjà payé un lourd tribut à ce conflit. Je ne pense pas qu'une nouvelle guerre soit possible. »

Il s'enquit ensuite du sort d'Alice, avec un intérêt réel, et Yvonne fut ravie et fière de retracer le parcours de sa fille depuis sa première mission à Annecy. Elle lui apprit qu'elle reviendrait bientôt en permission et il déclara qu'il aurait beaucoup de plaisir à la rencontrer. Par la suite, en dépit de ses préventions, Yvonne resta sous le charme de cet homme sensible qui lui faisait porter des bouquets de fleurs et savait rendre un hommage discret à sa beauté fanée. Il prit l'habitude, certains soirs, de venir prendre le café chez les Demestre et, au fil de ces conversations informelles émaillées de propos érudits, Yvonne prit conscience, peu à peu, qu'elle renouait avec le passé, du temps où sa mère tenait salon et recevait des gens de qualité, où son père invitait à sa table des architectes et des artistes, tandis que la petite fille qu'elle était écoutait, bouche bée, les propos graves tenus devant elle. Ainsi donc, Vittorio Bassani appréciait leur compagnie et prenait plaisir à converser avec eux ? La vie vous réservait décidément bien des surprises… Au contact de cet homme, Yvonne reprenait confiance en elle. Elle lui sut gré, à un moment où elle se sentait encore si fragile, de contribuer, à son insu, à la réconcilier avec la vie.

*

*　*

Le silence d'Irène avait fini par l'inquiéter. S'il n'y avait pas eu cet épisode dépressif, elle aurait téléphoné déjà à plusieurs reprises et serait montée à Paris au moins une fois pour seconder sa fille qui, quoiqu'elle pût en dire, ne demandait pas mieux. Irène n'avait jamais eu le sens de l'ordre. Les tâches ménagères lui faisaient horreur et son indolence naturelle, le souci qu'elle avait de sa personne la poussaient le plus souvent à inverser les priorités. Elle pouvait passer des heures devant son miroir au milieu d'un désordre indescriptible. La bonne volonté de Guy ayant ses limites, les contraintes imposées par l'arrivée d'un enfant avaient dû lui peser au cours de cette première année. Le malaise diffus qu'Yvonne avait éprouvé, lors du dernier séjour de sa fille à Nantes, ne l'avait pas quittée. Alors qu'elle s'apprêtait à lui téléphoner, elle reçut, un soir, un appel d'Irène. Au bout du fil, dans un état d'extrême agitation, elle pleurait, et ses propos entrecoupés de sanglots paraissaient incohérents. Il y était question de Vincent qui était parti, de Guy avec lequel elle venait de se quereller violemment, et de sa grossesse. Yvonne réussit à la calmer et l'interrogea avec douceur :

« Que se passe-t-il pour Vincent ? Je n'ai pas bien compris.

– Il est malade. Le médecin a découvert qu'il faisait du rachitisme. On a dû l'envoyer dans un préventorium. »

Yvonne retint une exclamation. Elle s'efforça, à son tour, de garder son calme.

« Depuis quand ? Je veux dire : depuis quand vous le savez ?

– Depuis septembre. On lui a trouvé une place à Saint-Trojean, dans l'île d'Oléron. Il y est depuis deux semaines. Il a besoin de soleil, et puis la nourriture sera mieux adaptée. »

Yvonne maîtrisa un premier sentiment de colère. Pourquoi ne leur avait-on rien dit ? Henri était médecin, tout de même ! Mais elle connaissait déjà la réponse. Elle sentait que sa fille lui parlait avec beaucoup de réticence. Elle ne voulait pas être jugée. Surtout pas par sa mère. Elle demanda :

« Combien de temps doit-il rester là-bas ?

– Ils disent que ce sera long. Plusieurs mois en tout cas. D'une certaine façon, cela tombe bien. Je ne pouvais plus m'occuper de lui. Je suis trop fatiguée… Je suis enceinte, maman ! »

Elle venait de lâcher la nouvelle comme on annonce une catastrophe. De nouveau, un sanglot lui coupa la parole. Yvonne resta interdite. Dans le combiné, elle entendait sa fille pleurer à petits bruits. Sans prendre le temps d'assimiler tout ce qu'elle apprenait, elle dit très vite :

« Tu attends un enfant ? C'est une merveilleuse nouvelle ! Je vois bien que tu es très fatiguée et que tu vis tout cela dans l'anxiété. Il faut te reposer d'abord. Ton petit Vincent est entre de bonnes mains, il va guérir, il a été pris très tôt, c'est une chance. Et toi, pendant ce temps-là, il faut que tu prennes soin de toi, tu m'écoutes ? »

Au bout du fil, la voix d'Irène avait changé, elle était plus aiguë, comme sous l'effet d'une colère naissante :

« Vous ne comprenez pas. Je ne veux pas de cet enfant ! Je n'en veux à aucun prix ! Je déteste ce qui m'arrive… Je voudrais mourir !

– Irène, calme-toi. Tu ne sais plus ce que tu dis. Tu t'es disputée avec Guy ? C'est ça ? Et tu vois tout en noir parce que tu es sous le coup de cette querelle ?

– Oh, maman, si vous saviez… Je… Je ne peux pas en parler au téléphone… C'est affreux ! »

Et elle se remit à pleurer de plus belle. La situation semblait grave. Yvonne proposa à sa fille de venir passer quelques jours à Nantes. Mais Irène refusa, en disant qu'elle ne voulait pas lui laisser le champ libre, sans qu'Yvonne comprît ce qu'elle entendait par là. Finalement, passant outre les conseils d'Henri, elle prit le train pour Paris le jour suivant. Elle avait retenu une petite chambre d'hôtel près de chez sa fille, pour une nuit. Il n'était pas question pour elle de rester davantage. Elle voulait seulement avoir un entretien direct avec Irène et tirer les choses au clair. C'est à peine si elle reconnut l'appartement ensoleillé où elle avait dormi bien des mois auparavant. Il sentait le renfermé, la poussière, les relents de cuisine. Une vaisselle sale encombrait l'évier et des vêtements froissés s'entassaient sur une chaise, dans la chambre d'enfant transformée en débarras. Irène était très pâle, encore plus que d'habitude. Ses yeux cernés trahissaient les nuits d'insomnie et elle tirait compulsivement sur sa cigarette dont elle prenait à peine le temps de recracher la fumée.

« Tu fumes maintenant ? »

Elles s'étaient installées dans l'arrière-salle d'un restaurant du quartier et Irène traçait nerveusement des lignes sur la nappe à carreaux rouges et blancs, de la pointe de son index verni.

« Oh, ça fait longtemps déjà. Cela me fait du bien… »

Yvonne se retint de faire une observation.

« Raconte-moi ce qui se passe. Je suis ta mère, tu n'as rien à me cacher.

– Guy me trompe. »

L'information était tombée comme un couperet.

« Qu'est-ce qui te fait dire ça ? Tu es enceinte… Il ne te néglige pas, en tout cas.

– Justement ! J'ai été obligée d'en passer par là, autrement il me menaçait d'aller voir ailleurs. »

Elle eut un rire amer.

« Mais je sais qu'il continue d'aller voir ailleurs.

– Tu ne l'aimes plus ? Tu parles de tout cela comme si c'était une corvée… »

Yvonne s'efforçait de ne pas la brusquer, mais elle voulait la vérité.

« Non, je ne l'aime plus. L'ai-je jamais aimé ? Je voulais… Je croyais que j'y arriverais… Fonder une famille, faire comme tout le monde. Enfin, maman, vous l'avez vu ? Et ses parents… Quelle vulgarité !

– Mais enfin, tu l'as épousé ! Tu savais qu'il n'était pas de notre milieu ! Et est-ce que cela empêche d'être heureux ? Il a des qualités, ce garçon, un bon métier, et il te fait vivre ! »

Irène ricana.

« Parlons-en de ses qualités. Il est pingre et me reproche d'être dépensière. Mais ce que je ne supporte plus c'est… (elle cherchait ses mots)... sa lubricité. Je ne savais pas que c'était si pénible le devoir conjugal. Et c'est chaque soir… Je ne peux plus, je ne veux plus ! »

Elle regarda sa mère droit dans les yeux, avant d'ajouter :

« Je ne sais pas si c'est normal, mais j'ai toujours eu en horreur les contacts physiques… Vous comprenez ? »

Oh oui, elle comprenait. Elle connaissait sa fille. C'était donc bien cela. Irène avait choisi un prétendant qui voulait bien d'elle. Et elle aurait pu tomber plus mal. Hormis son infirmité, Guy était plutôt beau garçon, et il était intelligent. Ce qui l'avait séduit chez Irène, elle l'ignorait, mais elle avait beaucoup d'entregent et cela avait peut-être suffi. Elle s'était lancée dans le mariage comme dans une aventure. Elle en méconnaissait les contraintes. Et puis, un enfant était arrivé, très vite, et elle avait dû faire face à ses responsabilités de mère. Le moins que l'on puisse dire c'est qu'elle n'avait pas été à la hauteur. Son petit garçon en payait le prix en ce moment. Voilà qu'elle en attendait un second. Et le couple déjà se déchirait. Yvonne mesurait l'ampleur du désastre. Elle tenta, sans conviction, de raisonner sa fille.

« Tu ne peux pas rejeter ton mari, Irène. Tu cours le risque qu'il continue d'aller voir ailleurs, comme tu dis, et qu'il rencontre quelqu'un qui mettra en danger votre ménage. »

Irène garda le silence un moment. Puis elle finit par dire, avec une voix vibrante d'animosité :

« J'ai pourtant fait ce qu'il fallait, comme vous pouvez le voir ! Et pendant ce temps-là, savez-vous, maman, qui il fréquente ? Vous voulez vraiment que je vous le dise ? »

Elle se retenait encore de parler.

« Eh bien, dis-le !

– Des homosexuels. Ne me regardez pas comme cela, je n'invente rien. Mon mari est homosexuel, maman, j'en ai eu la preuve ! »

Abasourdie, Yvonne voulut la faire taire.

« Irène, tais-toi, je t'en prie. Tu es capable de dire n'importe quoi quand tu es en colère. Tu n'as pas le droit de salir la réputation de Guy. »

Irène éclata d'un rire méchant, ce rire qu'Yvonne ne connaissait que trop bien.

« Bien entendu, vous ne me croyez pas ! J'en étais sûre ! Je peux vous raconter ce que j'ai vu ! »

Yvonne refusa d'en entendre davantage. Elle préféra orienter la conversation sur la grossesse d'Irène. C'était un sujet autrement grave : Irène lui annonça qu'elle n'avait pas l'intention de garder le nouveau-né après la naissance, que Guy et elle étaient d'accord pour le confier à l'une des deux grands-mères. Qu'ils continueraient de s'occuper de Vincent à son retour, mais qu'il n'était pas question d'un deuxième enfant à la maison. Irène conclut en disant qu'elle veillerait désormais à ce qu'il n'y ait pas de troisième grossesse.

Yvonne lui répondit en pesant ses mots ; elle croyait encore que la décision de sa fille évoluerait dans les mois à venir.

« Cet enfant, Irène, si vraiment tu persistes à vouloir l'abandonner, c'est ton père et moi qui nous en occuperons. Je sais que ce sera aussi sa volonté. Il n'est pas question que tu le laisses aux époux Dufour. Il sera élevé dans notre milieu. Bien entendu, j'espère que tu reviendras sur ta décision. Dans le cas contraire, sache que tu peux compter sur nous. »

Sur le quai de la gare Montparnasse, dans l'attente de son train pour Nantes, Yvonne marchait comme une somnambule. Peu à peu, elle prenait la mesure de l'invraisemblance de la situation. Les paroles d'Irène résonnaient encore à ses oreilles. Insensé ! Tout cela était insensé ! Devait-elle accorder un quelconque crédit aux accusations de sa fille contre son gendre ? Où avait-elle été chercher tout cela ? Elle repoussait aussitôt ses doutes avec indignation. Une chose était sûre : ils faisaient de piètres parents. Ce petit Vincent... Elle avait donc vu juste, le printemps dernier ! Elle l'imaginait, si petit encore, confié à des mains étrangères, dans l'anonymat d'un préventorium. Dieu qu'elle leur en voulait à ces deux-là ! Et cet enfant à naître ? Qu'allait-il lui arriver ? Elle en venait presque à souhaiter maintenant qu'Irène maintînt sa décision. Elle ne put s'empêcher de sourire à cette idée.

Un voyageur qui l'aurait croisée à ce moment-là aurait trouvé étrange l'expression de cette femme solitaire, les yeux perdus au loin, les lèvres éclairées d'un sourire qui ne s'adressait à personne. Lentement, Yvonne prenait conscience que le destin était en train de rebattre les cartes de bien étrange manière : dans ce théâtre d'ombres où le deuxième acte n'était pas encore joué, elle savait désormais quel rôle serait le sien.

CHAPITRE 11

Le pont Charles (Karluv Most)

Alice revint en permission à Nantes aux alentours de Noël. Elle avait hâte de retrouver ses parents après ces longs mois d'absence. Surtout, elle sentait depuis quelque temps, au travers des échanges épistolaires, que sa mère avait besoin de sa présence auprès d'elle. Son dernier séjour en France remontait à plus de sept mois, et bien des événements s'étaient déroulés depuis. Yvonne et Henri étaient venus l'attendre à la descente du train. C'est à peine s'ils reconnurent leur fille dans cette jeune femme hâlée, resplendissante de santé, qui les serra dans ses bras en riant de leur surprise. De son côté, Alice les trouva vieillis, son père surtout, dont les épaules s'étaient voûtées, et qui affichait un sourire las et triste. Dans la vieille guimbarde familiale, ils échangèrent les toutes dernières nouvelles, et Yvonne annonça à sa fille que le consul d'Italie, qui s'apprêtait à regagner Bologne pour les fêtes, avait manifesté son désir de la rencontrer avant son départ. Yvonne l'avait convié à un thé pour le surlendemain.

Depuis qu'elle avait quitté Nantes trois ans plus tôt, Alice avait beaucoup changé. Toute trace de timidité en elle avait disparu, même si elle conservait une réserve naturelle qui lui allait bien. Ses missions successives l'avaient confrontée à des situations souvent difficiles qu'elle avait su dénouer avec tact et discernement. Autant elle avait à cœur de rester proche de ceux dont elle avait la charge, autant elle pouvait se montrer déterminée, voire même obstinée, quand elle devait s'adresser à une hiérarchie administrative ou militaire, pour obtenir gain de cause. Elle était très bien notée par ses supérieurs, et à Vienne, le chirurgien-chef de l'hôpital Saint-Michel venait de lui confier la responsabilité d'un service entier. Elle avait su garder cette spontanéité dans les relations, empreinte d'attention et de bienveillance. Par-dessus tout, il y avait cette gaieté en elle qui fusait comme un rire dès que l'occasion s'y prêtait et occultait ce fond de tristesse qu'elle dissimulait le plus souvent. Elle avait décidé, une fois pour toutes, de ne pas s'y attarder et de prendre de la vie tout ce qu'elle pouvait donner. Elle sortait de la guerre comme on sort de l'hiver, avec une prodigieuse envie de bonheur.

C'est peu dire que Vittorio Bassani fut agréablement surpris par cette jolie fille brune, souriante et amicale, répondant avec affabilité aux questions qu'il lui posait et dont les propos témoignaient de beaucoup de sensibilité et d'intelligence. Alice avait relevé ses cheveux longs et bouclés à l'aide de deux peignes qui lui dégageaient les tempes et mettaient en valeur son front haut et ses yeux expressifs. Des yeux noisette, à la franchise confondante, qui vous enveloppaient d'un regard attentif sans jamais s'appesantir. Il fut immédiatement séduit. Quand il prit congé de ses hôtes après s'être informé sur la date du retour définitif d'Alice à Nantes, il faillit oublier son chapeau sur le guéridon de l'entrée et ce signe à lui seul, chez cet homme méticuleux, trahissait le trouble dans lequel l'avait plongé cette courte entrevue.

Après son départ, Yvonne et Alice rirent de bon cœur de sa confusion.

« Tu lui as fait un de ces effets ! Je n'en reviens pas !

– Allons, maman, vous ne saviez pas que j'étais irrésistible ? »

Elle éclata de rire avant d'ajouter :

« Hmm… Il est bel homme, quand même. Beaucoup de charme. Un séducteur, sûrement.

– Oui, eh bien ne t'avise pas de tomber amoureuse ! Il est divorcé. C'est sans espoir de ce côté-là !

– Vous me l'avez déjà dit, maman, je sais. J'ai quand même le droit de le trouver séduisant !

– Bien sûr, ma chérie. »

Elle marqua une pause.

« Je ne me fais aucun souci pour toi. Je suis sûre que tu finiras par rencontrer un garçon avec lequel tu te marieras. C'est mon vœu le plus cher. »

Alice leva les yeux au ciel. Était-ce donc si grave d'être encore célibataire à vingt-sept ans ? Jusque-là, elle trouvait que sa vie avait été plutôt intéressante. Et puis, quoi ? Elle se sentait libre et totalement disponible.

Dans les lettres à sa fille, Yvonne Demestre avait souvent évoqué le sujet sous forme de boutade. Alice n'était pas dupe et y lisait l'inquiétude de sa mère. Mais une autre question la préoccupait désormais, grosse de conséquences sur leur vie : la naissance d'un deuxième enfant dans le foyer d'Irène et les incertitudes sur son devenir. Elle en avait brièvement informé Alice, dans un courrier, sans trop entrer dans les détails. À vrai dire, celle-ci n'y avait pas attaché beaucoup d'importance, persuadée qu'il s'agissait d'un moment de découragement chez sa sœur, lié à un différend conjugal. Elle n'avait pas revu Irène depuis plusieurs années, ne connaissait ni son beau-frère ni son neveu, et tout cela lui paraissait incompréhensible. Aussi tomba-t-elle des nues quand Yvonne lui annonça qu'Henri et elle étaient déterminés à recueillir l'enfant si Irène et Guy maintenaient leur décision. Bien sûr, eux-mêmes n'étaient plus tout jeunes, la santé d'Henri était préoccupante, mais avaient-ils vraiment le choix ? Les époux Dufour étaient aussi âgés qu'eux, et de toute façon, il n'était pas question de le leur abandonner. Il n'y avait qu'à voir ce qu'il était advenu du petit Vincent ! Et puis, cela tombait plutôt bien, Alice n'achevait-elle pas sa mission au mois d'avril ? En cas de nécessité, elle pourrait les aider, surtout dans les premiers mois, les plus difficiles… Cette fois, le doute n'était plus possible : Alice comprit que le scénario envisagé n'avait rien d'extravagant et qu'il y avait de fortes probabilités pour qu'elle se retrouvât à partager avec Yvonne le rôle de mère de substitution. Elle était jeune et généreuse, et la situation, loin de l'effrayer, l'enthousiasma. Un nouveau-né à la maison ? Mais c'était Noël ! Elle embrassa sa mère avec fougue en lui déclarant qu'elle la trouvait formidable et qu'elle ferait tout pour la seconder. Comme les futures mères qui rêvent à leur maternité, elle se repassait le film des premiers mois : l'émerveillement de la découverte, l'air frais que cet enfant apporterait dans cette vieille maison habitée de tant de souvenirs douloureux, le regain de jeunesse pour ses parents vieillissants. Elle ne mesurait pas encore les implications que cette présence allait entraîner dans sa propre vie. Elle n'y pensait même pas.

Les fêtes de Noël furent particulièrement réussies. On découpa la dinde envoyée par les cousins d'Amérique et au dessert, Yvonne fit flamber le pudding qui l'accompagnait. On but à leur santé et aux vœux que chacun formulait pour la nouvelle année. Louis avait décidé d'occuper un deux-pièces qui se libérait en février, au second étage de l'immeuble. Il marquait ainsi son émancipation, tout en restant près des siens. Alice dévoila ses projets. Elle voulait un métier qui lui permît de voyager et la délivrât des contraintes horaires. Elle songeait à devenir représentante médicale, un travail qui répondait à ces deux critères. Elle comptait s'inscrire à une session en automne pour préparer l'examen. Sa formation médicale était déjà un atout. Henri et Yvonne souriaient. Eux aussi avaient un projet, même s'il n'était pas encore sûr. Avaient-ils pleinement pris la mesure des responsabilités et des contraintes à venir ? L'optimisme d'Yvonne, dans tous les cas, nimbait cette perspective d'un voile aussi clair et léger que le tulle d'un berceau.

*
* *

Alice quitta l'Autriche, définitivement, à la fin du mois d'avril et, avant de rentrer en France, fit un détour par la Tchécoslovaquie. Elle avait aimé Vienne, mais Prague la subjugua. Cette ville à l'architecture tumultueuse, bâtie sur les deux rives de la Vltava, avait quelque chose d'ensorcelant, et les ruelles étroites de la vieille ville, qui respiraient dans l'ombre, le soir, lui donnaient l'impression étrange de pénétrer, à rebours des siècles, dans un monde ancien où palpitait encore le souffle du golem. Elle s'attarda longuement dans l'ancien cimetière juif du quartier Josefov, impressionnée par l'empilement chaotique de ces milliers de tombes surmontées d'une stèle, saisissant palimpseste immémorial qui les résumait toutes. Elle ne put s'empêcher de penser qu'Yves aurait été sensible à la magie du lieu. Pour elle, durablement marquée par son expérience de quelques mois à Annecy, cet endroit constituait une réponse, poignante et magistrale, à l'hallucinante tentative d'effacement de ce peuple plus que millénaire.

Les jours suivants, elle prit le temps de flâner du côté du Malà Strana, de se perdre dans les rues sinueuses, flanquées d'édifices baroques, qui débouchaient à l'improviste sur des places intimes et silencieuses. Derrière les façades flamboyantes, elle devinait les jardins immenses d'où lui parvenait le bruissement léger des feuillages et des branches. Sur l'île Kampa, le temps, là aussi, s'était arrêté. Elle s'assit quelques instants sur un banc, rejointe bientôt par deux soldats français en permission, qui voulurent lui adresser la parole. Elle sourit sans répondre. Dépité, le plus jeune déclara à son compagnon :

« Tu vois pas qu'elle est tchèque ? Elle a vraiment le type, ça ne trompe pas ! Ça sert à rien de lui parler, elle comprend que dalle. »

Alice rit intérieurement. Tchèque, vraiment ? Cela lui plaisait de penser qu'on ne la croyait pas française. Elle serait donc slave ? Pourquoi pas... Elle se sentait de partout désormais. Le monde lui appartenait. Curieusement, alors qu'elle n'avait pas songé à prendre des photos de Vienne, elle rapporta quelques instantanés de Prague. Sur un, en particulier, elle se tient adossée au parapet du pont Charles, au pied de ce que l'on devine être le socle d'une statue, les coudes sur la rambarde, les yeux au-delà de l'objectif, comme si elle voulait immortaliser la fin de son escapade et qu'elle pressentait que ce serait la dernière. Il devait y avoir un peu de brise ce jour-là, car quelques mèches volètent autour de son visage. Elle est belle, d'une beauté presque orientale, avec sa chevelure brune flottant sur ses épaules. On ne distingue pas son regard, mais tout, dans son expression et sa posture, exprime une liberté, une certitude tranquille, une joie profonde de l'instant. À cette période-là de sa vie, où tout paraissait lui sourire, où le temps s'ouvrait devant elle, quelles raisons aurait-elle eues de douter de sa bonne étoile ?

Au cours de l'hiver qui précéda le retour d'Alice, le consul fréquenta assidûment le salon des Demestre. Il avait fini par tisser avec eux des liens d'amitié au cours de ces conversations impromptues, le soir, autour d'un café ou d'une liqueur. Malgré les obligations de sa fonction, Vittorio Bassani n'aimait pas les mondanités, et Yvonne avait compris combien il appréciait ces rares instants où il cessait d'être en représentation pour n'être plus qu'un voisin amical, secrètement heureux de fuir une solitude qui lui pesait et de trouver auprès d'eux un accueil bienveillant teinté d'une légère déférence. Toutefois, à aucun moment il ne se livra intimement et, pour ses hôtes, le mystère de sa vie conjugale restait entier. De temps à autre, il s'enquérait discrètement d'Alice, au point que cela pouvait passer pour une attention polie. Durant les premières semaines qui suivirent son retour, il interrompit ses visites avec tact, afin de laisser les Demestre tout à la joie des retrouvailles. Yvonne l'invita à dîner un soir, très simplement, heureuse de fêter le retour de sa fille, et sûre de l'intérêt qu'elle susciterait : avec elle, c'étaient la gaieté et la fantaisie qui rentraient à la maison ; elle avait « bourlingué », comme elle-même le disait en riant, et avait une foule d'histoires à raconter. En plus du consul, les Demestre avaient invité Lucie et Gustave, leurs vieux amis vendéens. C'était une soirée à caractère familial, sans prétention. Vittorio Bassani leur sut gré d'être traité comme un intime. Pour l'occasion, Alice avait tout de même revêtu une robe en jersey bleu clair, au corsage fluide, qui accompagnait gracieusement ses mouvements et soulignait le hâle de son visage et de ses bras nus. Sûre de son charme, elle était heureuse de plaire, sans que cela prêtât pour elle à conséquence. Au cours du repas, elle évoqua avec enthousiasme son récent séjour à Prague, et le consul parla avec brio de la musique tchèque qu'il connaissait bien. Assise en face de lui, elle l'observait, amusée du changement qui s'opérait en lui chaque fois qu'elle lui adressait la parole. Le visage de cet homme lui rappelait un peu celui de François : une certaine grâce féline mais avec des traits affirmés et volontaires. Ses yeux, d'un brun doré liquide, se chargeaient de douceur quand il la regardait. À un moment de la conversation, il fut question, sans que l'on sût comment cela était venu, de la beauté de la femme française et de ce qu'elle avait d'unique. Vittorio Bassani déclara qu'elle était la synthèse parfaite de la femme européenne : une élégance raffinée, une séduction discrète et subtile, et ce quelque chose en elle qui la rapprochait de l'Orient, peut-être sa part de mystère. C'était fort joliment dit et Alice rougit en fixant le fond de son assiette. Lorsqu'il prit congé de ses hôtes, il exprima courtoisement le plaisir qu'il aurait à la revoir, ajoutant que la proximité de leurs résidences leur en fournirait sans doute l'occasion. En prononçant ces mots, il ne s'était pas départi d'une certaine réserve, aussi Yvonne Demestre n'y trouva-t-elle rien à redire.

Alice reprenait peu à peu ses marques. Elle avait besoin de temps pour renouer avec la ville. À son retour, Nantes lui était apparue terriblement étriquée et provinciale. Elle n'était pas curieuse d'en découvrir les changements et n'avait tenté aucune expédition dans le centre-ville, hormis les magasins *Decré*, où Yvonne et elle avaient choisi une literie pour enfant. La maison se préparait à accueillir un nouveau-né et il restait encore beaucoup à faire. Elle se lança dans la confection d'une barboteuse en laine et prit l'habitude d'aller s'installer au fond du jardin, près de l'arbre où elle s'était réfugiée si souvent.

C'est là que Vittorio Bassani la découvrit, un matin où il était descendu se promener. Il possédait une clé que lui avait remise Yvonne Demestre, un jour qu'il s'était plaint du manque de verdure de la rue Paul Bellamy. En entendant des pas sur le gravier, elle leva les yeux et l'aperçut sur le chemin, un peu au-dessus d'elle. Il était en bras de chemise, la veste jetée sur une épaule. De loin, il paraissait plus petit et trapu qu'il n'était en réalité. Dès qu'il la vit, il s'arrêta, sembla hésiter un court instant avant de se diriger vers elle. Elle lui fit un petit salut joyeux de la main auquel il répondit, puis l'invita sans façon à s'asseoir à côté d'elle. Il lui demanda en riant si elle tricotait une écharpe en prévision de l'hiver. Elle écarta ses aiguilles pour présenter son ouvrage, en tirant sur la bande tricotée vert et blanc.

« C'est un petit vêtement pour l'enfant de ma sœur, qui doit naître en juin.

– Votre sœur… Ah oui, c'est vrai. Vous avez déjà un neveu, je crois ?

– En effet… Je n'ai pas encore eu le temps de le connaître.

– Vos parents doivent se réjouir… Le rôle de grands-parents est tellement gratifiant ! »

La remarque, insignifiante, n'appelait pas de réponse. Alice parut réfléchir avant de lâcher :

« J'ignore si ma mère vous en a parlé… En fait, quand il sera né, le bébé va venir vivre chez nous quelque temps, peut-être plus... »

Il fronça les sourcils, incrédule.

« Vous voulez dire… que ce sont vos parents qui vont s'en occuper ?

– Mes parents et moi, oui. Ma sœur… »

Elle secoua la tête, le visage grave, et ajouta :

« C'est mieux pour lui.

– Votre mère est très courageuse. Cela ne doit pas être de tout repos, à son âge.

– Mais je suis là, moi ! Et puis, voyons le bon côté des choses. La naissance d'un enfant, n'est-ce pas une bonne nouvelle ? Il aura sans doute une fichue famille… Mais il en aura une ! »

Ils se turent un long moment. Vittorio Bassani semblait songeur. Ses prunelles s'étaient assombries comme sous l'effet d'un souvenir pénible. Il baissa les yeux, saisit une brindille avec laquelle il se mit à fouetter les branches basses à sa portée. Quand il parla, sa voix était sourde et tendue.

« J'ai eu un fils moi aussi… »

Il s'interrompit. Leurs regards se croisèrent. Alice le soutint, l'encourageant silencieusement à poursuivre.

« Il est mort accidentellement, il avait trois ans. Ma femme… mon ex-femme était sous l'emprise de l'opium ce jour-là. Elle n'était pas en état de le surveiller. Il est tombé par la fenêtre. »

Alice ne dit rien. Que pouvait-elle dire ? Elle demanda simplement :

« Il y a longtemps que cela est arrivé ?

– Sept ans. Parfois, c'est comme si c'était hier. »

Il n'avait pas d'autre enfant. À la suite de ce drame, il avait exigé de sa femme qu'elle suivît une cure de désintoxication. Elle avait rechuté : le remords sans doute, et un déséquilibre intérieur croissant depuis que leur couple battait de l'aile. Elle avait eu une première liaison, puis d'autres. Il s'était éloigné d'elle et avait fini par divorcer. C'était là toute son histoire. Il avait parlé sans la regarder pendant tout ce temps, fixant un point au loin, au-dessus de sa tête. Puis ses yeux revinrent se poser sur elle et, à voix basse, il murmura :

« Je n'en avais encore jamais parlé à personne, ici. Comment faites-vous pour attirer ainsi les confidences ? Je me sens en confiance avec vous. »

Elle répondit avec douceur :

« Vous savez, j'ai appris à écouter. Il y a tant de souffrances qui ont besoin d'être dites. »

Vittorio Bassani se leva. Il s'était repris. Il s'excusa presque sèchement auprès d'Alice de l'avoir importunée, la salua et s'apprêtait à partir, mais elle s'était levée à son tour et, d'un geste spontané, le retint par le bras.

« Je vous en prie… Votre confiance m'honore. Je ne voudrais pas que vous regrettiez de me l'avoir accordée. Puis-je prendre cette confidence comme un signe d'amitié de votre part ? »

Il avait tressailli au contact de sa main sur son bras nu. Elle n'avait pas conscience du trouble qu'il ressentait. Elle voulait seulement qu'il ne fût pas blessé de s'être abandonné quelques instants. Il la contemplait : debout, dans le soleil, son ouvrage à la main, plissant les yeux pour mieux chercher son regard, elle paraissait à la fois si forte et si fragile. Elle le touchait profondément. Il lui sourit.

« Accordez-moi la vôtre aussi, ainsi nous serons quittes. »

Il lut la réponse muette sur son visage. Lorsqu'il s'engagea à nouveau sur le sentier, en direction de la maison, il éprouva un sentiment de gratitude et de bien-être comme il n'en avait jamais connu depuis longtemps.

*

* *

Henri s'était installé à côté de la nacelle en osier et contemplait, avec une incrédulité heureuse, le minuscule visage dont la chair transparente et rosée contrastait avec la blancheur du drap. Ils étaient quatre à se relayer au chevet de la petite fille, à parler à voix basse, quatre à marcher sur la pointe des pieds en faisant des gestes lents et doux pour ne pas la réveiller, et leurs regards émerveillés disaient la stupeur muette de ceux qui redécouvrent la création du monde.

Armelle était née le 21 juin, jour du solstice d'été. Yvonne Demestre était venue la chercher à la clinique, une semaine après l'accouchement d'Irène. Celle-ci lui avait remis le nouveau-né avec un soulagement visible, ce qui avait facilité la séparation. Il semblait d'ailleurs que ses relations avec Guy se fussent bien améliorées, puisqu'ils projetaient de partir en vacances tous les deux chez des amis, dans le Midi. Yvonne ne chercha pas à obtenir de nouvelles confidences et préféra oublier les précédentes, auxquelles, d'ailleurs, elle refusait toujours de croire. Elle s'enquit de Vincent et apprit qu'il quitterait le préventorium à l'automne. Guy, venu brièvement saluer sa belle-mère, lui assura qu'ils prendraient le plus grand soin de lui. Sur ce dernier point, Yvonne restait perplexe et, devant le détachement avec lequel il laissait partir sa petite fille, préféra ne pas s'interroger plus avant sur sa fibre paternelle. Cette fois-là, il n'y eut pas de séance de photos pour immortaliser l'instant, et c'est presque à la sauvette qu'Yvonne quitta la clinique en emportant l'enfant.

Alice attendait à l'hôtel le retour de sa mère et trompait son impatience en pliant et dépliant les petits vêtements qu'elle avait étalés sur le lit. Dès qu'elle entendit claquer la portière d'une voiture, elle regarda par la fenêtre puis se précipita dans le hall pour l'accueillir.

« Je te présente Armelle. »

Yvonne lui montra en souriant le couffin où dormait un petit corps emmailloté de bleu. Comme une bonne fée, Alice se pencha et caressa doucement le crâne fragile et duveteux. Elle effleura les menus poings, fermés comme deux coquillages, et déclara qu'elle était contente que ce fût une fille. Elles rentrèrent à Nantes le jour même avec leur précieux butin. Un coin avait été aménagé dans la chambre d'Yvonne pour recevoir le berceau, et depuis, la maison tout entière vivait au rythme du nourrisson. Louis partageait aussi cette euphorie des premières semaines, pas encore revenu complètement de ce qu'ils appelaient tous un don du ciel. Même les cris et les pleurs de la petite fille étaient accueillis avec une admiration teintée d'indulgence : si minuscule, et une voix à réveiller les morts ! Émilienne n'en revenait pas. Jonas fut bien le seul à ne pas se réjouir de la situation : il avait pris l'habitude de dormir à l'étage, changeant de couette au gré de ses humeurs. Il en fut promptement éjecté. Sans doute occupait-il un peu trop de place dans la maison. Henri, qui faisait chambre à part depuis longtemps pour ne pas infliger à Yvonne ses nuits d'insomnie, finit par le tolérer sur son lit. Sa présence tiède et ronronnante avait quelque chose d'apaisant.

CHAPITRE 12

Cours des 50-Otages

Cet été-là, alors que les Demestre avaient migré au Pouliguen, dans leur petit appartement de la villa Stella, Vittorio Bassani comprit qu'il était amoureux. Très amoureux. L'étincelle s'était produite lors de sa première rencontre avec Alice, à la veille des fêtes de Noël. L'éloignement n'avait fait que l'aviver, et durant les derniers mois où elle achevait sa mission en Autriche, il n'avait cessé de penser à elle. Ce qu'il avait pris d'abord pour une tocade, un caprice né de l'ennui mortel de la vie de province, s'était révélé d'une tout autre nature. Ils s'étaient revus à plusieurs reprises depuis la conversation dans le jardin, et chaque nouvelle rencontre l'avait confirmé dans le sentiment qu'elle était la femme qu'il attendait. Cependant, il était conscient du handicap que représentait, aux yeux des Demestre, sa situation matrimoniale. Avant tout, il lui tardait de connaître les sentiments d'Alice à son égard. Il avait l'intuition qu'il ne lui était pas indifférent et que cette amitié naissante qu'elle lui portait masquait une attirance beaucoup plus profonde qu'elle refusait de s'avouer, ou qu'elle ignorait encore, tant elle lui paraissait peu rompue aux jeux de la séduction. Si elle avait commencé de l'aimer, tout au moins de le regarder avec les yeux du désir, la partie n'était pas perdue. Elle n'avait jamais renouvelé le geste spontané de lui saisir le bras, comme elle l'avait fait lors de leur rencontre inopinée, un matin de juin. Mais il leur était arrivé, par la suite, de se frôler par inadvertance, ou d'échanger une poignée de main un peu plus appuyée, et il la sentait frémir et se troubler. Elle s'écartait un peu trop vite, retirait sa main comme sous l'effet d'une brûlure, et s'il s'avisait à ce moment-là de chercher son regard, elle baissait les yeux ou les détournait, tentant de se donner une contenance, ce qui achevait de la rendre irrésistible. S'il gagnait le cœur d'Alice, il se faisait fort de convaincre ses parents du sérieux de ses intentions. Après tout, être femme de diplomate, c'était un statut plus qu'honorable, et Yvonne Demestre, si chatouilleuse dans le registre des conventions, devrait, à la fin, en être flattée.

Dans la torpeur estivale où Nantes se trouvait plongée durant les mois d'été, Vittorio Bassani eut tout le loisir de peaufiner sa stratégie. Il se déclarerait au retour des vacances, quand la famille Demestre serait revenue, reposée et détendue, heureuse de ce premier séjour à la mer avec la petite Armelle qui semblait occuper tout leur temps. Il savait qu'Alice avait prévu de suivre des cours à Paris pour devenir visiteuse médicale. Il devait intervenir avant qu'elle ne s'éloignât à nouveau. Vittorio Bassani était un homme pressé et ambitieux, il prévoyait de quitter Nantes d'ici quelques mois pour un poste de consul dans une ville plus prestigieuse, peut-être même de quitter la France. C'était aussi un homme volontaire, habitué à décider et enclin à croire que vouloir c'était déjà pouvoir. L'absence et l'éloignement d'Alice opéraient en lui un filtre, évacuant les difficultés comme autant de scories pour ne plus conserver que le diamant noir de son désir. Il finit par se persuader qu'il arriverait à bout de tous les obstacles, et c'est un homme passionnément épris et sûr de sa victoire qui entreprit d'échafauder les projets les plus fous, comme un pari déjà gagné sur l'avenir.

Yvonne Demestre était trop fine pour ne pas avoir senti que la situation lui échappait. Elle aurait pu difficilement ignorer l'attirance grandissante de Vittorio Bassani pour sa fille, tant il avait du mal à la dissimuler. Depuis qu'Alice était revenue, c'était un autre homme. Beaucoup plus gai, avec cette flamme dans le regard et ce rire éclatant qui lui faisaient perdre sa réserve et révélaient une facette inconnue de sa personnalité. Elle s'inquiétait surtout du silence d'Alice qui feignait de ne rien voir. Elle avait même répondu par un léger haussement d'épaules à la remarque amusée de sa mère : « Il en pince pour toi, hein ! », et n'avait pas tenté d'en rire avec elle. Plus grave, elle était devenue rêveuse et, à certains moments, se renfermait sur elle-même, comme une jeune femme amoureuse. Amoureuse ? Le mot n'avait pas franchi les lèvres d'Yvonne et en son for intérieur elle se l'était à peine formulé. Mais il y avait urgence. Le long séjour au bord de la mer venait à point nommé. Il constituait la meilleure occasion de rompre des liens devenus, au fil des jours, de plus en plus problématiques. À l'automne, Alice devait se rendre à Paris pour suivre une formation professionnelle, ensuite elle trouverait un travail qui la tiendrait souvent éloignée de Nantes, ainsi tout rentrerait dans l'ordre.

Sonder l'âme d'Alice, à cette période charnière de sa vie, n'était pas chose facile. Elle venait de retrouver sa famille, après trois années d'absence interrompues par de brèves et trop rares visites. Il y avait d'abord eu la joie du retour, tempérée par l'appréhension de replonger dans un univers clos, étouffant, en proie à de violentes secousses, soudaines et dévastatrices, dont elle s'était échappée autant par volonté d'agir que pour survivre, tout simplement.

Aujourd'hui, les fauteurs de trouble, ceux qui avaient contribué à empoisonner le climat familial, étaient loin ou neutralisés. Irène vivait à Paris et Louis semblait avoir trouvé un certain équilibre dans la conquête récente de son autonomie. Peut-être même y avait-il d'autres raisons, plus secrètes, à son humeur enjouée et stable. Il avait l'air heureux. Pour autant, la vieille demeure portait en elle les stigmates d'un passé douloureux. Il en va des maisons comme des êtres. La trace des jours révolus, qu'ils fussent heureux ou funestes, s'imprime durablement dans l'atmosphère d'un lieu, comme si les murs renvoyaient encore l'écho perdu des colères anciennes, des rires et des sanglots. Et l'alchimie du temps recouvre d'un glacis invisible meubles et objets, témoins vigilants d'une histoire qu'on feuillette comme un livre, sans que jamais la lumière des saisons n'en interrompe le long dialogue muet.

Tout cela, Alice l'avait redouté, mais c'était sans compter l'arrivée d'Armelle dont la présence imprévue renversait l'ordre naturel des choses. Avec elle, avec ses cris, ses pleurs, ses premiers gazouillis, entrait dans la maison tout un cortège de rites et d'habitudes nouvelles qui apportaient un souffle régénérant. Pour ses parents, c'était un formidable bain de jouvence. Malgré tout, elle devait intégrer l'existence de la petite fille dans ses projets personnels, même si, jusque-là, rien n'indiquait qu'il y eût une quelconque incompatibilité. Son travail la conduirait à voyager, elle rentrerait chez elle chaque week-end, et sa mère savait qu'elle pouvait compter sur sa présence. Au cours des premières semaines, elle avait pu mesurer la place qu'occupait l'enfant dans la vie de tous les jours et commençait de réaliser qu'ils s'étaient tous embarqués pour une aventure au long cours. Et puis, il y avait eu la rencontre improbable avec cet homme séduisant, le consul, avec lequel elle avait cru pouvoir jouer sur le registre d'un flirt léger, courtois et presque mondain. Mais elle manquait d'habileté à ces jeux-là. Il lui avait opposé sa sensualité puissante d'homme du sud et la sincérité désarmante d'une âme blessée. Le jeu était par trop inégal, et au tumulte de son cœur lorsqu'elle l'apercevait, elle comprenait qu'elle ne maîtrisait plus rien.

*
* *

La minuterie du couloir ne fonctionnait plus et Alice essayait vainement, dans l'obscurité, d'ouvrir la porte d'entrée de l'appartement, lorsqu'elle entendit quelqu'un descendre l'escalier de l'immeuble derrière elle. Elle reconnut aussitôt le pas souple et rapide, et se retourna : sa chemise faisait une tache blanche dans la demi-pénombre. À l'instant, il fut près d'elle.

« Bonjour Alice, vous semblez en difficulté ? La serrure aurait-elle rouillé en votre absence ? »

Il rit, enchaîna aussitôt :

« Laissez-moi vous aider. »

Il lui prit les clefs des mains. Leurs doigts se touchèrent. Elle frémit à leur contact. Il introduisit la clef dans la serrure qui résista. Il dut s'y reprendre à trois fois, en poussant le battant de la porte avec son épaule. Ils étaient si près l'un de l'autre qu'elle sentait sa chaleur et le léger parfum de vétiver de ses cheveux. Elle ne disait rien, submergée par une émotion qui l'empêchait de parler. La porte céda enfin et Alice dut faire un effort prodigieux pour s'obliger à dire d'une voix enjouée :

« Merci, Vittorio. Vous êtes un homme… providentiel ! »

Il sourit. Alice n'avait pas allumé le plafonnier. L'obscurité du vestibule les rapprochait dans une intimité complice. Leurs regards pouvaient parler sans risquer de se trahir.

« Je suis heureux que vous soyez de retour… Vous m'avez beaucoup manqué. »

Sa voix avait pris une inflexion tendre.

Alice perdait pied. Elle sentit qu'elle s'enfonçait, qu'il lui fallait réagir, là, très vite. Elle répondit d'un ton léger, si désaccordé à ses sentiments qu'elle en rougit :

« Eh bien, je… vous voyez, je suis revenue. Nous aurons certainement l'occasion de nous revoir. Maman… »

Il l'interrompit, prit ses deux mains dans les siennes sans qu'elle songeât à les retirer et dit avec gravité :

« Laissez là votre mère. Alice, j'ai des choses importantes à vous dire. Ce n'est ni le moment ni le lieu. Je reviendrai vers vous et j'espère que vous voudrez bien m'accorder toute votre attention. »

Il appuya ses lèvres sur les mains qu'il tenait emprisonnées dans les siennes et sortit aussitôt. Un instant plus tard, la porte de la rue claquait. Alice restait immobile, dans le noir, abasourdie, le cœur battant, incapable de mettre des mots sur la joie profonde et anxieuse qui l'habitait.

Le carton d'invitation portait l'en-tête officiel du consulat d'Italie. Alice était invitée à partager la loge du consul pour assister à une représentation du *Trouvère* au théâtre Graslin, le 3 octobre. Vittorio Bassani avait ajouté quelques lignes de sa main, précisant qu'il viendrait la chercher en voiture. Il terminait par une formule amicale et presque impersonnelle.

« Tu n'as tout de même pas l'intention d'y aller ? »

Yvonne affichait sa contrariété. Il n'était plus question pour elle de se taire.

« Et pourquoi non ? D'abord, ce serait grossier de lui refuser et inamical, ensuite, je n'ai pas tant d'occasions que ça de sortir et de me distraire ! »

Alice faisait front. Rien dans la proposition ne lui avait paru déplacé et puis elle pressentait, sans vraiment se l'avouer, que ce rendez-vous était important.

« Tu n'y penses pas une seconde ? Tu vas t'afficher au bras d'un homme divorcé, en public, comme… comme une gourgandine ! Comment a-t-il pu agir ainsi vis-à-vis de toi, vis-à-vis de nous ? »

Yvonne en suffoquait d'indignation. Alice secoua la tête en soupirant, exaspérée.

« Maman, vous n'y êtes pas du tout. Il s'agit seulement d'un geste d'amitié. Je ne vois pas en quoi le fait d'assister avec lui à un opéra ruinerait ma réputation ! Auprès de qui, d'abord ?

– Mais enfin des gens de notre milieu ! Tu veux que tout le monde jase à ton sujet ?

– Vous avez bien changé, maman. Il n'y a pas si longtemps, vous méprisiez volontiers ce milieu frivole, étriqué et malveillant. Et puis vous me prêtez une notoriété que je n'ai pas, Dieu merci !

– Mais on saura très vite qui tu es ! Tout se sait ici ! Tu trouves qu'on n'a pas eu assez d'ennuis comme ça… Ma petite fille, je t'en conjure, n'y va pas. Tu trouveras un prétexte, tu…

– Maman, j'ai envie d'y aller, vous comprenez ? Cela me fait réellement plaisir.

– Ah vraiment ? Alice, est-ce que tu comprends que tu alimentes ainsi l'attirance qu'il a pour toi ? Ne joue pas à ce jeu-là, si tu as de l'amitié pour lui. »

Yvonne était allée trop loin. Alice rompit la discussion en quittant la pièce, abandonnant sa mère aux affres de l'incertitude. C'était la première fois depuis longtemps qu'elles connaissaient un tel désaccord et l'une comme l'autre en fut profondément affectée.

Quand le lourd rideau rouge retomba sur les dernières ovations, Alice se mit debout, à côté de Vittorio qui reconduisait les applaudissements. Tous les invités de la loge s'étaient levés avec lui. Elle était consciente des regards dirigés vers elle mais préféra les ignorer. Elle avait vécu cette soirée comme un rêve éveillé. Elle savait déjà qu'une étape avait été franchie, sur laquelle il ne lui serait plus possible de revenir. S'il l'avait imposée ainsi, à l'attention de tous, ce n'était pas par légèreté mais selon un acte mûrement réfléchi dont les implications l'effrayaient. Dans la voiture qui les conduisait à l'auberge du *Vieux Gachet* où il avait réservé une table, elle se taisait, le laissant commenter les performances des interprètes auxquelles elle ne connaissait rien.

Il observait, face à lui, le visage d'Alice éclairé par la flamme de la bougie que le serveur venait d'allumer. Dans ses yeux brillait une lueur d'anxiété, malgré le sourire très doux qu'elle affichait. Une vague de tendresse l'envahit. Elle était venue. Pour lui, cela signifiait que tout était possible. Il parla, comme on se jette à l'eau :

« Je veux que vous sachiez : je vais partir bientôt. Dans quelques mois, j'aurai quitté Nantes. J'ignore encore le lieu de mon affectation, mais ce sera vraisemblablement hors de France. »

Elle avait pâli. Ses lèvres ébauchèrent une protestation muette, mais elle ne dit rien. Ses doigts jouaient nerveusement avec les couverts, de part et d'autre de l'assiette. Il se pencha, referma ses deux mains sur les siennes sans la quitter du regard.

« Alice, il dépend de vous que je ne parte pas seul. Je vous aime. Voulez-vous être ma femme ? »

Elle parut foudroyée. Son visage refléta en quelques secondes toutes les émotions contradictoires qui la submergeaient. Elle finit par murmurer, et les mots semblaient la blesser à mesure qu'elle les prononçait :

« Vittorio, vous venez de me rendre à la fois très malheureuse et tellement heureuse. Tout cela est si rapide ! Je comprends à l'instant que votre fonction vous destinait à partir… Je ne peux pas abandonner les miens, mes parents vieillissants qui ont la charge d'un enfant… Je ne m'en sens pas le droit. »

Elle ne parla pas de l'obstacle que constituait son statut de divorcé, c'était devenu secondaire. Il protesta :

« Alice, ne me dites pas non, je vous en supplie. Pas maintenant. Prenez le temps de réfléchir. J'ai pensé à votre petite Armelle. Nous pourrions l'adopter et vos parents seraient délivrés de ce souci. »

Elle secoua la tête. Ses yeux s'étaient embués de larmes.

« Vittorio, votre générosité... »

Elle s'interrompit, la gorge nouée, avant d'ajouter, la voix brisée :

« Je ne pourrai jamais abandonner ma mère... »

Tout était dit. Vittorio Bassani ne s'avouait pas encore vaincu. Il évoqua l'annulation de son mariage au Vatican où il avait des appuis, parla même de retarder son départ. Les larmes silencieuses qui coulaient maintenant sur le visage d'Alice lui apportaient la réponse.

« Dites-moi seulement, dites-moi au moins... M'aimez-vous ? »

Il avait jeté la question comme un cri. Sa voix avait pris une intonation rauque et il fixait sur elle un regard d'orage. Elle ne se déroba pas.

« Oui. Qu'est-ce que cela change ? Vittorio, ne me rendez pas les choses plus difficiles. »

Il serrait ses deux mains à lui en faire mal. Ils restèrent un moment, sans parler, les yeux rivés l'un sur l'autre. Il sentit qu'elle tremblait. Il relâcha son étreinte.

En sortant de l'auberge, ils firent quelques pas sur le chemin qui longe l'Erdre, entre les saules. Une barque était amarrée au ponton. Vittorio aida Alice à monter dans l'embarcation. Ils s'assirent côte à côte sur le banc en bois. Sans un mot, il l'attira à lui, écrasa ses lèvres sur les siennes. Elle s'abandonna. Ils mêlaient leur salive, leurs langues, éperdument, reprenant leur souffle pour mieux s'étreindre à nouveau. Elle éprouvait la chaleur de ses mains sur son cou, sur sa poitrine, la densité de ce corps d'homme contre le sien. Elle avait glissé une main sous son aisselle, tâtonnant jusqu'à ce qu'elle sente sous sa paume, le battement tumultueux de son cœur. La nuit était claire et froide, un vent léger s'était levé. Ils restèrent enlacés longtemps, dans la pénombre frissonnante des saules. Pour eux, l'heure s'était arrêtée, comme suspendue à ce moment d'innocence et de bonheur fou qu'ils tardaient à rompre, de crainte d'en briser trop tôt le cercle enchanté.

*

* *

La locomotive s'arrêta en gare de Quimper, toutes vapeurs sifflantes, dans un long crissement d'essieux. Alice saisit la sacoche de cuir qui contenait les médicaments, sa valise et descendit sur le quai. Elle suivit la foule des voyageurs jusqu'à la sortie de la gare et se hâta en direction de la rue des Réguaires. Une chambre l'attendait à l'hôtel *Kerguenn* où elle avait ses habitudes. Le ciel était gris et de lourds nuages menaçants s'accumulaient au-dessus de la ville. Il allait pleuvoir d'un instant à l'autre. Elle retrouva avec plaisir sa chambre, tapissée de Bayeux d'un rouge ancien, dont la fenêtre donnait sur une cour. Elle se déchaussa d'un rapide coup de talon, se fit couler un bain et s'allongea sur le lit, un cahier à la main. Avant le dîner, elle aurait le temps de consulter la liste des visites prévues pour les deux jours suivants. Elle connaissait la plupart des médecins qu'elle devait rencontrer, hormis deux nouveaux qui venaient de s'installer. Elle ferait un point avec eux sur les derniers médicaments qu'ils avaient prescrits afin de remonter toutes leurs remarques vers les laboratoires pharmaceutiques. Elle avait prévu aussi, dans la soirée, de relire les fiches analytiques des nouveautés qu'elle comptait présenter.

L'orage éclata pendant le dîner, et dans la petite salle du restaurant où elle achevait son repas, Alice contemplait, songeuse, la vitre ruisselante où la pluie crépitait. Le bruit était si fort qu'il couvrait les conversations. Elle préféra attendre que l'averse se fût calmée.

Elle sortit une cigarette de son paquet de *Players*, l'alluma, et laissa son regard errer sur les convives qui remplissaient la salle. Des hommes essentiellement, des commerciaux sans doute, appelés à Quimper pour affaires, quelques couples plus très jeunes. Elle était la seule femme non accompagnée, et elle se sentait discrètement observée. Au début, elle en avait été agacée, maintenant elle s'en amusait. Cela faisait bientôt trois ans qu'elle circulait ainsi, de ville en ville, à travers quatorze départements, depuis la Vendée en passant par la Sarthe et la Normandie, jusqu'aux Côtes-du-Nord. La Roche-sur-Yon, Cholet, Redon, Caen, Lisieux, Rennes, Lorient, Pontivy, Vannes, Perros-Guirec, Tréguier, Concarneau… Elle aurait pu égrainer à l'infini les noms des villes où elle descendait, avec leurs gares routières et ferroviaires, leurs hôtels, leurs restaurants, qui constituaient la trame sans cesse renouvelée de ses pérégrinations. Partout, elle connaissait une hôtelière, un restaurateur, qui l'accueillaient comme une amie. Elle voyait grossir la clientèle des médecins fraîchement installés et suivait leur progression, d'année en année. De ses séjours à l'étranger, elle avait gardé le goût des lieux authentiques, et dans les ports bretons en particulier, il lui arrivait souvent de rédiger ses rapports dans un « caboulot », au fond de la salle, dans la chaleur bruyante des retours de pêche, quand les marins s'accoudent au zinc pour se réchauffer l'âme. Elle avait eu, un jour, un dialogue singulier avec l'un d'eux. Il s'était approché d'elle alors qu'elle écrivait, concentrée. Il avait demandé poliment à s'asseoir. C'était un homme grand et jeune, aux yeux très clairs, de type breton.

« Je vous ai remarquée, vous venez ici régulièrement. Vous êtes visiteuse médicale, n'est-ce pas ? »

Elle avait acquiescé.

« J'ai fait ce métier moi aussi, quelques années. Je voulais fuir la pêche. Eh bien, vous voyez, j'y suis revenu. »

Devant sa question muette, il avait poursuivi :

« Les laboratoires, c'est un milieu pourri. Ils brassent beaucoup d'argent et nous chargent de jouer les commis voyageurs : on inonde les cabinets médicaux de produits chers, trop chers. Vous avez vu la population ? Elle a déjà du mal à vivre ! J'ai claqué la porte quand on a commencé à me demander d'acheter les médecins avec des cadeaux somptueux. J'ai repris la mer, elle au moins ne triche pas. »

Il s'était tu un instant, avant d'ajouter, en la fixant droit dans les yeux :

« Vous êtes une idéaliste, vous. Vous verrez, vous ferez un jour comme moi. Vous ne supporterez plus. »

Elle avait été surprise par la franchise et la profondeur de son regard. Un regard qui évaluait quelqu'un au premier coup d'œil. Elle avait répondu simplement :

« Il y a du vrai dans ce que vous dites. Mais, voyez-vous, pour l'instant, ce métier, c'est ma façon à moi de prendre la mer. »

Elle aimait son travail pour la liberté qu'il lui apportait, pour les contacts humains qu'elle savait instaurer au-delà de la simple relation commerciale. Et puis, elle tenait à son autonomie financière, elle était heureuse de toucher chaque mois un salaire plus que confortable qui lui permettait de s'habiller dans les meilleures boutiques, d'acheter des parfums coûteux et de faire des cadeaux à ses proches. Elle se considérait un peu comme le chef de famille, maintenant que l'âge et la maladie avaient eu raison de la carrière de son père.

Lui arrivait-il encore de penser à Vittorio ? Elle avait tout fait pour le chasser de sa mémoire. Mais certains soirs, dans sa chambre d'hôtel, avant d'entamer une autre nuit solitaire, il revenait parfois la hanter. Elle se souvenait de ses toutes dernières paroles avec une poignante douceur :

« Ainsi, je vous perds ? Sachez que je ne vous oublierai jamais. Je vous souhaite tout le bonheur du monde. »

Il avait ajouté :

« J'envie celui qui saura vous rendre heureuse. »

Une semaine plus tard il partait pour Bruxelles. Yvonne regrettait l'ami et, en même temps, voyait dans cette issue la fin de ses inquiétudes. Alice garderait, dans le secret d'elle-même, les quelques heures fulgurantes de cet amour chaste qui lui avaient fait entrevoir ce à quoi elle renonçait. Elle eut, pour la première fois peut-être, le sentiment qu'une page de sa vie venait de s'écrire, presque en dehors d'elle, et que l'avenir ne lui appartenait plus tout à fait.

*

* *

La petite fille grandissait, objet de tous les soins et de tous les ravissements. Henri, qui avait été un père distant, découvrait la magie de l'enfance. Il appelait Armelle « sa petite fée, son Infante » et se laissait volontiers ensorceler. Il avait créé avec elle une complicité de tous les instants où la part du jeu et du rêve se mêlait inextricablement. Chaque jour apportait, à l'un comme à l'autre, son lot de surprises et de découvertes. La petite ensorceleuse n'en finissait pas de l'étonner. Elle tendait ses bras vers le soleil, vers la pluie, riant aux éclats, et si la nuit la surprenait dans le jardin, plus gravement, vers les étoiles. Minuscule magicienne que le temps n'avait pas encore séparée des mystères du monde, à cet âge de tous les enchantements où les enfants semblent jeter des sorts lorsqu'ils touchent, de leurs doigts de chaman, la profusion des choses. Avec Yvonne, elle découvrait le jardin, les fleurs et les arbres et une autorité tendre qui la rassurait. Le retour de Ta Si, chaque week-end, était une fête. Elle adorait cette tante si jolie, dont les vêtements dégageaient une légère odeur de parfum et de tabac blond, qui lui rapportait des menus jouets de ses lointains voyages et riait de ses pitreries de petite fille espiègle. De temps à autre, Louis venait élargir le cercle des admirateurs, et Armelle, ivre de bonheur, se laissait projeter en l'air et rattraper dans les bras d'oncle Lou, en poussant des cris de joie.

Il y avait eu pourtant une première fissure dans ce paisible édifice familial. Armelle n'avait pas deux ans quand Irène et Guy l'avaient emmenée, une première fois. Les parents de Guy la réclamaient, ils voulaient connaître leur petite-fille. Irène avait prévenu, par téléphone, qu'elle viendrait la chercher et, refusant de dire combien de temps ils la garderaient, avait coupé court aux protestations d'Yvonne. Ils étaient venus, un matin, plus tôt que prévu, et Yvonne et Henri, le cœur serré, avaient dû préparer hâtivement un bagage et assister, impuissants, au départ de l'enfant hurlant de détresse, livrée sans qu'elle y comprît rien à ces étrangers qui l'emportaient. La séparation avait duré un mois durant lequel, sans relâche, la petite fille appelait sa grand-mère, la cherchant dans les moindres recoins de cette maison étrangère, au point que les époux Dufour, lassés, avaient décidé de la rendre prématurément. Il y eut encore deux autres tentatives, toujours brutales, toujours imprévisibles, traumatisantes pour l'enfant et pour les Demestre. Armelle leur était toujours revenue, mais ils avaient compris qu'une menace pesait désormais sur les liens étroits qu'ils avaient tissés avec elle, qu'à tout moment les parents pouvaient décider de venir la reprendre sans qu'ils eussent leur mot à dire. Et cela leur était devenu insupportable. De plus, Yvonne avait eu le temps de se rendre compte que le couple d'Irène et de Guy battait de l'aile. Qu'ils étaient encore ensemble par on ne sait quel obscur intérêt, mais que l'issue était inéluctable. Ils avaient tout à craindre d'un divorce qui changerait totalement les règles du jeu et, ils le pressentaient, où tous les coups seraient permis.

*

* *

Le 22 octobre 1952, le monument des 50-Otages était inauguré, quai Ceineray, devant le bassin de l'Erdre, juste au pied du cours Saint-André. Deux grandes statues épurées jaillissent comme deux flammes contre les poteaux du martyre. Gravés sur un socle circulaire, les quarante-huit noms des otages fusillés. Onze ans s'étaient à peine écoulés depuis la tragédie, et le monde déjà était retourné à ses haines ordinaires. Même si l'émotion fut palpable dans l'assistance, lors de la cérémonie, l'endroit retomba vite dans l'oubli respectueux qu'on porte aux monuments aux morts, devant lesquels on s'arrête, que l'on regarde un bref instant en hochant la tête, avant de passer son chemin. La presse s'en fit l'écho, mais sans excès, les convulsions de la vie occupant tout l'espace dans les nouvelles du jour.

Alice d'ailleurs ne s'y trompa pas. Le court article sur lequel elle tomba par hasard en ouvrant *la Résistance de l'Ouest* éveilla chez elle de douloureux souvenirs. Elle savait que le nom d'Yves Durieux ne figurait pas sur le monument. Il ne figurait nulle part sur une quelconque plaque commémorative à Nantes. Il avait rejoint tous les anonymes, fusillés, morts en déportation ou sous la torture, dont le courage n'avait pas été moins réel ni l'engagement moins absolu. Mais c'était ainsi dans toutes les guerres. Et cela n'avait pas vraiment d'importance. Ils avaient autant de chance de rester gravés dans le cœur de leurs proches qui conserveraient intacte la flamme du souvenir, aussi longtemps qu'ils vivraient. Après, eh bien après, la même indifférence, sans doute, recouvrirait les noms inscrits sur la pierre et ceux qu'aucune voix ne nommerait jamais plus. Elle prit conscience, ce jour-là, du poids des années et du danger de l'oubli. Elle mesurait aussi la force insidieuse du souvenir. Le visage d'Yves, ses yeux trop graves, venaient s'interposer dans le dialogue secret qu'elle entretenait, à son insu, avec Vittorio. Elle devait lutter pour s'en défaire. Tant de douceur risquait de l'engloutir. Elle refusait encore de croire que les plus grands moments de bonheur que la vie lui avait accordés se trouvaient derrière elle. Elle ne pouvait imaginer qu'elle les revisiterait un jour, dans le silence de son cœur, comme on parcourt un musée familier, étonnée et déçue de ne plus éprouver, à leur contact, la moindre étincelle.

CHAPITRE 13

La Korrigane

« Avec ça, je peux vous assurer sans le moindre doute que nous gagnerons le procès ! »

Il avait fait une pause après le « ça », pointant ostensiblement de l'index l'épais dossier à couverture rouge posé sur le coin du bureau. Assis face à lui, Yvonne et Henri attendaient, anxieux, le verdict de celui en qui ils avaient placé tous leurs espoirs.

« Nous avons eu de telles déconvenues, Maître. Notre ex-gendre ne recule vraiment devant rien, quand il s'agit de nous salir !

– Oui, je sais. Personne ici n'ignore, chère madame, que vous frappiez votre petite-fille ! »

Il sourit, en ajoutant :

« Vous savez, quand tous les témoignages concordent, le doute n'est plus permis. En ce qui concerne les deux... parents, puisqu'il faut bien les appeler ainsi, leur sort est déjà scellé ! »

Malgré une allure débonnaire de notaire de province, maître Delorme était un avocat pugnace. Ses yeux gris acier ne cillaient pas quand ils fixaient leur interlocuteur, et ses gestes calmes confirmaient l'homme rompu aux situations difficiles, qui sait que le temps travaille pour lui. Cela faisait bientôt trois ans qu'il avait épousé la cause des Demestre et se battait avec eux pour qu'ils obtinssent la garde définitive de leurs petits-enfants. Depuis qu'Irène et Guy s'étaient séparés, comme le craignait Yvonne, ils s'entredéchiraient en utilisant leur progéniture comme moyen de rétorsion. Alors que Vincent vivait déjà chez ses grands-parents paternels, à la campagne, en Bourgogne, Guy mettait tout en œuvre pour récupérer Armelle, afin de la leur confier et de couper définitivement tout lien avec la famille de son ex-femme. Le divorce avait mis au grand jour les dissensions liées aux différences de milieu, et les rancœurs accumulées dans chacune des deux familles explosaient maintenant qu'il n'y avait plus rien à sauver. Pourtant, si Guy savait pouvoir compter sur le soutien sans faille des siens, il en allait tout autrement d'Irène. Aux abois depuis son divorce, sans ressources, elle réclamait sans cesse de l'argent à ses parents et avait très mal réagi aux injonctions de sa mère qui lui recommandait fermement de chercher un emploi. Elle était venue à plusieurs reprises récupérer Armelle qu'elle trimballait, au gré de ses errances, d'un hôtel à l'autre, n'acceptant de la rendre qu'en contrepartie d'une aide financière.

Maître Delorme avait de bonnes raisons de croire en l'issue heureuse du procès. Irène avait amplement montré ses carences de mère, et le chantage qu'elle faisait auprès de ses parents l'accablait encore davantage. Guy, de son côté, accumulait les preuves du déséquilibre mental de son ex-femme. Mais Irène n'était pas en reste non plus, et l'homosexualité de Guy avait été révélée au grand jour. Il avait tenté de contourner l'objection en ne réclamant pas ses enfants pour lui-même ; il reconnaissait volontiers ne pas être en mesure de les élever et voulait les confier à ses parents, tout aussi capables que les Demestre de s'en occuper. Toute sa démarche trahissait l'orgueil de l'homme blessé qui criait sa haine d'un milieu où il avait échoué à s'intégrer, qui l'avait abusé. Tout autre que lui aurait discerné, derrière le vernis de l'éducation, la part sombre d'Irène. Mais ignorant des femmes, ébloui par l'ascension sociale que cette union représentait pour lui, il s'était précipité vers ce miroir aux alouettes contre lequel il s'était fracassé. Il en voulait terriblement à ses beaux-parents de sa propre erreur de jugement, les estimant complices dans ce marché de dupes. Son ressentiment ne jouait pas non plus en sa faveur, car il semblait l'emporter sur le souci de ses enfants. Seule, la sincérité de Jeanne et de Raymond Dufour, dans l'intérêt qu'ils montraient pour leurs petits-enfants, pouvait peser dans la balance.

Il y avait le feu à la maison, aussi Yvonne et Henri avaient-ils décidé d'en appeler à la justice pour réclamer la déchéance des parents indignes et la garde d'Armelle et de Vincent. Ils savaient que la partie se jouait entre eux et les grands-parents Dufour. Ils espéraient que leur niveau social, leur éducation, leur lieu de résidence, mais aussi leur totale implication dès l'origine, finiraient par faire pencher la balance en leur faveur.

Guy perdait la main et finit par commettre une erreur qui précipita l'issue. Il proposa de garder Vincent et de confier Armelle à ses beaux-parents. Pour les juges, il n'était pas question de séparer un frère et une sœur qui ne l'avaient déjà été que trop. Armelle était manifestement très heureuse dans son foyer d'adoption et c'était déjà un bon point pour lui. Au terme d'un jugement aux multiples rebondissements, Yvonne et Henri se virent confier la garde de leurs petits-enfants, Jeanne et Raymond étant autorisés à les accueillir durant toutes les vacances scolaires. Guy et Irène furent déchus de leurs droits parentaux, mais conservèrent « le droit de visite ». Guy, chez ses parents, aussi souvent qu'il le souhaitait, et Irène, une fois par mois, dans un lieu qui resterait à définir.

Pour Yvonne et Henri, le soulagement fut immense. C'était la fin d'un long cauchemar. Au cours de ces trois années qu'avait duré le procès, les comportements de Guy et d'Irène, ensemble d'abord, puis séparément ensuite, avaient révélé toute leur inconséquence. Les Demestre garderaient toujours en mémoire les sanglots de la petite fille que ses parents venaient cueillir sur le trottoir, au retour d'une promenade, ou bien au saut du lit, sans précaution, sans même s'être donné la peine de prévenir. Ces séparations brutales prenaient parfois un tour plus dramatique. Guy s'était fait arrêter sur la route d'Angers par un motard de la gendarmerie, alerté par le visage convulsé de pleurs et les petits poings qui frappaient frénétiquement la lunette arrière de la 4 CV immatriculée à Paris. Vérifications faites de la légalité paternelle, il avait observé les yeux boursouflés et rougis de l'enfant, sa robe maculée de vomissures, avant de rendre les papiers d'un air sévère.

« Eh bien, monsieur, puisque c'est votre fille… »

Ce furent des années étranges. Quand Irène prit à son tour l'habitude de venir « enlever » Armelle – car pour les Demestre il s'agissait bien d'un rapt avec rançon à la clef –, Yvonne et Henri décidèrent de la confier à une vieille amie, dans une localité proche de Nantes, afin de la soustraire à sa mère. Ils savaient qu'ils étaient dans l'illégalité, mais ils « s'en contrefichaient » comme le disait Henri, avec un accent de colère. Ils voulaient seulement faire cesser des situations intolérables. L'enfant apprit très tôt à s'adapter à ce qu'on attendait d'elle, essayant de comprendre autant qu'elle le pouvait les motivations de ces adultes, inconnus ou presque, qui bouleversaient sa vie. Elle n'eut jamais à souffrir de violence physique de la part de sa mère, lorsqu'elle se retrouvait dans des chambres inconnues, à côté de cette femme extravagante qui la vouvoyait, lui parlait comme à une grande personne et se déshabillait devant elle comme si elle n'existait pas. Elle contemplait, étonnée, ce corps vaste et blanc dont la nudité l'intriguait. Parfois, Irène l'enfermait dans un placard, en lui disant d'être sage et d'attendre son retour.

« Je dois sortir, je ne serai pas très longue. Je ne peux pas vous laisser seule dans la chambre. Je lis dans vos yeux que vous tenterez de vous enfuir, n'est-ce pas ? Si une femme de chambre venait… Et puis, vous risqueriez de tomber par la fenêtre. Vous serez plus en sécurité là-dedans. Cela me rassure, vous comprenez ? »

Armelle comprenait. Par chance, elle n'avait pas peur du noir. Elle passait le temps en chantant des comptines que sa grand-mère lui avait apprises. Ce qu'elle redoutait le plus, c'était que quelqu'un cherchât à s'interposer entre sa mère et elle. Il y avait eu l'assistante sociale, un jour, et une religieuse aussi, et chaque fois cela s'était terminé par des cris et des coups. Elle se souvenait de la religieuse qui s'était effondrée sur le carrelage, avec du sang sur la bouche. Il avait fallu courir vite, très vite, et la voix d'Irène était si impérieuse, si dure qu'on ne pouvait pas résister.

Un matin, dans la chambre du haut, rue Paul Bellamy, Armelle se réveilla, surprise : un petit garçon aux grands yeux bleus la contemplait, depuis son lit, en silence. Assis sur son séant, il paraissait un peu perdu. Elle sut tout de suite que c'était Vincent, son grand frère de six ans. Elle ne l'avait encore jamais vu, ou bien elle ne s'en souvenait plus. Elle le trouva beau et un peu triste. Ils restèrent un moment à se regarder, sans bouger. Puis elle vint s'asseoir à côté de lui et l'embrassa sur la joue. Il ne réagit pas, se contentant de l'observer de ses yeux graves. Soudain, la porte s'ouvrit, et Tante Si entra, se pencha sur eux et les serra tous les deux dans ses bras en disant :

« Mes petits chéris, vous avez fait connaissance ? Venez, le petit déjeuner vous attend, Mamy a fait de la brioche. »

Armelle sauta sur le plancher en poussant des cris de joie. Elle comprenait que tout était redevenu comme avant. Vincent suivit, la tête basse. Il se déroba quand Alice voulut lui caresser affectueusement les cheveux. Il descendit les marches du grand escalier d'un pas hésitant, en tenant sa culotte de pyjama à deux mains, comme s'il craignait de la perdre. À rebours d'Armelle qui retrouvait les siens, Vincent commençait le long apprentissage de l'exil.

La partie était gagnée pour les Demestre, même si, pour eux, la victoire n'était pas totale. Ils appréhendaient déjà ces longues périodes de séparation que seraient les vacances. Mais l'heure était d'abord aux comptes. Les frais de procédures, les honoraires d'avocat étaient venus lourdement grever leurs revenus. La pension alimentaire que Guy avait été condamné à verser pour l'éducation de ses enfants paraissait bien dérisoire face à la réalité de leurs besoins. Yvonne avait une conception familiale du partage des tâches et des coûts. Irène avait failli dans son rôle de mère ? Soit. Henri et elle l'assumeraient donc à sa place. Alice, qui gagnait très bien sa vie et rentrait chaque week-end, apportait sa contribution financière au train de vie de la maison. Louis, de son côté, versait également une partie de son salaire à ses parents, puisqu'il occupait un logement leur appartenant et qu'il prenait fréquemment ses repas chez eux. Bon an mal an, Yvonne considérait que chacun contribuait, à sa manière, à la prise en charge de leurs petits-enfants.

Et puis, Louis annonça un jour qu'il se mariait. Il avait trouvé la femme de sa vie. Elle s'appelait Claire et travaillait comme secrétaire à la mairie de Nantes. Ils semblaient profondément amoureux. Le mariage eut lieu à l'église Saint-Similien, un beau jour de juin, et les jeunes époux s'installèrent immédiatement dans un appartement du côté de Saint-Félix. Tout aurait donc été pour le mieux si Yvonne n'avait pas considéré que la nouvelle situation matrimoniale de son fils ne devait en rien interférer avec la solidarité familiale. Elle lui demanda de continuer à lui verser une participation financière et se heurta très vite à l'opposition de Claire qui ne voyait pas en quoi les errements d'une sœur et belle-sœur qu'elle-même n'avait jamais rencontrée pouvaient les concerner. Louis avait de l'affection pour ses neveux et, à sa manière, s'était occupé d'eux. Mais il avait un nouveau foyer à construire et leurs deux salaires ne seraient pas de trop pour les enfants à venir. Sans doute avait-il besoin aussi de prendre ses distances avec sa propre famille. Sa mésentente avec Alice ne s'était jamais vraiment démentie, et l'amour qu'il éprouvait pour sa mère ne devait pas nuire à ses relations conjugales. Yvonne avait des exigences d'un autre âge et il refusa d'y céder. Yvonne fut choquée par ce refus, Alice peut-être encore davantage, elle qui avait accepté sans la moindre réserve de seconder ses parents matériellement et moralement. Ce fut là, sans doute, un des éléments qui cristallisa son ressentiment envers son frère et qui devait s'accroître au fil des années.

*

* *

Henri avait beaucoup vieilli et la maladie qui le rongeait depuis si longtemps l'affaiblissait chaque jour davantage. Armelle était encore trop jeune pour en percevoir les signes. Elle ne comprenait pas cette immense fatigue qui le terrassait certains jours. Elle trouvait que son grand-père manquait d'entrain, qu'il riait moins et elle craignait parfois de l'avoir contrarié par son exubérance. Un matin, il l'attira contre lui, prit ses deux mains dans les siennes et en la regardant avec gravité, lui demanda :

« Est-ce que tu te souviendras de moi quand tu seras grande ? »

Ses yeux bruns étaient empreints d'une profonde mélancolie, et Armelle resta interdite. À sept ans, elle n'avait pas la moindre expérience de la mort, mais elle saisit intuitivement ce qu'il voulait dire. Oublier grand-père magique comme elle aimait l'appeler ? Jamais ! Elle embrassa fougueusement les longues mains fines avant de répondre :

« Toujours, grand-père, je me souviendrai toujours de vous. »

Il eut un sourire très doux, un peu las, et la lueur malicieuse familière brilla un instant au fond de ses prunelles.

Yvonne voyait l'état de son mari se dégrader de semaine en semaine, elle le savait perdu et voulait adoucir ses derniers moments. Elle pensait que la mer lui ferait du bien et qu'il aimerait retrouver la lumière des marais, si transparente, si cristalline certains matins d'octobre. Elle décida qu'ils se replieraient tous au Pouliguen où La Korrigane leur avait été rendue et finissait d'être remise en état. Elle n'en eut pas le temps. Henri mourut une nuit de novembre, après une courte agonie. Une pneumonie avait eu raison du peu de forces qu'il lui restait.

Le deuil s'abattit sur la maison et Armelle sentit qu'un malheur était arrivé en trouvant un matin la porte close, alors qu'elle était venue embrasser le vieil homme. Yvonne lui expliqua que son grand-père était au ciel. Mais l'enfant, inquiète, ne se satisfaisait pas de cette explication. C'était bien d'être au ciel ? Alors pourquoi tout le monde pleurait ? Elle ne reverrait pas grand-père magique, jamais, jamais ? Au ciel ? Ah oui ? Mais quand ? Plus tard ? C'était quand plus tard ? Elle profita de l'inattention de la maisonnée occupée aux préparatifs des obsèques : la porte de la chambre n'était pas fermée à clef. Elle entra sur la pointe des pieds, appela doucement :

« Grand-père ? »

Elle n'obtint pas de réponse. Au fond de la pièce, elle le vit, de profil, allongé sur le lit, éclairé par deux cierges tremblotants. Les rideaux étaient tirés et elle sentait une odeur lourde, inconnue, dérangeante. Elle s'approcha, le cœur serré. Il dormait, les mains jointes sur un chapelet de buis. Ce qui la frappa, ce fut la pâleur cireuse du visage et des mains. Elle murmura : « Grand-père ? », se haussa sur la pointe des pieds et lui baisa le front. Avant même que ses lèvres ne fussent en contact avec la peau glacée, que sa main n'effleurât les doigts de marbre, elle sut qu'elle accomplissait, malgré elle, l'hommage à un défunt. Et puis, il y eut le choc du toucher froid et rigide, l'indifférence des yeux clos qui ignoraient sa présence. Elle sortit à reculons, et une fois dans le couloir, partit en courant, dévala les escaliers, secouée de sanglots, et s'abattit entre les bras d'Yvonne, en criant :

« Mamy, Mamy, j'ai vu grand-père, j'ai vu… C'est ça aller au ciel ? Alors, je veux jamais aller au ciel, jamais ! »

Armelle venait de faire l'expérience de la mort. Avec les années, cette expérience initiale, brutale dans sa révélation, lui paraîtrait positive. Elle avait eu le temps de dire un dernier adieu à cet homme tant aimé, dans un tête-à-tête que lui-même n'aurait pu imaginer. Elle s'était séparée de lui *en connaissance de cause*. Et le souvenir de cet instant unique ne la quitterait jamais plus. Plus tard, devenue adulte, il lui arriverait d'y penser avec beaucoup de tendresse. Au fond, n'était-ce pas ce qu'il avait voulu ? Qu'elle se souvînt de lui quand elle serait grande ?

Désemparée par la disparition d'Henri, une épreuve d'autant plus douloureuse qu'elle avait été l'occasion d'un affrontement avec Irène venue réclamer sa part, Yvonne tenta de refaire surface en optant pour une solution radicale. Ils allaient s'expatrier, elle et ses petits-enfants, ainsi qu'Alice. Ils n'avaient plus rien à perdre et tout à y gagner. Il n'y aurait plus de séparations déchirantes, aux vacances scolaires, plus de coups de sonnette intempestifs d'Irène à qui la maison familiale était interdite mais qui n'en avait cure, plus de conflits larvés avec Louis. Ils allaient reconstruire, ailleurs, loin, sous le soleil, une vie nouvelle. À soixante-dix ans, Yvonne se sentait l'âme d'une pionnière. Elle ne s'était jamais beaucoup intéressée aux colonies, ni aux territoires français d'outre-mer, encore moins à l'Algérie. Ce fut pourtant ce pays qui retint son attention. Il présentait à ses yeux tous les avantages : des rives méditerranéennes, un climat doux, une solide implantation française, et un lycée français réputé à Alger. On vendrait tout et on irait s'installer là-bas. Elle imaginait déjà la villa mauresque sur les hauteurs, la vue panoramique sur la ville blanche avec le scintillement bleu de la mer à l'horizon, les citronniers dans le jardin, le parfum entêtant du jasmin, le soir, contre le mur de la maison. À Alice, incrédule, à qui elle confia le fruit de sa réflexion et qui lui objecta les contraintes de son métier, elle déclara qu'elle devrait apprendre à conduire et qu'il y aurait suffisamment de médecins, là-bas, pour qu'elle pût continuer son travail. Elle ajouta même qu'elle devait, sans plus tarder, en parler à ses laboratoires qui n'avaient peut-être pas encore prospecté ces territoires !

Yvonne n'avait décidément pas le sens de l'Histoire. Aux amis mieux informés qui tentèrent de lui expliquer que depuis l'insurrection du 1er novembre 1954, l'année passée, l'Algérie n'était peut-être plus la terre promise, Yvonne rétorqua que ce n'était pas une poignée de fellagas qui allaient faire la révolution. On lui conseilla d'attendre, ce qu'elle fit, de mauvais gré.

Mais le besoin de changement était tel qu'elle choisit de s'installer à La Korrigane, suivant ainsi sa première impulsion. L'hiver 1956 fut particulièrement rude, et les flambées dans les cheminées, dans chaque pièce, suppléèrent au vieux poêle à bois défaillant. Armelle et Vincent découvrirent l'école primaire du Pouliguen sans beaucoup d'enthousiasme et Alice faisait à pied, le week-end, le trajet qui séparait la gare de la villa. Émilienne n'avait pas suivi, trop âgée désormais pour supporter de tels changements, et Jonas mourut quelques semaines seulement après Henri, de chagrin sans aucun doute. Louisette, la femme du paludier, dont la petite maison chaulée se dressait dans les marais, à une centaine de mètres de la villa, venait trois fois par semaine faire le ménage et le repassage. Yvonne apporta sa contribution au sauvetage des oiseaux de mer qui souffraient durement du gel en fabriquant un abri, dans le jardin, avec des bancs en bois, des planches et de la paille. Les mouettes, les goélands vinrent nombreux s'y réfugier et leur présence insolite et bavarde amusait les enfants qui leur jetaient du pain, du beurre et des épluchures, le matin, après le petit déjeuner. Ce fut là un des rares aspects gratifiants de cette période noire. Au printemps, la chaleur et la lumière revinrent avec les beaux jours, mais malgré quelques solides amitiés que l'hiver avait entretenues, Yvonne décida qu'il leur faudrait regagner Nantes pour la prochaine rentrée scolaire. L'ennui mortel de cette petite ville balnéaire avait eu raison de son optimisme.

Pour Armelle et Vincent, ce printemps-là fut extraordinaire. Ils allaient tous les soirs à la plage, à la sortie de l'école, où Yvonne les laissait s'ébattre librement. Le week-end, Alice venait les rejoindre et se baignait avec eux. Elle enfilait un maillot une pièce, corseté, qui lui moulait les seins, et Armelle comparait volontiers la couleur orange, moirée, du maillot, aux guimauves torsadées et brillantes qui se vendaient dans les échoppes de confiserie, sur le port, à côté du manège de chevaux de bois.

« Tante Si, vous ressemblez à une sucette ! »

Elle éclatait de rire et Alice joignait son rire au sien. Du plus loin qu'elle s'en souvienne, Armelle associe à cette époque-là les ultimes impressions d'une jeune femme encore belle, pleine de fantaisie et de gaieté, dont elle aimait respirer le parfum capiteux (*Molineux* ou *Grès* ?) et qui lui paraissait indestructible. Elle ne semblait pas donner prise au temps et, pour la petite fille, incarnait l'avenir auquel elle voudrait ressembler.

À la veille de l'été, il fallut refaire les bagages. Assise dans le jardin, Armelle attendait, la gorge serrée, la voiture paternelle qui viendrait les chercher, son frère et elle. Elle refoulait ses larmes, voulant éviter de rendre la séparation trop difficile. Pour Vincent, c'était au contraire une délivrance et il trompait son impatience en faisant la navette entre le portail et le coin de l'allée. L'un et l'autre savaient à quel point ils étaient désaccordés dans leurs sentiments respectifs. Ils ne s'en voulaient pas, ils n'y pouvaient rien. Armelle réalisait aussi qu'ils quittaient définitivement La Korrigane et qu'à leur retour en septembre, ils retrouveraient la grande maison triste, à Nantes.

« Mamy, on était si bien, ici. Pourquoi je ne peux pas rester avec vous ? »

Yvonne lui avait passé un bras autour des épaules. La scène se reproduisait si souvent… Que pouvait-elle répondre ? Elle secoua la tête.

« Tu sais bien que c'est impossible, ma chérie.

– Alors, je ne saurai pas comment c'est, l'été, ici, jamais ? »

Yvonne sourit et caressa les deux nattes fines repliées au sommet de la petite tête.

« Bien sûr que si ! Quand tu seras grande. »

La petite fille réfléchit avant de répondre avec gravité :

« Mais Mamy, quand je serai grande, ce ne sera plus pareil ! »

Et sans lui laisser le temps d'objecter, elle ajouta d'un ton étrangement sérieux :

« Vous savez bien que j'ai raison. »

CHAPITRE 14

La terrasse chez *Decré*

Un sentiment de solitude et de grand désarroi s'empara d'Yvonne à son retour dans la maison vide. Henri, ce vieux compagnon avec lequel elle avait traversé bien des épreuves, n'était plus là. Il fallut, encore une fois, organiser la vie quotidienne, prendre de nouveaux repères. Andrée, la nouvelle bonne, avait remplacé Émilienne. Elle était toute jeune, un peu effrayée par la tâche, mais la secondait du mieux qu'elle pouvait.

Les enfants grandissaient et, avec eux, les difficultés de tous ordres. Vincent affirmait de plus en plus son hostilité, entretenue par un père qui n'en finissait pas de régler ses comptes. Il était en proie à de violentes colères qui rappelaient à Yvonne de bien mauvais souvenirs. Son caractère indiscipliné et ses mauvais résultats scolaires lui avaient fermé les portes du collège Saint-Stanislas, proche de la maison. Armelle aussi l'inquiétait : depuis quelque temps, elle était sujette à des accès de mélancolie qu'elle était incapable d'expliquer. Elle se tenait, silencieuse, près de la fenêtre et regardait la rue, en attente de quelque chose. Si Yvonne, en passant, lui caressait la joue ou l'embrassait, elle fondait en larmes sans raison. La petite fille lui demandait avec insistance quel jour Tante Si allait revenir, comme si sa joie ne dépendait plus que de ce retour. Et puis les crises d'arthrite avaient commencé à tourmenter ce corps qui subissait les outrages de l'âge. L'esprit d'Yvonne se rebellait encore et refusait de capituler. Le mirage de l'Algérie s'éloignait un peu plus chaque jour, mais elle s'entêtait à suivre dans les journaux les événements de cette guerre qu'on n'appelait pas encore par son nom, guettant un démenti aux fâcheuses prédictions venues contrarier son rêve. On y parlait aussi des mouvements sociaux qui secouaient les usines et les chantiers navals et dont elle voyait les effets sur le cours des 50-Otages, les jours des grands défilés de la colère. Elle ne les comprenait pas, pas plus qu'elle ne comprenait les transformations qui affectaient la périphérie nantaise où des cités ouvrières s'érigeaient, monuments de béton visibles de loin, aussi visibles et présents que ce prolétariat qui affichait, en ville, son énergie et sa vitalité, et voulait prendre sa part, enfin, de la prospérité retrouvée.

Peut-être, oui, en définitive, était-elle trop vieille pour tout cela. Elle se résolut un jour à aborder avec Alice la question délicate, celle qu'elle n'avait pas voulu lui poser jusqu'ici, même si elle en sentait déjà la nécessité.

« Ma chérie, je n'y arrive plus avec les enfants. Ma hanche me fait souffrir et je ne peux pas m'occuper d'eux comme je le devrais. Il leur faut des activités de leur âge, je ne peux plus suivre. Ils ont besoin de quelqu'un de jeune auprès d'eux. »

Cette discussion, Alice la redoutait depuis longtemps, et elle savait qu'elle aurait lieu, inéluctablement. Cette fois-là, elle ne se déroba pas.

« Je le vois bien, maman. J'y ai déjà pensé. Seulement, si je dois être là tous les soirs, il faut que j'abandonne mon travail. Vous savez ce qu'il représente pour moi. Jamais je ne retrouverai un salaire de ce niveau, quoi que je fasse. »

Elle ne laissa pas à Yvonne le temps de répliquer, posa sa main sur le bras de sa mère et le serra, dans un geste affectueux d'apaisement :

« Je sais qu'il n'y a pas d'autre solution, ma petite maman. Ne vous tourmentez pas. Je trouverai sûrement une autre situation à Nantes. Les choses vont mieux à présent. »

Yvonne secoua la tête. Elle était consciente du sacrifice qu'elle demandait à sa fille. Mais celui-ci était encore insuffisant, elle réclamait davantage.

« Tu sais, j'ai beaucoup réfléchi. Si tu retrouves un travail, ici, tu ne seras pas disponible pour les enfants dans la journée. Ils ont besoin de toi, et moi aussi, maintenant, j'ai besoin de toi. Ces fichus rhumatismes me rendent beaucoup moins mobile qu'auparavant. Ton père m'a laissé ses biens. En plus des miens, cela permettra de voir venir. Je te propose que nous partagions tout, et avec les revenus locatifs, je sais que nous pourrons y arriver. »

Elle ajouta, en regardant Alice avec tendresse, et ses yeux disaient combien elle mesurait l'énormité du renoncement :

« Prends le temps qu'il te faudra, ma petite fille. Ce n'est pas une décision facile à accepter. J'aurais tellement voulu t'épargner ça. »

Il n'y avait pas d'alternative possible. Alice fit donc une dernière tournée d'adieux en Bretagne Nord, avant de regagner Nantes et de ranger la vaste sacoche de cuir fauve au fond du placard. Pour elle, il ne s'agissait pas seulement d'une parenthèse de quelques années, le temps que les enfants grandissent. D'ici là, elle le savait, le handicap qui commençait de tourmenter sa mère se serait aggravé et la vieillesse aurait fait son œuvre. Elle renonçait définitivement au bonheur de ce métier vagabond dont elle goûtait si fort la liberté et l'imprévu, où elle puisait le sentiment, toujours renouvelé, que quelque chose pouvait lui arriver. Et sans doute ne mesurait-elle pas totalement encore les implications de ce renoncement. Son activité professionnelle l'avait reliée au monde, à ses soubresauts et à ses métamorphoses, au travers des occasions fortuites, des cheminements aléatoires nés de ses déplacements : conversations engagées dans une salle d'attente, un cabinet médical, un compartiment de train ou une salle de bistrot, fragments d'échanges bruts autour des événements qui agitaient le pays, ou de la vie comme elle allait ; ressac de la rumeur humaine montant jusqu'à elle dans le tumulte des gares, qui la cueillait à l'arrivée des trains, l'emportait comme un fleuve sur les quais des départs, le cœur battant, électrisée par cette énergie souterraine ; rues innombrables arpentées d'une ville à l'autre, dont elle déchiffrait les signes comme autant de hiéroglyphes devenus familiers, lui disant l'impermanence des choses et les convulsions du temps. De tout cela bientôt, elle ne percevrait plus que l'écho lointain, irréel, assourdi par l'épaisseur feutrée des jours qui se ressemblent.

*

* *

Le grand magasin *Decré* n'avait peut-être pas retrouvé toute sa splendeur d'avant-guerre, mais il dressait à nouveau sa façade imposante, sur cinq étages, au carrefour des rues de la Marne et de Verdun. Il offrait tout ce qu'une grande ville de province peut rêver en matière d'habillement, d'électroménager, de quincaillerie et d'art de la table, de disques et de jouets, de parfumerie et de produits de beauté, de « bagagerie » et d'accessoires de luxe. Au sommet de cette ruche bourdonnante, une immense terrasse fleurie et gazonnée déployait ses parasols devant le restaurant, à côté d'un bassin aménagé pour les jeux des enfants. Le magasin constituait un but de promenade habituelle pour Alice qui s'y rendait souvent, flanquée de ses deux neveux. Ils flânaient au milieu des rayons avant de monter jusqu'à la terrasse où ils dégustaient, aux beaux jours, des coupes de glace *Frigécrème*. Là-haut, on jouissait d'une vue imprenable sur le quartier du Bouffay et sur le beffroi de l'église Sainte-Croix. Les enfants faisaient leurs premiers pas trébuchants en patins à roulettes, sur les grandes dalles lisses, et mettaient à l'eau les petits bateaux à voile, instables et capricieux, qui chaviraient au moindre coup de vent. En hiver se déroulaient les semaines bretonnes qu'Armelle n'aurait voulu manquer pour rien au monde. Dans une atmosphère de kermesse, au son des bombardes et des binious, elle assistait aux danses bretonnes costumées, apprenait avec le potier à dessiner des petits personnages sur une assiette en faïence, soulignait les bords à l'aide d'une éponge imbibée de peinture bleue, avant de la déposer dans le four. En attendant la fin de la cuisson, Alice l'emmenait manger une crêpe et boire une bolée de cidre brut. Elles s'attardaient parfois dans les galeries d'artistes et échangeaient, à voix basse, leurs coups de cœur et leurs détestations. Une sculpture, un jour, attira leur attention. Elle représentait un buste de femme prisonnière des sables mouvants. L'œuvre était d'assez belle dimension, en pierre blanche, et l'artiste avait exprimé toute l'atrocité de cette lente agonie dans les traits tourmentés du visage, le cri muet de la bouche béante, les yeux implorants tournés vers le ciel, la torsion désespérée des épaules tentant d'échapper à l'horrible succion, les ligaments du cou tendus jusqu'à la rupture. Il avait fallu expliquer à la petite fille la particularité des sables mouvants et leur mortelle douceur. Des années plus tard, Armelle se rappellerait cette sculpture, son caractère tragique, et l'intensité avec laquelle Alice et elle l'avaient contemplée. Après coup, elle y verrait une fascination prémonitoire. Il y avait tant d'autres façons, aussi insidieuses, d'ensevelir sa vie.

Alice avait gardé le goût très vif des « balades », comme elle les appelait. Pour elle, c'était une manière de prolonger son ancienne vie nomade, sous une forme dévoyée, sans doute, mais qui lui gardait l'esprit en alerte et lui donnait l'illusion de s'échapper d'un quotidien contraignant.

Elle entraînait parfois la petite fille dans ses déambulations à travers la ville. Elle se retrouva un matin, avec Armelle, en haut de la butte Sainte-Anne, et lui montra le fleuve étincelant en bas, avec les navires à quai et les courbes limoneuses des îles au loin.

Le pont transbordeur avait été démoli et Alice fut saisie par cette absence, ce vide qu'elle contemplait pour la première fois. Plus rien n'arrêtait le regard jusqu'au pont Haudaudine, aux lignes tremblées dans la brume matinale.

« Tu vois, avant, ici, il y avait un pont transbordeur qui franchissait les deux rives. C'était un ouvrage magnifique.

– C'est quoi, un pont transbordeur ? »

Armelle n'avait jamais entendu prononcer ce mot.

« C'est un pont gigantesque qui transportait des matériaux pour les chantiers. Il y avait une nacelle en dessous qui permettait aux ouvriers, aux promeneurs de traverser. J'y suis montée, une fois.

– C'était comment ?

– C'était… magique.

– Ah!... Pourquoi ils l'ont démoli ? »

Pourquoi l'avaient-ils démoli ? Elle l'ignorait. La gare d'État n'existait plus, en face, sur la prairie au Duc. C'était peut-être cela, la cause. Au fond, qu'importait ? On l'avait détruit comme on détruit un rêve, et les raisons invoquées étaient sans commune mesure avec l'enchantement d'une présence, le désir de bonheur. Elle aurait aimé ressentir quelque chose, là, à cet endroit, à ce moment précis. Mais c'était trop tard. Il y avait si longtemps… Tout s'était dissout comme dans un songe. Le même vide l'habitait, la même absence, et une sorte d'étonnement mélancolique à n'éprouver plus rien.

Pourtant, il y avait des lieux qui perduraient, mieux, qui renaissaient de leurs cendres. Le cinéma *Katorza* était de ceux-là, qui proposait maintenant un vaste écran en CinémaScope. Il avait été reconstruit à l'emplacement exact où les bombes de 1943 l'avaient soufflé. Alice n'avait pas su expliquer à Armelle l'origine de son nom, à la fois si exotique et familier. L'histoire, sûrement, lui aurait plu. Ce nom, il le devait à un certain Salomon Kétorza, juif tunisien venu s'installer à Nantes en 1898, à la foire d'hiver, avec son monumental cinéma ambulant et un orgue censé remplacer cent-quarante musiciens. Quelques années plus tard, la ville l'avait adopté. Et le 4 juin 1920, l'ancien théâtre de Variétés *l'Élysée Graslin*, situé rue Corneille, se métamorphosait en café-concert baptisé *Katorza*. Transformé en cinéma, l'endroit connaîtrait par la suite les tourmentes de la guerre : le directeur de l'époque, Adrien Gougenheim, déporté à Auschwitz, n'en reviendrait pas. Seule la détermination d'une femme déjà en charge du lieu, mademoiselle Nouaille, permettrait au cinéma de rouvrir ses portes au début des années cinquante. Et il allait continuer de faire la joie de générations de Nantais, résistant aux modes, aux géants de l'empire cinématographique, avec l'obstination farouche d'un survivant.

*

*   *

Alice avait conservé un certain esprit d'enfance et partageait avec Armelle une complicité d'écolière. Elles avaient ensemble des fous rires de petites filles, sensibles l'une comme l'autre aux situations cocasses, et promptes à s'en moquer, fût-ce à leurs dépens. Armelle n'avait pas de secrets pour elle et lui vouait une tendresse passionnée. À ses yeux, Alice était celle qui lui ouvrait toutes les portes, lui expliquait le monde, et dont la jeunesse, encore, la projetait vers l'avenir. Avec Vincent, c'était une tout autre affaire. Sa relation avec sa tante et sa grand-mère devenait, d'année en année, un peu plus difficile. Il avait déjà changé deux fois d'établissement et à douze ans, échappait désormais à tout contrôle. Yvonne et Alice décidèrent, d'un commun accord, qu'il avait besoin d'une autorité morale incontestée. Il fut mis en pension chez les eudistes, au collège Saint-Sauveur de Redon d'où il revenait un week-end sur deux. Vincent eut du mal à accepter cet éloignement d'avec sa sœur et Armelle perdit un compagnon de jeu, mais pour les deux femmes, le poids de la responsabilité s'en trouva allégé.

Certains jours, Alice recevait à déjeuner celles qu'Armelle avait pris l'habitude d'appeler les amies « Nuit et brouillard ». Comme tous les enfants de sa génération, la petite fille avait entendu parler des camps de concentration et avait vu le film du même nom qu'on avait projeté à l'école des sœurs. Elle aimait bien Arlette et Denise dont on lui avait raconté le parcours héroïque. Arlette en particulier, avec ses yeux de jais et son visage frémissant. Elle s'était mariée avec Pierre Loriot, un homme plus jeune qu'elle de dix ans. Arlette n'évoquait jamais ce qu'elle avait vécu dans les camps et ne s'attardait pas non plus en regrets vains sur sa stérilité. Elle dégageait une force et une joie de vivre qui semblaient contagieuses. À son contact, Alice riait plus fort, adoptait une liberté d'allure qui avait dû être la sienne, autrefois. Dans ces moments-là, Armelle observait sa tante avec l'impression de découvrir quelqu'un d'autre. En présence de ses deux amies, elle se remettait volontiers à fumer et, au moment du café, ressortait les paquets de *Players* qui dormaient dans un tiroir. Elle avait une façon particulière de fermer les yeux en aspirant une bouffée, écartant sa cigarette d'une flexion du poignet et, la tête rejetée en arrière, soufflant longuement par la bouche, sérieuse et concentrée. Ses gestes avaient la gravité d'un rituel, comme une résurgence des années heureuses, comme s'ils contenaient la promesse d'une vie exaltante. À la fin du repas, l'enfant était souvent priée de sortir lorsque les adultes voulaient se retrouver entre eux. Mais elle ne jouait jamais bien loin et parfois, des bribes de conversation lui parvenaient. Elle entendait le mot « sacrifice » qui revenait dans la bouche de Tante Si, repris par Arlette ou Jacqueline qui renchérissaient « dur sacrifice ». Elle comprenait que cela la concernait. Et puis, il y avait la voix tendre de Mamy ajoutant :

« Elle est aussi notre petite consolation. »

Et de nouveau, la voix de Tante Si qui approuvait :

« C'est une enfant très affectueuse. »

Armelle n'aurait pas su dire pourquoi, mais elle avait le cœur serré en surprenant ces confidences. Parfois aussi venaient les « visiteuses de cinq heures », des femmes âgées en général, que Mamy conviait à un thé. La petite fille était mal à l'aise en leur présence. Elle n'aimait pas la façon dont elles hochaient la tête en les regardant, Vincent et elle, tout en murmurant « ces pauvres enfants… » Armelle croyait au pouvoir des mots. Elle savait qu'il leur arrivait de faire mal, mais elle pensait aussi qu'ils étaient capables de transformer la réalité. Elle demanda un jour à Alice si elle l'autorisait à l'appeler « maman ». N'était-ce pas, au fond, le rôle qu'elle jouait auprès d'elle ? Elle lui devait bien ça, non ? Cela les rapprocherait encore davantage. Alice en fut profondément touchée et accepta ce naïf témoignage de tendresse et de reconnaissance. Pourtant, rien n'était simple. Vincent continuait de l'appeler Tante Si. Irène était nommée par son diminutif « Ire », les rares fois où l'on parlait d'elle, mais devenait « maman » lors des entrevues mensuelles auxquelles les enfants étaient astreints et qu'elle ne manquait jamais. Quant à Yvonne, elle demeurait aux yeux d'Armelle la présence maternelle fondamentale, à l'infinie bienveillance, dont la bonne humeur enjouée avait souvent raison de ses colères puériles.

De ce point de vue, Alice peinait à faire face au caractère bien trempé de la petite fille. Elle vivait mal les situations de conflit avec elle. Dans ces moments-là – qui étaient rares –, elle lui en voulait de se rebeller, voyant dans cette attitude une manifestation d'ingratitude à son égard. Lorsqu'elle était particulièrement fâchée, elle vouvoyait Armelle, qui s'avisait alors que c'était sérieux. Un jour de grande colère, elle lui avait dit qu'elle était aussi méchante que sa mère. Elle n'avait pas mesuré l'incidence de ses paroles sur l'enfant, sans doute même regretta-t-elle aussitôt de les avoir prononcées. Ce jour-là pourtant, Armelle comprit que le mot « maman » n'était pas totalement approprié. Mais elle n'en connaissait pas d'autre.

*
* *

Les événements d'Algérie avaient porté le général de Gaulle au pouvoir. Yvonne triomphait en écoutant la célèbre promesse « La France restera la France de Dunkerque à Tamanrasset ! » qui lui donnait raison. Non pas qu'elle eut beaucoup de sympathie pour l'ancien chef rebelle, mais il avait montré, dans le passé, sa capacité à retourner les situations les plus désespérées. Nul doute qu'il allait mater l'insurrection et que tout rentrerait dans l'ordre. Cependant, elle n'envisageait plus de s'expatrier. Trop de morts, déjà, et la crainte d'une population hostile dont elle découvrait la résistance à l'occupant. Autour d'elle on ne parlait que des soldats tués au combat, des bombes qui explosaient à la terrasse des cafés, des assassinats de colons isolés, dans les montagnes. Aussi se sentit-elle trahie quand elle apprit que le nouveau chef d'État composait avec l'ennemi, pire acceptait l'indépendance. Elle décida, une fois pour toutes, que cet homme-là n'était pas digne de confiance, et tant pis si les anciennes colonies réclamaient à leur tour le droit de disposer librement de leurs territoires : elle refusait encore de créditer l'homme du 18 juin d'une vision de l'Histoire, d'une capacité à anticiper les grands bouleversements qui touchaient l'Afrique, en ayant tiré les leçons de la terrible guerre d'Indochine et des combats fratricides de l'Algérie.

De ce jour-là, Yvonne cessa de s'intéresser à l'actualité politique, et la *Résistance de l'Ouest* continua de traîner sur le guéridon du salon, ouverte aux seules pages consacrées aux naissances, aux mariages et aux articles de nécrologie. La télévision qui commençait à faire son apparition dans la plupart des foyers ne trouva pas grâce à ses yeux. Elle jugeait futiles et vulgaires les émissions de variétés et, à ceux qui lui opposaient la qualité de certains reportages, elle répondait qu'elle n'aimait pas l'intrusion d'images déplaisantes, voire choquantes, dans son intimité. Le monde, tel qu'il devenait, était prié de rester au-dehors. Elle accepta de changer le poste de radio, un peu vétuste, pour un magnifique appareil noir et or, dont l'œil vert allumé vous happait avec une fixité de basilic dès qu'on pénétrait dans la salle à manger. Ce *Telefunken* devint l'unique source d'information « officielle » tolérée, mais pour Yvonne, elle n'était guère plus fiable que les propos de table échangés avec ses convives, ou lors des rares dîners en ville auxquels elle acceptait encore de se rendre.

Loin de plaider en faveur d'une ouverture de la maison vers ce qu'il était convenu d'appeler la modernité, Alice avait de surcroît demandé à sa mère de supprimer la ligne de téléphone. Pour elles deux, sa sonnerie stridente qui les faisait encore sursauter leur rappelait les années éprouvantes des procès. Et puis, Alice ne voulait plus avoir sa sœur au bout du fil. Irène ne s'avisait plus de venir rue Paul Bellamy, mais elle appelait souvent, avec une obstination rageuse, exigeant de parler à sa mère qui refusait de prendre le combiné. Cette guerre d'usure avait achevé de leur faire prendre en grippe l'appareil en bakélite noir, qui avait fini au grenier, définitivement condamné au silence. Quant au reste, Alice ne s'y intéressait pas. Pour l'essentiel, les tâches domestiques relevaient de la compétence d'Yvonne qui dirigeait les travaux d'Andrée. L'énorme lessiveuse en zinc, à jets bouillonnants, qui trônait sur la cuisinière en fonte les jours consacrés, continua donc de recevoir le linge familial. Plus tard, on utiliserait les pressings et les laveries automatiques. De la même manière, le frigidaire échoua à supplanter le garde-manger qui donnait par une trappe sur une petite courette et restait, avec la cave, l'unique lieu de conservation des aliments. Mais il y avait des domaines où Yvonne savait reconnaître les bienfaits de la technique. Un électrophone dernier cri fit son entrée dans l'ancien bureau d'Henri, transformé en boudoir. C'est là qu'Armelle apprit d'Yvonne l'art d'écouter les différentes interprétations de Chopin et découvrit les premières symphonies de Beethoven. Chez les Demestre, les priorités n'étaient jamais là où on les attendait.

Yvonne, pas plus qu'Henri, n'avait été une bonne gestionnaire du patrimoine familial. Ils avaient perdu de l'argent dans des placements malheureux et se ruinaient à entretenir des biens immobiliers qu'ils n'avaient pas les moyens de moderniser. Les appartements s'étaient dégradés au fil des années. La succession d'Henri avait donné à Yvonne l'illusion de souffler un peu, mais depuis qu'Alice avait cessé de travailler, les revenus se réduisaient à quelques loyers, insuffisants à couvrir le train de vie de la famille. Et puis, la maison était devenue trop grande, le jardin trop lourd à entretenir. Yvonne peinait à monter le grand escalier pour regagner sa chambre, le soir. Elle se résolut à vendre la rue Paul Bellamy dans son entier, à l'exception d'un appartement de trois pièces que Louis reçut en donation, avec le jardin. Il était père d'une petite Laure de deux ans et fut enchanté à la perspective d'emménager à son ancienne adresse. Mais la relation avec Alice s'était encore envenimée avec la succession d'Henri, et ils ne se voyaient plus. Il rencontrait sa mère, à l'extérieur, le plus souvent dans un salon de thé, et amenait sa fille avec lui. Yvonne souffrait de la situation tendue entre ses enfants et regrettait de ne pas voir son fils et sa petite-fille plus souvent. D'un autre côté, elle estimait qu'elle avait déjà beaucoup demandé à Alice qui souhaitait désormais vivre en paix, entre sa mère et ses deux neveux.

Quitte à déménager, il fallait saisir l'occasion de se rapprocher du centre-ville dont le point névralgique était constitué par le grand magasin *Decré*. On se devait de choisir la rue et l'immeuble avec soin pour éviter un emplacement roturier avec des commerces tape-à-l'œil ou miteux qui faisaient l'ordinaire de la rue Paul Bellamy. En réalité, pour les deux femmes, ce déménagement signifiait beaucoup plus. Pour Yvonne, c'était la certitude d'un environnement confortable, dans un appartement plus adapté à son handicap, la réalisation d'un désir jamais assouvi de changement, depuis la mort d'Henri. Pour Alice, il s'agissait ni plus ni moins de tourner la page et d'en finir avec un passé obsédant. Elle se lança dans les recherches avec l'enthousiasme d'une pionnière, persuadée qu'elle était de défricher une terre promise où s'inscriraient bientôt les signes propitiatoires de sa nouvelle existence.

CHAPITRE 15

Rue Saint-Jean

L'appartement occupait entièrement le deuxième étage gauche d'un immeuble ancien situé rue Saint-Jean, non loin de la préfecture et à dix minutes à pied du magasin *Decré* et de la gare routière. Il était vaste, et comme la plupart des habitats anciens, partagé entre ombre et lumière. Six portes-fenêtres avec balcons ouvraient sur la rue, les autres pièces, à l'arrière, donnant par des embrasures hautes et étroites sur le préau d'une école. À droite du vestibule, le couloir était flanqué, sur un côté, d'une curieuse galerie vitrée qui longeait la cour intérieure de l'immeuble et diffusait une lumière indirecte et froide. Avec ses quatre chambres, son élégant salon lambrissé, séparé de la salle à manger par deux colonnes en bois sculpté, son parquet au point de Hongrie, l'endroit, à coup sûr, flattait l'œil. Mais avant d'y accéder, on devait s'engager dans un corridor étroit et obscur, traverser une cour sans lumière et monter un escalier de pierre grise qui débouchait sur des paliers étriqués. À chaque étage, le même genre de galerie desservait plusieurs logements, habités par des retraités peu fortunés. Au quatrième et dernier étage, de chaque côté du palier, deux couples âgés avaient, comme les Demestre, le privilège de posséder un très grand appartement. Certains jours de marché, il arrivait que l'on croisât furtivement leurs bonnes, dans la cage d'escalier. L'ensemble dégageait une certaine mélancolie et cette sorte d'engourdissement qui est le propre des vies finissantes.

Dans l'enthousiasme de la découverte, il est probable qu'Yvonne, pas plus qu'Alice, n'éprouva cette impression. Quelque chose, cependant, dans le choix du quartier, donnait à penser qu'elles préféraient, désormais, se tenir à l'écart du monde. Les rues pavées, étroites et silencieuses, avaient l'atmosphère recueillie des lieux conventuels. S'égrènent encore aujourd'hui, comme une litanie, ces noms désuets qui évoquent la paix d'un cloître et le châtiment divin : rue du Refuge, rue Garde-Dieu, rue d'Enfer, rue des Cordeliers, rue des Pénitentes. À mi-chemin entre l'antique bâtisse des sœurs de Saint-Vincent-de-Paul, à droite, et l'ancienne maison des pénitentes dont la rue porte le nom, plus bas, sur la gauche, la rue Saint-Jean frayait résolument avec le religieux, hésitant, selon la direction prise, entre la voie de la compassion et celle de la contrition. L'immeuble lui-même jouxtait l'école Saint-Pierre dont la cour de récréation, rompant le silence solennel, vibrait des cris des élèves, deux fois par jour. Quand on débouchait sur la rue de Strasbourg, sillonnée de voitures dans les deux sens, on avait l'étrange impression de sortir de l'enceinte d'un monastère protégé de hauts murs. Au demeurant, pour Yvonne et Alice, bien d'autres considérations étaient intervenues dans le choix de ce quartier. Il était habité par de vieilles familles aristocratiques nantaises dont certaines faisaient partie de leur cercle, et Yvonne avait le sentiment d'avoir retrouvé sa place parmi les siens. La façade de l'immeuble, un peu décrépie entre ses hautes fenêtres, ne déparait pas avec les autres édifices, tous défraîchis, mais qui gardaient quelque chose de leur lustre passé. La proximité du vieux bâtiment du mont-de-piété, qui accueillait les reliques des foyers désargentés, ajoutait encore à ce sentiment d'un lieu à part, fermé sur lui-même et déclinant.

Une fois dans la place et passées les premières semaines consacrées à l'aménagement et à la décoration, Yvonne et Alice eurent, quant à elles, l'intime conviction qu'elles venaient de trouver, enfin, un havre de paix. De ce point de vue, elles n'avaient pas tort. La période qui s'ouvrait devant elles n'aurait rien de commun avec le tumulte des années passées. Armelle venait d'intégrer un établissement réputé et jusqu'à ce qu'elle fût en âge de s'y rendre seule, Alice l'accompagnait chaque matin au lieu de rendez-vous du ramassage scolaire, et venait l'y attendre le soir. Le reste du temps, elle devait s'employer à régler les questions de la vie quotidienne et participait à la vie domestique aux côtés de sa mère. Vincent revenait un week-end sur deux et occupait l'immense chambre du fond qui contenait tous les meubles et bibelots auxquels on n'avait pas trouvé de place. Elle tenait du capharnaüm, et bien qu'on lui eut aménagé un espace pour son lit et son bureau, il n'y prit jamais ses marques.

La chambre d'Alice donnait sur la rue. L'après-midi, le soleil entrait à flots par les deux portes-fenêtres et il fallait fermer à demi les lourds volets de bois afin de protéger la tapisserie. Cet endroit était son refuge. Elle y avait installé un mobilier choisi avec soin et tous ses objets personnels. Sur le marbre de la commode, une photo la représentait dans une élégante marinière à col ouvert et boutons de nacre. On entrevoyait son collier de perles dans l'échancrure du corsage. À côté d'un flacon de parfum, une tulipe en bronze, art déco, avait dû longtemps faire office de cendrier, le fond du calice en portait encore les traces. Une bibliothèque en chêne, aux rayonnages remplis de livres à couverture jaunie, occupait le mur de gauche. Elle gardait la posture, un peu guindée et fatiguée, d'une vieille amie qu'on aurait oubliée au salon. Il y avait belle lurette qu'Alice ne lisait plus rien. Depuis un certain temps déjà, sans qu'il fût possible de dire à quel moment cela avait commencé, elle ressentait une fatigue profonde, sournoise, sans raison apparente. Elle prit l'habitude, après le déjeuner, d'aller se coucher une heure ou deux, volets clos, avec la consigne de ne pas la déranger. Le même rituel s'était installé le week-end, et Armelle dut s'accommoder de ces absences dont Alice revenait reposée, disponible à nouveau. Mais quelque chose avait changé, subtilement, dans leurs rapports. La vitalité débordante d'Armelle qui avait tant séduit Alice, au début, semblait à présent l'inquiéter. La fillette avait besoin, sans cesse, de plus d'activités, de plus de contacts. Elle demanda un jour à rejoindre une équipe féminine de scouts, à laquelle appartenait une de ses camarades d'école. Alice refusa tout net : elle ne voulait pas encourager son côté garçon manqué. On aurait dit qu'elle redoutait déjà ses premières velléités d'indépendance.

Et pourtant, très tôt Armelle avait manifesté un esprit aventureux. On ne comptait plus les anecdotes, mais à l'époque, Alice n'y avait vu que bêtises de la petite enfance. Un souvenir lui revint en mémoire, alors qu'elles se tenaient accoudées au balcon de leur nouvel appartement, et regardaient passer, au bout de la rue, le défilé du carnaval. Les chars surmontés de géants de carton aux énormes têtes grimaçantes avançaient lentement, cernés par une foule exubérante qui se pressait sur les trottoirs.

« Te rappelles-tu, quand tu étais petite, la fois où tu avais suivi un char ? Je t'avais perdue dans la foule, j'étais folle d'inquiétude ! »

Armelle se souvenait. Elle devait avoir cinq ans. Elle courait derrière le char en tendant les bras. Et puis quelqu'un l'avait soulevée et elle s'était retrouvée sur la plate-forme, au milieu de grands papillons multicolores qui agitaient doucement leurs ailes en battant des mains. Elle exultait, saluant la foule à son tour, comme si elle avait toujours été là, parmi eux.

« Je ne t'ai pas trop grondée. Tu as éclaté en sanglots en voyant la tête que je faisais. Tu n'aimais pas faire de chagrin. Tu étais si sensible à ce moment-là.

– Je me rappelle que grand-père a ri quand vous lui avez raconté mon aventure. Il a dit : "C'est normal, c'est la place d'une petite fée au milieu des papillons !"

– Il te passait tout, ton grand-père. Il n'a jamais été comme ça avec nous. Il ne voyait plus que le bon côté des choses, le pauvre homme. »

Le bon côté des choses, oui… À treize ans, Armelle savait que les années bénies de l'enfance s'étaient enfuies sans retour. Ce qu'elle avait gagné en lucidité, elle l'avait perdu en innocence. Elle voyait bien les difficultés auxquelles se heurtaient sa grand-mère et sa tante qui faisaient face, du mieux qu'elles pouvaient, à la haine vigilante de son père, à l'hostilité de son frère, à l'appétit insatiable d'Irène, à la rancœur secrète de Louis, cet oncle affectueux et violent qu'elle n'avait plus jamais revu. Elle ignorait encore que les ressources familiales commençaient à se tarir, mais à quelques indices, elle se rendait compte qu'Yvonne et Alice avaient réduit leur train de vie. Yvonne avait renoncé à ses cures à Dax et Alice se contentait d'admirer les vitrines du magasin *Fouks*, rue Crébillon, là où elle s'habillait auparavant. Elle en portait encore les vêtements de belle coupe, mais n'avait pas renouvelé sa garde-robe. Son seul luxe encore, c'était les parfums dont on pouvait humer la fragrance quand elle ouvrait les tiroirs de la commode de sa chambre pour y choisir un foulard de soie ou une combinaison de dentelle.

Et puis, il y avait ces longues périodes des vacances scolaires, à Noël, à Pâques et durant l'été, où les deux femmes se retrouvaient seules, désemparées, une fois les enfants partis. À la veille des grandes vacances, Armelle appréhendait les deux mois d'exil à Courlon, dans cette famille qu'elle n'aimait pas et qui le lui rendait bien. La même angoisse, la même impuissance l'étreignait, à chaque fois. À cela s'ajoutait le chagrin de la séparation qui lui faisait redouter les moments déchirants du départ. Une fois là-bas, curieusement, elle se sentait plus légère. D'abord, le compte à rebours avait commencé et elle comptait les jours qui la séparaient du retour. De plus, elle avait découvert la prodigieuse liberté que lui conférait son statut de mal-aimée. Son grand-père paternel, un homme taciturne et irascible, était mort depuis quelques années. Jeanne, sa grand-mère, l'observait avec beaucoup de méfiance. Non seulement elle ressemblait à sa mère, physiquement, mais elle se piquait d'être bonne élève et prétendait lui apprendre l'orthographe ! Une gifle cuisante avait salué sa remarque sur la présence incongrue de la cédille sous le « c » de France, ponctuée d'une réflexion railleuse : « Ce n'est pas un petit trou du cul comme toi qui va m'apprendre à écrire ! » Armelle avait eu la sagesse de ne pas insister. Ces incidents mis à part, elle n'était pas maltraitée. Ici, elle n'éprouvait ni ne recevait de tendresse. Elle avait pris son parti de l'indifférence de son père qui reportait toute son attention sur Vincent, quand il arrivait de Paris le week-end. Elle se sentait merveilleusement transparente et, délivrée des liens affectifs, puisait dans ses courses folles à vélo à travers la campagne et sur les berges de l'Yonne une liberté sauvage, une griserie qu'elle ne connaissait pas à Nantes où elle vivait la douleur d'aimer et d'être aimée. À la joie des retrouvailles, en septembre, se mêlait toujours, chez Armelle, l'impression de renouer avec l'insidieuse pesanteur des liens du chagrin. Yvonne la prenait tendrement dans ses bras et la serrait longuement contre elle en murmurant :

« Ma pauvre petite, comme vous nous avez manqué tous les deux ! Allons, réjouissons-nous, maintenant que vous êtes là ! »

Et ses yeux bleus où tremblaient quelques larmes tentaient de se mettre au diapason. Elle avait préparé un repas délicieux, il y avait des fleurs sur la table et Alice souriait, heureuse et soulagée, comme s'ils revenaient de l'enfer. Vincent se taisait et, les yeux baissés, mangeait du bout des lèvres. Armelle racontait ses vacances et les questionnait à son tour. La réponse ne variait jamais. Elles ? Mon Dieu, elles étaient allées au Pouliguen, comme d'habitude. Alice donnait toujours des cours de maths à la fille des voisins qui faisait des progrès. Oh, comme la maison était vide, sans eux !

Yvonne, très attentive à tout ce qu'éprouvait sa petite-fille, avait conscience du sentiment de solitude qui l'habitait parfois, maintenant que le cocon familial se réduisait à elles trois, par la force des choses. Elle organisait quelquefois des goûters où Armelle conviait des camarades de classe et la laissait se rendre chez des familles amies, mais rien n'y faisait. En grandissant, Armelle s'imprégnait encore plus profondément du climat familial qui traînait avec lui, certains jours, des relents de tristesse, même si chacune s'en défendait. Au début de l'été, en raison d'une forte angine, Armelle avait dû retarder son départ à Courlon, et elles s'étaient retrouvées toutes les trois à La Korrigane. Yvonne avait loué le rez-de-chaussée à une famille de cinq enfants, tandis qu'elles occupaient le premier étage d'où l'on avait une vue plongeante sur le jardin. Accoudée à la fenêtre, silencieuse, Armelle écoutait les rires des enfants, couverts par la voix faussement grondeuse et taquine du père. À côté, la mère, allongée dans un transat, caressait en souriant la tête d'un grand chien blanc couché à ses pieds. Armelle observait la scène, fascinée. L'aînée des filles devait avoir à peu près son âge. Soudain, les larmes lui montèrent aux yeux et elle s'écarta brusquement de la fenêtre, prise d'une crise de sanglots irrépressible. Yvonne et Alice se tenaient derrière elle, interdites. La réaction d'Alice fut brutale.

« Tu pleures ? Mais enfin qu'est-ce qu'il te faut ? Tu es à La Korrigane, avec nous ! C'est bien ce que tu voulais ? Tu n'es jamais contente ! On n'en fait jamais assez, c'est ça ? »

Armelle bredouilla une réponse :

« Oui, non… Enfin, c'est juste que de les voir tous, là, ça me fait… drôle. »

Elle pleurait de plus belle.

« Comment peux-tu pleurer ainsi ! Quelle ingratitude, après tout ce qu'on a fait pour toi ! »

Sa voix vibrait d'indignation. Yvonne s'interposa :

« Alice, tais-toi, je t'en prie. Tu ne vois pas que cette petite a besoin d'amis de son âge ? Tu crois que c'est drôle, pour elle, de se retrouver seule avec nous ? Ce n'est pas une vie pour cette enfant !

– Parce que vous croyez que c'en est une pour moi, maman ? Vous oubliez bien vite les sacrifices que j'ai faits ! »

Elle avait les larmes aux yeux, elle aussi. Elle se rua vers la sortie. La porte claqua sur ses talons. Armelle vint poser sa tête sur les genoux d'Yvonne, abandonnée, et laissa la main déformée par les rhumatismes lui caresser doucement les cheveux.

Yvonne soupira :

« Mon Dieu, qu'avons-nous fait au ciel pour qu'il nous rende la vie si difficile ? »

Alice s'était sentie doublement trahie. Sa mère faisait peu de cas, aujourd'hui, de ses frustrations. Ses espoirs déçus, ses renoncements étaient passés par pertes et profits, alors qu'elle-même en avait pris, enfin, toute la mesure. Pour Yvonne, seul importait désormais le bonheur de sa petite-fille. Mais savait-elle, oui, savait-elle seulement ce qu'avait coûté à sa fille cet amour qu'elle lui portait ? En avait-elle la moindre idée, elle qui avait vécu sa vie de femme, malgré les malheurs d'une époque assombrie par deux guerres ? Certes, elle avait été éprouvée dans sa propre famille, à travers ses enfants, mais enfin, *elle avait vécu*. Était-ce le destin, la malchance ? Alice avait vu à deux reprises s'éloigner l'espoir d'aimer un homme, de s'appuyer sur un compagnon de route. Puis elle s'était terriblement attachée à cette petite fille qui la contemplait comme un soleil. Et voilà qu'à présent elle ne lui suffisait plus. Avait-elle donc à ce point vieilli ? Armelle, à son tour, la trahissait. Et sans doute y aurait-il d'autres trahisons, car l'avenir, avec l'infinie variation des possibles, s'ouvrait devant sa jeune adolescence, tandis qu'elle entamait lentement, irrémédiablement, ses longues années de crépuscule.

À quarante ans passés, Alice ne se berçait plus guère d'illusions, mais était-ce une conséquence de ses années de guerre ? Un trop grand vide qu'elle cherchait à combler ? Elle gardait une capacité étonnante à s'enthousiasmer pour les causes perdues et à tenter d'y remédier. Armelle se rappellerait longtemps un certain dimanche après-midi, pareil à tous les autres, un de ces dimanches pétrifiés et solennels dont l'irrépressible léthargie semblait apaiser la ville convulsive des autres jours. C'était l'hiver, et la nuit tombait vite. Dès la fin du repas, Alice l'avait entraînée à la gare routière toute proche, sur le cours des 50-Otages, pour y boire un thé. Que ce fût la gare d'Orléans ou la gare Drouin, Alice aimait l'atmosphère animée de ces lieux à haute tension qu'elle avait cessé de fréquenter et dont elle gardait un indéfectible regret. Le buffet des voyageurs n'en constituait sans doute qu'un pâle succédané, mais celui-là, au moins, restait à sa portée. Elles prirent place à une table, non loin d'un client qui se tenait seul, assis devant une tasse à café vide. L'homme, d'origine maghrébine, pouvait avoir quarante ans. Il était vêtu pauvrement, mais avec le soin qu'on apporte à l'habit du dimanche. Une chemise blanche faisait ressortir son visage basané et les poignets dépassaient des manches de la veste, élimées et trop courtes. On voyait bien qu'il était là depuis un certain temps, qu'il n'allait nulle part et n'attendait personne. Soudain, Alice se leva, prit sa tasse et sa soucoupe et dit à Armelle :

« Viens, on va aller s'asseoir à côté de lui. »

Armelle protesta :

« Mais enfin, maman, on ne va pas le déranger ! Il veut sûrement qu'on le laisse tranquille !

– Tu ne comprends pas qu'il est ici, justement, parce qu'il est trop seul chez lui ? Qu'il a besoin de parler à quelqu'un ? »

Armelle suivit en maugréant. Alice s'excusa en s'asseyant près de lui, prétextant la fumée de cigarette de la table voisine. Elle engagea la conversation aussi naturellement qu'elle avait dû le faire, tant de fois, au cours de ses voyages. L'homme se livra, avec sincérité, sans réserve ni méfiance. Il s'exprimait bien. Il s'appelait Mokhtar, était algérien et venait de Cherchell. Il travaillait sur les chantiers.

« Votre famille est restée là-bas ?

– Oui, ils sont restés au pays. Je suis pas autorisé à les faire venir. Et puis, comment je ferais pour les loger, tout ça ? C'est normal, que voulez-vous.

– Vous vous êtes fait des amis, parmi vos camarades des chantiers ?

– Ça se passe bien, avec eux, y'a rien à dire. Mais le dimanche, ils sont en famille, que voulez-vous. Alors…

– Alors, vous passez vos dimanches seul ? Tous les dimanches ?

– Oui, tous les dimanches. J'aime pas beaucoup les dimanches. Mais il faut bien se reposer, tout de même.

– Il n'y a pas d'amicale, de cercle où vous pourriez vous retrouver avec d'autres compatriotes ?

– Non, y a rien. Oh, je me débrouille, vous savez ! Je me promène, je vais au café, mais le dimanche, y'en a beaucoup de fermés. Ici, j'aime bien. Y'a de l'ambiance. Les gens partent au bord de la mer, comme chez moi. Je peux rêver… Vous comprenez ? »

Bien sûr qu'Alice comprenait. Elle répondit :

« Votre mer à vous, c'est la Méditerranée. Nous, c'est l'Atlantique. C'est un peu la même chose… Vous avez déjà pris le car, ici ?

– Non, jamais. C'est bien trop cher. Mais j'écoute les gens parler, je connais les noms : Croisic, Pouliguen, Piriac, Redon. C'est des villages comme chez nous, sûrement. On est tous pareils, vous savez. »

Alice acquiesça en souriant :

« Oui, on est tous pareils. Au fond, n'est-ce pas le même grand océan qui nous entoure ? »

Les yeux de l'homme, de beaux yeux noirs très vifs, avec cette lueur d'exil si caractéristique des solitaires, fixaient Alice, vaguement étonnés et confiants. Alice le regardait avec cette attention, cette intensité si particulière qu'elle savait porter à ses interlocuteurs. Elle accepta le café qu'il tenait à lui offrir. Malgré sa timidité, Armelle avait fini par se mêler à la conversation. Quand ils se séparèrent, elle connaissait les prénoms et les âges des quatre enfants de Mokhtar. Sur le chemin du retour, Alice prit Armelle à témoin :

« Tu as vu comment cet homme vit ? Ils sont des centaines de milliers comme lui. Comment le gouvernement peut-il les laisser ainsi à l'abandon ? C'est lui qui les a fait venir en France tout de même ! Il faut croire qu'on a besoin d'eux ! Pourquoi leur interdit-on de faire venir leur famille ? Qui se soucie de les loger décemment ? Vraiment, je trouve ça révoltant ! »

Sa révolte n'allait pas au-delà de cette émotion légitime, mais elle traduisait la singularité de son regard et cette fraîcheur, cette disponibilité de l'esprit capable de transcender les préjugés de son milieu. Elle n'était pas encore habitée par la peur, cette peur qui lui ferait craindre, plus tard, tout ce qui relèverait de l'inconnu, tout ce qui, de près ou de loin, lui paraîtrait étranger.

*
* *

Yvonne prit la difficile décision de se séparer d'Andrée. Elle n'avait plus les moyens de la garder. Alors que ses crises d'arthrite s'étaient aggravées, et que, pour soulager ses hanches, elle se déplaçait désormais avec des cannes anglaises, elle se privait des services d'une employée dévouée. Avec l'extraordinaire optimisme qui la caractérisait, elle déclara que c'était l'occasion, pour elle, de remettre la main à la pâte, et que cela l'empêcherait de vieillir. Plus curieusement, cette femme, généreuse mais pétrie de préjugés, prit brutalement conscience du statut peu enviable des domestiques. Elle se tenait devant la chambre d'Andrée et, après avoir balayé du regard la triste pièce au sol carrelé, le lit de fer chichement éclairé par une étroite fenêtre, elle se tourna vers sa petite-fille en déclarant :

« Tu vois, ma chérie, il aura fallu que j'attende d'être vieille pour me rendre compte que la condition de domestique est épouvantable. Les tâches sont harassantes, et qu'est-ce qu'elles ont en échange, hein ? Un maigre salaire, logées, nourries sans doute, mais que fait-on de leur vie privée ? Est-ce que tu t'imagines cela ? Je n'y avais jamais pensé auparavant… »

L'économie faite sur le maigre salaire d'Andrée ne suffisant pas, il fallut se résoudre à louer des chambres. Yvonne et Armelle s'installèrent dans la grande pièce du fond, après avoir libéré leurs chambres, pourvues chacune d'un cabinet de toilette. Le seul mérite de cette grande pièce froide était de jouxter la salle de bains. Vincent, quand il venait, dormait dans le salon. Pour Alice, la question de chercher ou non un emploi ne se posait toujours pas. Appréhendait-elle le retour à une vie professionnelle ? Avait-elle perdu confiance en elle ? Ou plus probablement, manquait-elle, ainsi qu'Yvonne, d'une juste appréciation des ressources de leur patrimoine ? Elle finit par opter pour une solution intermédiaire : elle achèterait une machine à tricoter, des pelotes de laine et des catalogues pour les modèles et se lancerait dans la confection de gilets et de pull-over dont elle était sûre d'inonder le marché. À l'heure où le prêt-à-porter triomphait dans tous les rayons des grands magasins, l'opération était vouée à l'échec. Armelle et Vincent héritèrent d'une écharpe et d'un pull, puis machine et pelotes rejoignirent au grenier les tableaux éventrés et les malles poussiéreuses. En dernier ressort, la directrice de l'établissement où Armelle poursuivait ses études lui proposa de passer le concours des boursiers de l'Éducation nationale. Ce qu'elle fit avec succès. L'honneur était sauf. Mais Armelle, dont la plupart des camarades affichaient un train de vie supérieur au sien, ne pouvait plus ignorer que, sur ce plan là aussi, elle n'était pas tout à fait comme les autres. Elle était à l'âge où l'on néglige totalement cet aspect des choses. Les amies qu'elle se choisissait étaient des amies de cœur. L'une d'elles en particulier devint très vite sa confidente. Elle s'appelait Florence et avait, en commun avec elle, des blessures secrètes, de celles qui vous renforcent quand elles ne vous détruisent pas. Armelle avait tout de suite aimé cette grande fille aux yeux graves avec laquelle elle partageait le même goût des discussions, la même distance ironique envers l'autorité et un certain esprit rebelle. Elle prit l'habitude de venir passer des week-ends chez elle, en Vendée, et Florence devint une habituée de la rue Saint-Jean. Alice l'accueillait assez froidement. Cette amitié adolescente accaparait Armelle et elle sentait qu'elle était en train de la perdre. Depuis combien de temps avait-elle cessé de se confier à elle ? Elle ne savait pas comment négocier cette nouvelle étape dans la vie de sa nièce. En fait, elle ne comprenait tout simplement pas que cette évolution était dans l'ordre des choses. Et puis, comme si cela ne suffisait pas, Élisabeth de Vérant entra dans leur vie. Cette femme de quarante ans enseignait le latin, le grec et le français dans la classe d'Armelle et de Florence et sa personnalité charismatique avait rapidement séduit les élèves. Cultivée, un peu iconoclaste, elle affichait une allure sportive et masculine, roulait en décapotable et avait fait entrer dans le paisible établissement religieux un vent de liberté et d'insolence qui draina rapidement une foule de fans inconditionnels, au point d'intriguer les parents. Comme Florence, Armelle faisait partie du cercle des admiratrices et Alice voulut connaître ce personnage dont sa nièce s'était entichée. Au début, Yvonne et elle furent séduites, à leur tour, par cette personnalité peu commune. Elles trouvèrent dans Élisabeth une interlocutrice attentive qui comprenait leurs difficultés et semblait parler le même langage qu'elles. Ce qu'Alice n'avait pas prévu, c'était le pouvoir d'attraction de cette femme et sa force de conviction. En réalité, elle plaidait plutôt pour l'émancipation de ses élèves et contribuait, à son corps défendant, à attiser la flamme de la rébellion chez ces adolescentes trop policées. Armelle s'éloignait d'Alice à la vitesse de la lumière, happée par cette énergie, cette vitalité, cet esprit libre qui lui parlait de la beauté du monde et du bonheur de vivre. Élisabeth était tout à fait consciente de la fascination qu'elle exerçait auprès de ses élèves. Elle en jouait volontiers et ne cherchait pas à décourager cet engouement où se mêlait une attirance sentimentale un peu trouble. Les plus fanatiques de ses groupies se trouvaient dans le peloton de tête des bonnes élèves. Elles formaient une caste à part et se recevaient entre elles. Désormais, Armelle n'était plus seule et se grisait de ce sentiment d'appartenance à un groupe, avec ses codes, ses complicités, son impertinence. Alice mesura trop tard qu'en ouvrant grand les portes de sa maison à Élisabeth de Vérant, elle n'avait fait qu'accélérer un processus déjà en cours. Armelle avait transféré sur elle son ardent besoin de bonheur. Avec sa façon si radicale de galvaniser et de féconder ces jeunes intelligences, son talent de passeuse de rêves, Élisabeth incarnait la promesse qu'Alice n'avait pas tenue. Il y eut des parents pour s'émouvoir de l'influence grandissante de ce professeur trop doué sur leur progéniture. Et sans que l'on sût vraiment ce qui avait motivé sa décision, elle quitta l'établissement où elle avait rayonné trois ans durant. Ce qui avait été, dans les autres familles, un sujet de discussion parfois houleux mais sans conséquence prit, chez les Demestre, des proportions dramatiques. Alice ne pardonnait pas à Armelle ce qu'elle avait ressenti comme un abandon et le lui reprocha violemment. Elle se heurta au silence révolté de sa nièce, encore sous le coup de cette séparation. Son indignation ne fit que redoubler. Dans l'impossibilité d'exprimer ce qu'elle ressentait ou parce qu'elle désespérait d'être entendue, Armelle se replia sur elle-même, hérissée et triste comme un moineau en hiver. De part et d'autre, le lien de la confiance était brisé et les événements à venir allaient bientôt entamer leur partition dissonante.

CHAPITRE 16

L'école Saint-Pierre

Armelle ralentit le pas. À la façon gauche dont elle avait posé le pied sur le sol, elle l'avait reconnue tout de suite parmi les voyageurs qui descendaient de l'autobus. Son cœur se mit à battre un peu plus vite. Elle se tenait à bonne distance de la silhouette qui la précédait sur le trottoir. La démarche singulière, un peu cassée, à la fois raide et altière, trahissait une certaine inhabileté du corps, comme s'il devait lutter pour s'affranchir des lois de la pesanteur et se mouvoir dans la compacité de l'air. Armelle attendit qu'elle fût entrée dans l'établissement pour traverser la rue et s'y engouffrer à son tour. À l'accueil, la petite sœur tourière lui fit un salut amical et lui indiqua d'un mouvement du menton que sa mère venait d'arriver. Lorsqu'elle ouvrit la porte du parloir, Irène se leva pour l'accueillir. Elle avait conservé son chapeau et étalé sur une chaise sa pelisse de fourrure. Elle portait un tailleur en laine bleu clair et un camée fermait le col un peu usé de son chemisier. Irène aimait afficher un luxe qui n'était pas à sa portée et s'habillait souvent avec les vêtements dont ses riches employeurs ne voulaient plus. En l'embrassant, Armelle sentit son parfum, trop violent, auquel se mêlait une odeur sucrée de rouge à lèvres et de poudre. Au regard que sa mère lui jeta, elle devina qu'elle était bien disposée à son égard ce jour-là.

Irène ne manquait jamais ces rendez-vous mensuels avec sa fille ou son fils. Ils constituaient le seul lien qui la reliait encore à sa mère, et les enfants la tenaient au courant, du moins le croyait-elle, des derniers événements familiaux. Armelle n'était pas dupe de l'intérêt que lui portait Irène. Elle devinait qu'à la clé il y avait cette obsession permanente de l'héritage paternel qu'elle se plaignait de ne pas avoir touché et dont elle voulait s'assurer qu'il n'avait pas été distribué à ses dépens. Dans les mauvais jours, elle reprochait à Armelle le coût que devait représenter son éducation et celle de Vincent, comme si elle avait dû personnellement y contribuer. Elle invoquait la faute inexpiable de sa mésalliance et ses conséquences, regrettant d'avoir mis au monde deux bâtards qui n'étaient pas de son sang. D'autres fois, elle paraissait désarmée, perdue, et demandait d'une petite voix si on l'aimait tout de même un peu. Elle prenait maladroitement la main de sa fille et les yeux embués de larmes, lui parlait de sa solitude. Armelle, d'instinct, savait que dans ces moments-là elle ne trichait pas et une immense pitié lui gonflait le cœur. Elle préférait encore avoir affaire à la femme dure et cupide, c'était plus supportable. Ce jour-là, Irène affichait un intérêt bienveillant. Elle questionna Armelle sur ses études, ses amies, lui offrit quelques gâteaux qu'elle avait apportés, puis, soudain, sortit de son sac un petit paquet mal ficelé et le lui tendit.

« Tenez, prenez-le, c'est pour vous. Je veux que vous gardiez un souvenir de moi. »

Armelle contemplait, hésitante, la longue main blanche aux ongles vermeils qui tenait le paquet comme une offrande. Irène insista :

« Prenez-le. Vous êtes ma fille après tout. »

Armelle défit le papier. Il contenait une lourde gourmette en or, trop grande pour elle. Elle resta muette de stupéfaction. Irène rit.

« Vous ne vous y attendiez pas ? Cela vous fait plaisir ? Vous êtes encore trop jeune pour la porter, ce sera pour plus tard, quand vous serez une femme. »

Ses yeux brillaient. Son visage, d'ordinaire si tendu, s'était adouci. Elle semblait heureuse. Armelle, abasourdie, sentit qu'elle devait accepter le présent. Peut-être, Irène, à sa façon, commençait-elle à l'aimer ?

Elle revint chez elle, perturbée, partagée entre l'habituel soulagement qui suivait ces entrevues et un sentiment confus de remords et de culpabilité.

Alice l'attendait à la maison et lui demanda comment s'était passée la « visite ».

« Très bien. Ire a été incroyablement gentille cette fois-ci. On aurait dit qu'elle m'aimait bien.

– Qu'est-ce que tu veux dire ? »

Alice était sur le qui-vive.

« Elle m'a posé plein de questions sur mes études, mes amies… »

Alice haussa les épaules.

« C'est le minimum ! Et rien d'autre ?

– Si… elle m'a offert un bracelet.

– Un bracelet ? Fais voir… Mais c'est de l'or ! »

Elle regardait la gourmette qu'Armelle venait de retirer de sa poche. Son expression s'était durcie. Elle fixait sa nièce d'un air réprobateur.

« Et que comptes-tu en faire ? »

Sa voix était froide. Armelle ne se méprit pas sur le sens de la question. Elle répéta pourtant :

« Ce que je compte en faire ?

– Oui, qu'est-ce que tu comptes en faire ?

– Eh bien, je… »

Elle bafouillait. Il n'y avait pas d'échappatoire possible.

« Je vais le jeter à la poubelle, bien sûr. »

La mort dans l'âme, elle alla ouvrir le placard sous l'évier et y jeta le bijou. Alice l'avait suivie. Elle eut un demi-sourire de contentement.

« Elle n'allait pas t'acheter avec ça tout de même ! »

Armelle ne répondit pas. Elle se sentait misérable. Elle avait manqué de courage. Elle aurait dû répondre qu'elle le gardait. Elle en avait tellement envie ! Surtout, elle avait trahi Irène. Ce geste si rare qu'elle avait eu envers elle et qui était, elle voulait le croire, la manifestation d'une forme de reconnaissance, voilà qu'elle l'avait réduit à néant par crainte de déplaire à sa tante. Pour la première fois, elle ressentait douloureusement ce que signifiait un conflit de loyauté. Elle n'avait pas le droit d'éprouver la moindre sympathie pour cette femme qui avait empoisonné leur vie, pour celle qui, quelques mois plus tôt, avait frappé Alice dans un accès de colère, lui mettant la bouche en sang, alors qu'elle était venue l'informer à son hôtel qu'Armelle, malade, ne viendrait pas au rendez-vous. Non, il n'y avait pas d'issue possible à tout cela, pas de pardon ni de rémission. Elle devait savoir quel était son camp. Alice ne lui avait pas laissé le choix, quitte à détruire l'espoir si ténu que cette entrevue avait fait naître en elle. Par la suite, les fluctuations imprévisibles des humeurs d'Irène lui feraient mesurer la fragilité de cette embellie sans qu'elle cessât pour autant de se sentir coupable.

*

* *

Les liens étroits qui unissaient Yvonne et sa petite-fille ne s'étaient jamais rompus. Ils s'étaient même renforcés depuis qu'une relation conflictuelle larvée s'était installée entre Alice et Armelle. Mais Yvonne avait beaucoup vieilli. Droite sur ses cannes anglaises, elle tenait encore son rôle dans la conduite de la maison. Elle avait gardé cette gourmandise de la vie, en dépit de tout, et s'affairait devant la cuisinière en émail où elle s'ingéniait à renouveler daubes, gratins et pâtisseries. Elle y trouvait un réel plaisir qu'elle faisait partager à Armelle, avec une gaieté communicative, en lui disant :

« Tu vois, ma chérie, il fait toujours bon vivre dans une cuisine. »

Quand elle se sentait lasse, elle s'asseyait dans le grand fauteuil Voltaire, la chatte tricolore sur les genoux. Cette chatte, qui répondait au nom de Flossie, avait été ramenée de Courlon par Armelle, l'été précédent. Certains soirs, Yvonne restait veiller auprès d'Armelle pour l'encourager à faire ses devoirs quand Alice avait déclaré forfait. Son autorité douce et bienveillante agissait sur l'adolescente qui installait ses livres et ses cahiers à côté d'elle. Elle répétait souvent :

« Ne compte jamais que sur toi-même, ma petite fille. Personne d'autre que toi ne fera ton chemin à ta place. »

Elle aurait certainement voulu vivre plus longtemps. Elle savait que son rôle n'était pas terminé. Mais la maladie en décida autrement. Un cancer décelé trop tard allait l'emporter en quelques mois.

Lorsque, prise d'un malaise, elle fut transportée en urgence à l'hôpital et que le diagnostic tomba, Alice et Armelle comprirent que leur univers venait de basculer. Le mois de juillet était torride cet été-là et des relents de corps en souffrance et d'antiseptique montaient des couloirs aux murs jaunis. L'hôpital Saint-Jacques et ses chambres vétustes offraient à Yvonne un bien piètre décor pour les deux ou trois mois qu'il lui restait à vivre. Alice décida de la faire transporter à l'hôpital de Saint-Nazaire, aux structures plus appropriées, tandis qu'Armelle et elle occuperaient La Korrigane. Compte tenu des circonstances,

Jeanne Dufour accéda à la demande de sa petite-fille de rester en Bretagne. Les dernières semaines furent éprouvantes. Armelle dormait seule à la villa et prenait chaque matin le car pour Saint-Nazaire où Alice la retrouvait à l'arrêt habituel. Quinze jours avant la fin, Yvonne décida de faire un pied de nez à la mort en sablant le champagne pour célébrer sa guérison prochaine. Elle n'était pas dupe, mais ce geste lui ressemblait. Il était à l'image de sa vie, de son courage têtu, de son optimisme indéfectible.

Elle eut le temps, aussi, d'être rejointe par les turbulences familiales. Irène, à laquelle Alice avait caché l'état de sa mère et qui l'avait sans doute appris de Louis, voulut revoir Yvonne, une dernière fois. Elle se présenta à l'accueil de l'hôpital, à l'improviste, et il fallut en toute hâte, avec la complicité des infirmières, cacher Yvonne, grabataire et sanglée de tubes, dans le local de lingerie. Debout à côté d'elle, Alice et Armelle, le cœur battant, entendaient les pas lourds d'Irène marteler le sol derrière la porte, sa voix aiguë dont la violence montait d'un cran à chaque dénégation de l'infirmière. Nul ne sait quels arguments celle-ci trouva pour la calmer, mais elle finit par quitter l'étage et Yvonne put enfin regagner sa chambre. Elle refusa, jusqu'au bout, de revoir sa fille, la laissant, de ce fait même, doublement orpheline. Louis revit sa mère à deux reprises, mais il était trop tard, sans doute, pour renouer ce qui avait été défait. Yvonne eut le temps encore de caresser les cheveux d'Armelle, de lui dire combien elle l'aimait, combien elle regrettait de ne pas l'accompagner plus longtemps. Elle mourut une nuit, en présence d'Alice. Armelle dormait juste à côté, dans la lingerie, et accourut pour se blottir auprès d'elle, dans sa chaleur, avant que la rigidité de la mort ne les séparât. Alice se tenait debout, de l'autre côté du lit, sans regard, comme absente. Elles ne firent aucune tentative pour se rapprocher l'une de l'autre. Elles se retrouvaient seules, deux âmes perdues, face à face.

Toute sa vie, Alice demeurerait la fille d'Yvonne, cette mère adorée et admirée. Cet amour filial passait avant tout autre sentiment. C'était peut-être une des clés de son incapacité à considérer Vincent et Armelle comme ses enfants. Le lien maternel, chez elle, n'allait pas de soi. Elle leur avait beaucoup donné, avec toute l'affection dont elle était capable. Mais elle faisait ses comptes. L'un et l'autre lui devaient beaucoup. C'était aussi pour eux qu'elle avait sacrifié sa vie. Et le compte n'y était pas. Armelle, surtout, avec qui elle avait eu un lien si fort, l'avait profondément déçue. Au moment de vivre son deuil, elle voulut être seule, sans considérer le chagrin et le désarroi de sa nièce. La mort d'Yvonne était son affaire, à elle seule. Elle mit Armelle en pension pendant une année, invoquant la nécessité où elle se trouvait de mettre de l'ordre dans la succession. Elle se sépara de la chatte en la confiant à des voisins, au Pouliguen. Flossie finit, deux mois plus tard, sous les roues d'une voiture, elle ne s'était jamais habituée à ses nouveaux maîtres. Pour Armelle, le pensionnat, loin d'être une prison, fut vécu comme une délivrance. Elle redoutait de se retrouver dans le grand appartement vide, face à une femme refermée sur sa douleur. Elle apprivoisa le sentiment de perte en engageant un dialogue secret avec la disparue. Elle ne croyait plus au ciel, mais elle ressentait le besoin impérieux de parler à Yvonne, de se persuader qu'elle l'écoutait et la protégeait encore. Elle eut la chance de trouver, en la personne de sa directrice d'études, une femme généreuse et perspicace. Cette religieuse atypique que ses élèves surnommaient familièrement « Hibou » à cause de ses grands yeux d'agate qui ne cillaient jamais, était douée d'un formidable humour et d'une capacité d'écoute inépuisable : elle se définissait elle-même, avec humilité, comme « un paillasson sur lequel on vient s'essuyer les pieds ». Elle tint à Armelle le langage ferme et amical dont elle avait besoin et lui accorda sa confiance, celle qu'Alice lui avait retirée trop vite. Au mois de juillet suivant, alors qu'Armelle se morfondait dans l'établissement déserté par les élèves, elle l'autorisa à rejoindre Florence, deux fois par semaine, pour jouer au tennis, avec la recommandation de ne pas s'attarder et de rentrer à l'heure dite. Elle transgressait ainsi les consignes strictes d'Alice qui avait interdit toute sortie. Elle mesurait la fracture qui séparait la tante de la nièce et la névrose dans laquelle Alice s'était enfermée. Elle lui dirait un jour :

« Si vous voulez vivre, il faudra que vous mettiez un océan entre votre tante et vous », laissant entendre qu'il n'y aurait pas, qu'il ne pourrait y avoir de compromis possible.

*

* *

Un an après la disparition d'Yvonne, une fois la succession achevée, Alice voulut se mettre en quête d'un travail. C'était compter sans les caprices du sort. Elle tentait de réorganiser sa vie, avec Armelle à ses côtés, lorsque débuta l'affaire de l'école Saint-Pierre.

Peut-on dire que tout aurait été différent s'il n'y avait pas eu cette affaire ? Sans ce conflit qui l'accapara pendant plus de deux ans et mobilisa toute son énergie ? Une chose est sûre : les événements qui suivirent contribuèrent certainement à différer des résolutions qu'elle s'apprêtait à prendre. Cela commença avec le départ de certains propriétaires de l'immeuble. Les appartements furent cédés aux frères de l'école de garçons, toute proche, qui cherchait à s'agrandir. Au début, il était seulement question de trouver quelques salles d'étude aménagées dans les anciens appartements. Ce furent d'abord les galopades effrénées des élèves dans les escaliers, les cris et les rires qui fusaient tout au long des mornes étages. Puis, selon la mystérieuse loi des séries, d'autres propriétaires, âgés, moururent, et l'école accentua son emprise. Elle possédait désormais des paliers entiers. On entendit bientôt des coups sourds et violents qui ébranlèrent l'immeuble des jours durant. Un matin, Alice constata l'apparition d'une longue fissure sur le mur nord du salon. Elle courait du plafond jusqu'à la moitié de la cloison, au-dessus des lambris. Par précaution, elle descendit la lourde psyché en bois doré qui y était suspendue. En fait de cloison, il s'agissait d'un mur porteur et Alice s'affola. Elle prit rendez-vous avec le directeur de l'école qui vint, avec son adjoint, vérifier les dégâts. Ils l'assurèrent de leurs bonnes intentions, promirent qu'il n'y aurait plus aucun mur d'abattu, qu'ils enverraient quelqu'un pour remettre son salon en état. Mais les travaux continuaient, inexorablement. Le maçon, un gros homme au visage mou dépêché hâtivement, éveilla la méfiance d'Alice qui fit appel à un architecte. Celui-ci voulut vérifier l'état des murs porteurs dans les étages inférieurs. Il s'avéra que certains avaient été purement supprimés, d'autres mal étayés. L'immeuble était en péril. De surcroît, l'omniprésence des élèves, dans la cour et les escaliers, avait transformé l'édifice en annexe de l'école. Alice prit la mesure du désastre : son bien le plus cher, celui qui constituait pour elle son capital vieillesse, non seulement se dévaluait, mais risquait tout simplement de s'écrouler. Les témoins qui avaient été fixés sur la lézarde s'étaient brisés et durent être remplacés. Au fil des mois, la sinistre balafre ne cessait de s'agrandir. Les quelques propriétaires restants, accablés, n'osaient affronter la toute-puissante congrégation. Il fallut consulter un avocat. Alice crut avoir trouvé un ardent défenseur en la personne de maître de Brétigny, considéré comme l'un des meilleurs sur la place de Nantes. Curieusement, il fit traîner l'affaire, engagea sa cliente à négocier avec l'école, jusqu'au jour où elle apprit, incidemment, qu'il était aussi l'avocat de la congrégation. La collusion d'intérêts était évidente et Alice comprit qu'on avait tenté de la berner. Elle était seule, sans appui, mais on l'aurait dite galvanisée par les difficultés. Elle multiplia les démarches auprès d'autres avocats qui tentèrent de la dissuader d'entreprendre une procédure. Dans cette ville catholique et conservatrice, ils étaient peu nombreux ceux qui osaient s'attaquer au pouvoir religieux. Elle eut l'occasion de méditer sur les notions de courage et d'intégrité. Elle avait l'impression, littéralement, de vivre en état de siège. Au cours de cette période, elle se rapprocha d'Armelle, car elle éprouvait le besoin d'épancher son trop-plein d'indignation. Ce fut Armelle qui émit l'idée : et si elle faisait appel à un avocat communiste ? Il devait bien y en avoir un, à Nantes ! Effectivement, il y en avait un. Alice, en dépit de ses préventions, n'hésita pas un instant. Maître Bouvier semblait taillé pour le rôle : avec sa mèche en bataille, ses yeux perçants, sa vivacité et son mordant, il avait tout du coq de combat. Il monta à l'assaut de la forteresse avec un zèle jubilatoire et mit en pièces les arguments de l'adversaire. Sa pugnacité fit merveille, et l'école se retira de l'immeuble, comme la mer se retire d'un rivage désolé. La direction du collège fut condamnée à reconvertir les locaux occupés en appartements d'habitation et dut verser à la plaignante des indemnités pour le préjudice subi. Mais Alice ne se releva jamais tout à fait de cette expérience traumatisante. Elle avait gaspillé beaucoup de temps, d'argent et de forces dans ce combat stérile. Elle n'avait plus assez d'énergie pour rebondir. Elle perdit de vue les priorités qui auraient dû être les siennes et se tint dans une position d'attente, sans vrai projet d'avenir pour elle, détachée déjà, gagnée peu à peu par cette sorte de torpeur intérieure qui n'allait plus jamais cesser de l'habiter.

*

* *

Nantes fut, à l'instar des autres villes, balayée par la tempête du printemps 1968. Les ouvriers de *Sud-aviation* à Bouguenais occupèrent leur usine dès le mois de mai, initiant un mouvement qui allait se répandre comme une traînée de poudre. Dans les universités, les étudiants multipliaient les meetings, envahissaient la rue, montaient des barricades et tentaient même de prendre d'assaut les grilles de la préfecture. La France entière s'enflammait et une atmosphère de fin de règne se mêlait à la fébrilité juvénile et au tumulte des manifestations. Armelle accueillit ce vent de révolte avec la ferveur religieuse d'une onction. Elle ne se sentait plus seule, enfin ! Ils étaient des centaines de milliers, des millions peut-être, à partager avec elle cette impression d'étouffement, ce sentiment désespérant de découvrir, sur la page que l'on croyait vierge, les conclusions déjà écrites. Elle participa aux réunions à la faculté des lettres, défila avec ses camarades, sans autre revendication que celle d'une autre vie. Elle n'avait aucune culture politique et refusait toute récupération. Chez elle, l'injonction baudelairienne « Au fond de l'Inconnu pour trouver du nouveau » tenait lieu de seul mot d'ordre. Alice, curieusement, bien qu'opposée à tout désordre, comprenait ce profond besoin de changement. Elle-même, en proie à un engourdissement insidieux, suivait les événements avec le détachement amusé de quelqu'un qui n'a plus rien à perdre, et la chute annoncée du général de Gaulle la laissait indifférente. Elle recommanda simplement à Armelle de rester prudente, car la violence de la répression policière était à l'égal des débordements étudiants. Leur immeuble se trouvait au cœur du dispositif policier, du fait de sa proximité avec la préfecture.

Plusieurs fois, Armelle, ayant échappé aux charges des CRS, dans la rue du Roi-Albert, rejoignait la rue Saint-Jean par les rues Ogée et des Cordeliers, et demandait poliment aux hommes casqués et armés de matraques, qui occupaient le couloir, la permission de rentrer chez elle. Cette rue du Roi-Albert, flanquée de façades patriciennes, et qui aboutissait sur la place de la préfecture, avait vu défiler tout ce que le siècle avait compté de manifestations et d'échauffourées parfois violentes. Il y avait eu d'abord, en 1906, la bronca contre l'inventaire par l'État des biens religieux, au cours de laquelle des dames à col montant et chapeaux enrubannés s'étaient colletées avec les forces de l'ordre à cheval. Au fil des années, les mouvements ouvriers avaient pris le relais, la grande grève de 1955 marquant le point culminant, sans oublier, bien sûr, les manifestations politiques de tous bords durant l'entre-deux-guerres, puis en écho à la tragédie algérienne. Sans doute, aucune n'était allée aussi loin dans l'expression de sa colère qu'en ce mois de mai 1968. On apprendrait plus tard que le préfet avait demandé à Paris l'ordre de tirer sur la foule. D'où qu'il vînt, Armelle ne partageait pas cet esprit de violence, elle le désapprouvait et le désapprouverait toujours. Mais elle trouva dans ce formidable courant de liberté le terreau qui nourrissait son irrépressible envie de départ.

Il n'y a, dit-on, pas de hasard. Le même été, Armelle rencontra celui qui allait infléchir, de manière décisive, le cours de sa vie. Dans le vaste centre de vacances où ils se côtoyaient, à l'île d'Oléron, leurs chemins n'auraient pas dû se croiser. Il était moniteur de préadolescents et Armelle avait en charge des fillettes de huit ans. Mais par un jeu compliqué de défections, elle se trouva propulsée responsable d'un groupe de garçons et il fut convenu qu'elle ferait équipe avec Norman, un Américain de vingt ans à l'allure sportive de surfeur, qui travaillait dans le centre pour contribuer à financer son tour d'Europe. Il habitait New York et commençait des études de médecine. Rien, dans sa crinière blonde et ses yeux bleus, ne trahissait ses origines. Né de parents venus de Russie et d'Europe centrale, il maniait brillamment cette forme d'humour si caractéristique de la diaspora juive : un certain sens de la dérision et une propension à se moquer de lui-même. Il était fou de jazz, tirait de la trompette qu'il avait emportée avec lui des sons cuivrés et envoûtants, et lisait les poèmes de Walt Whitman, « Leaves of Grass ». Il était différent de tout ce qu'Armelle avait connu jusque-là. C'était, en soi, une raison suffisante pour qu'elle tombât amoureuse.

Alice ne put ignorer le bouleversement intervenu dans la vie de sa nièce qui, dès son retour, lui annonça qu'elle passerait l'été suivant à New York. Au début, elle se réjouit plutôt de la bonne nouvelle. Armelle éprise, cela faisait écho, chez elle, à quelque chose de lointain qui l'attendrissait. Leurs rapports semblaient s'être apaisés et elles partageaient à nouveau une certaine complicité. Elle portait sur sa nièce un autre regard, commençant de voir en elle cette amie longtemps espérée. Mais cette embellie fut de courte durée. Un soir, Armelle rompit le pacte en revendiquant, contre toute attente, son autonomie financière :

« Maman, je vais toucher ma bourse demain. Je voulais vous dire… À partir de maintenant, je veux la garder. »

Le ton était ferme. Alice en fut abasourdie. Elle réagit très vite.

« En quel honneur ? L'argent de poche que je te verse ne te suffit plus ? Tu veux davantage ?

– Non, ce n'est pas ça. C'est juste que cette bourse m'appartient. Je veux mettre le plus possible d'argent de côté. De toute façon, ce sera insuffisant, je le sais. J'ai déjà fait une demande pour des remplacements de profs. »

Elle l'avait dit tranquillement, comme une évidence. Pour Alice, cette manifestation d'indépendance était insupportable.

« Qu'est-ce que tu t'imagines ? Que je vis à tes crochets, c'est ça ? Sais-tu seulement combien tu me coûtes ? Ce que tu me verses est dérisoire à côté ! Petite malheureuse, c'est donc comme ça que tu me remercies…

– … de tout ce que j'ai fait pour toi… Je connais la chanson, maman. Ça ne change rien. Je veux vraiment gérer tout ça moi-même. Pourquoi vous refusez de comprendre ? Et puis, quelle différence ça fait ? Vous venez de le dire, c'est dérisoire ! »

Elle s'entêtait, voulait s'expliquer. Alice coupa court à la discussion.

« C'est vraiment ce que tu veux ? Très bien. Dorénavant, tu prendras tous tes repas au restaurant universitaire… avec ta bourse. Je te conserve ta chambre ici, c'est tout. »

Armelle pensait qu'Alice reviendrait sur sa décision. Il n'en fut rien. Pour Armelle, s'il n'y avait pas eu l'espoir de ce voyage, au bout, l'année aurait été infiniment triste. Elle déjeunait et dînait seule au restaurant proche de la faculté de médecine où elle ne connaissait personne. Alice s'enferma aussi dans une solitude d'autant plus amère qu'elle était, à ses yeux, la conséquence d'une trahison. Malgré tout, quand vint le moment du départ pour New York, elle offrit à Armelle une garde-robe, modeste, certes, mais suffisante selon elle pour lui permettre de faire bonne figure dans une famille américaine.

On pourrait gloser à l'infini sur les ambiguïtés d'Alice, sur ses contradictions. Un seul mot, peut-être, pourrait expliquer les flux et reflux de son comportement : le sentiment d'abandon. Une tendresse blessée, non pas celle d'une mère qui a vocation à pardonner, mais celle d'une femme consciente d'avoir tout sacrifié, et dont l'unique référence demeurait le lien quasi fusionnel entretenu avec sa propre mère, oubliant qu'il n'était pas transmissible, que les protagonistes n'étaient pas les mêmes, ni semblable l'histoire qui l'unissait à Armelle. Oublieuse, enfin, de ses propres erreurs et manquements, et convaincue, une fois pour toutes, qu'Armelle lui était redevable de sa vie.

Elle avait imaginé Norman à travers un regard autre que le sien. Elle ne le connaissait pas. Lorsque enfin elle le rencontra, aux vacances de Noël qui suivirent le long séjour d'Armelle aux États-Unis, elle fut déroutée. Avec sa démarche souple et féline qui révélait une certaine sensualité, son jean trop moulant, sa tignasse invraisemblable et cette assurance tranquille que donne une éducation libertaire, il ne ressemblait à rien de ce qu'elle connaissait. C'était déjà une bonne raison pour ne pas l'aimer. Elle détestait la bague hideuse, emblème de son université, qu'il arborait à l'annulaire. Il se disait juif athée, dénonçait le sort des minorités indiennes et l'engagement américain dans la guerre du Viêt Nam, toutes considérations qui, pour Alice, relevaient d'une autre planète. À la remarque qu'elle lui fit sur le legs spirituel de sa judaïcité, il répondit qu'un tel héritage était un fardeau lourd à porter. Elle savait par Armelle que ses parents voyaient cette relation d'un très mauvais œil et tablaient sur l'éloignement pour ramener leur fils dans le giron familial. À leurs yeux, Armelle était une « goy » et tout engagement sérieux, irrecevable. Et puis, il y eut ce jour malencontreux où elle les surprit au lit, dans la chambre de Norman, alors qu'ils la croyaient absente toute l'après-midi. C'en était trop, sans doute. Alors, elle attendit de se trouver seule avec Norman, un matin où Armelle était allée faire une course. Ce qu'elle lui dit le stupéfia. Non pas qu'il ignorât l'histoire singulière d'Armelle, elle lui avait tout raconté. Mais la façon dont elle insista sur la folie d'Irène, sur le caractère instable d'Armelle, sur les risques qu'il courait en l'épousant, sur la peine qu'il allait faire à ses parents, le plongea dans un malaise si aigu, qu'à son retour, Armelle comprit qu'il n'était plus possible, pour eux, de rester cohabiter avec Alice, le reste du séjour. Norman avoua qu'il ne supportait plus ce vieil appartement funèbre, cette atmosphère délétère, ce qui venait de se produire. Armelle découvrait trop tard qu'il n'avait absolument pas été préparé à affronter cet univers confiné, hors du temps, dont elle s'était accommodée, et que cette expérience négative risquait de peser sur leur avenir. Ils partirent pour Londres, laissant Alice à son désarroi.

Quand elle reprit le train pour Nantes, après avoir laissé Norman à l'aéroport, Armelle sut que leur histoire touchait à sa fin. Elle n'aurait pu dire pourquoi, mais à d'infimes signes, à Londres, elle avait senti Norman plus distant. Il lui écrivit quelque temps puis, après un long silence, la lettre redoutée arriva. Il avait rencontré quelqu'un, une étudiante juive, comme lui… Partagée entre la colère et le chagrin, Armelle restait assez lucide pour ne pas imputer à sa tante la responsabilité de leur rupture. En matière d'obstacles, ils avaient placé la barre très haut, elle en convenait. Il manquait de maturité, sans doute, pour affronter l'ire familiale. L'amour qu'il lui portait n'était pas assez solide, voilà tout. Mais Alice l'avait trahie, de la manière la plus déloyale. Elle avait été contre elle au lieu de la soutenir. Elle ne l'oublierait jamais. À son tour, Norman lui avait dit :

« Tu devrais t'éloigner d'elle, tu sais. Elle est trop mortifère. »

Comme si elle ne le savait pas ! Elle pensa avec amertume qu'au moins, dans son malheur, quelque chose était bon. Elle avait découvert l'Amérique, elle s'y était sentie bien. Là-bas, elle avait eu l'impression que son âme froissée pouvait se déployer, sans limites, que l'air qui la portait était plus léger et qu'une autre existence était possible. Elle ferma les yeux. L'immense statue qui veillait sur Ellis Island, à la pointe de

Manhattan, dressait son bras fraternel au-dessus de l'Atlantique et lui faisait signe. Oui, elle allait partir, retrouver le tumulte de cette mégapole où l'on se sentait si petit et si vivant. Elle partirait seule, mais au fond, ne l'avait-elle pas toujours été ? Ce n'était plus qu'une question de temps. Elle en aurait la patience.

CHAPITRE 17

Place du Port-Communeau

Le moment de stupeur passé, le départ d'Armelle pour l'Amérique provoqua chez Alice un choc salutaire. Elle réagit aussitôt en se lançant à corps perdu dans la recherche d'un emploi. Plus que la nécessité d'un revenu, la poussait le désir de nouer des contacts, de s'insérer dans un groupe de femmes et d'hommes avec lesquels elle partagerait son quotidien. Pas tout à fait une famille de substitution, mais une communauté suffisamment chaleureuse pour qu'elle s'y sentît bien. À cinquante ans passés, elle savait que ce serait difficile. Au fil des entretiens, elle put mesurer à quel point elle était déconnectée du monde du travail. Elle persévéra et finit par obtenir un poste de secrétaire médicale à mi-temps dans un lycée technique, en banlieue de Nantes. Le trajet en bus était long, le salaire modeste, mais elle avait atteint son Graal. Elle noua des amitiés, comme elle avait toujours su le faire, avec le médecin et l'infirmière, avec certains professeurs aussi. Sa disponibilité, son attention bienveillante agissaient comme un aimant. On l'invita et elle reçut chez elle à nouveau, heureuse d'écouter la rumeur de ces vies qui lui faisait oublier la sienne. Elle se nourrissait du bonheur des autres, s'imprégnait de leurs difficultés comme une éponge, consciente d'être redevenue une interlocutrice qui comptait. Elle se prêtait au cérémonial du thé avec le même plaisir qu'au temps d'Yvonne. Elle ressortait la nappe damassée verte, la théière Empire et les tasses en fine porcelaine, découpait le gâteau en s'excusant de la pelle en argent ébréchée. Elle appréciait particulièrement la compagnie du docteur Roulègue et de son épouse. Originaires du Sud, ils en avaient l'accent ensoleillé et la verve méridionale. Alice apprenait beaucoup auprès d'eux, car ils s'intéressaient à tout ce qui touchait, de près ou de loin, à la politique. Ils étaient drôles, de surcroît, et réveillaient chez elle cette forme d'humour qu'elle pensait avoir perdu. En leur compagnie, elle retrouvait les fous rires qu'elle avait partagés avec Armelle autrefois ; pour un peu, elle se serait sentie rajeunir.

Il était temps. Depuis la disparition d'Yvonne, elle s'était repliée sur elle-même, conservant quelques rares amitiés liées à sa mère et rompant, parfois de manière abrupte, avec celles dont elle suspectait la fidélité. Elle n'avait plus aucun contact avec Irène et entendait bien que ses amies fissent de même. Mais quelques-unes, dont les liens remontaient à leur enfance, continuaient de recevoir sa sœur lors de ses rares passages à Nantes, par pitié et par fidélité à sa famille selon elles, par curiosité malsaine ou goût des commérages selon Alice. Aussi, malgré leurs protestations d'amitié, ces irréductibles disparurent-elles de sa vie. Elle ne chercha pas non plus à renouer avec Louis, peut-être lui-même n'en avait-il pas le désir, et s'il leur arrivait de se rencontrer, dans la rue ou dans un magasin, ils échangeaient brièvement quelques propos polis et se hâtaient vers leur destination respective. Il y eut, surtout, l'épisode désastreux du retour de Vincent. Elle ne l'avait pas revu depuis ce Noël lointain où il était venu à Nantes lui présenter sa fiancée, Colette. À cette époque, Armelle était encore là, et cette réunion familiale lui avait laissé un très bon souvenir. Puis Vincent s'était fait rare et elle n'avait plus reçu que quelques cartes postales, de temps à autre. L'absence de téléphone ne justifiait pas un tel silence. Elle ne comprenait pas.

Elle savait par Armelle qu'à vivre près de son père, il était revenu de bien des illusions. Il avait connu la précarité, les petits boulots, la « piaule » sous les toits, sans chauffage, avec l'eau sur le palier. Guy ne l'avait pas aidé, incapable d'assumer la moindre difficulté. Un fils sans diplômes, c'était trop pour lui ! Finalement, il avait trouvé un emploi dans la même entreprise que sa femme et paraissait se débrouiller. Une petite fille était née, elle avait reçu le faire-part. Mais il ne se manifestait toujours pas. Et puis, un jour, lui parvint une lettre où il exprimait son désir de lui présenter sa petite famille. Pouvait-elle les recevoir ? Il viendrait de Paris en 2 CV et proposait de rester le week-end. Elle accepta. Un rendez-vous téléphonique, à la poste, lui permit de fixer avec lui les modalités de son séjour. Que se passa-t-il ensuite ? Quelque chose dérailla et rien ne se déroula comme prévu. À peine débarqué, après plusieurs heures de route, Vincent apprit qu'il devait aller faire les courses du dîner qu'Alice n'avait pas eu le temps de préparer. Surpris et déçu de son accueil, il n'en montra rien et ressortit, laissant Colette et leur petite fille de deux ans en sa compagnie. Par quel processus tortueux Alice en vint-elle à exhaler auprès de Colette toute sa rancœur, lui narrant par le menu les manquements de Vincent à son égard, depuis l'enfance, rappelant son hostilité, son ingratitude et sa connivence avec son père ? Colette était d'un abord facile et il émanait d'elle une grande douceur. Sa sollicitude à l'égard d'Alice dont elle connaissait l'histoire provoqua-t-elle ces funestes confidences, et Alice se trouva-t-elle prise, imprudemment, dans un engrenage qu'elle ne put arrêter ? Lorsque Vincent revint, les bras chargés de paquets, il trouva Colette en larmes, Alice le visage tourmenté et fermé. La petite fille pleurait aussi, incapable de comprendre ce qui se passait. Colette s'excusa en disant simplement qu'elles avaient parlé de choses tristes, mais Vincent n'était pas dupe. L'atmosphère du dîner fut irrespirable, et au terme d'une nuit blanche où Colette finit par lui avouer la vérité, ils rassemblèrent leurs affaires et se hâtèrent de reprendre la route pour Paris. Alice ne devait plus les revoir pendant quinze ans.

Il était trop tard pour revenir en arrière. Et, probablement, ne regrettait-elle pas tout à fait d'avoir exprimé ce qu'elle ressentait. Pouvait-elle croire que ce serait sans conséquence ? Pas un seul instant elle ne réalisa que Vincent était revenu avec le désir sincère de renouer avec elle. Elle venait de le perdre, et pour longtemps. De sa famille, seules quelques cousines et petites cousines restèrent en contact régulier avec elle, mais aucune n'habitait Nantes, et le cercle de ses relations, même élargi à de nouvelles amitiés, ne suffisait pas à remplir le vide de son existence.

Lorsque Armelle revenait en France chaque été, elle découvrait toujours des têtes nouvelles, et Alice prenait grand soin de lui montrer combien « elle était entourée ». Elle taisait, alors, le sentiment d'abandon qu'elle éprouvait, évitait tout reproche qui aurait pu gâcher leurs retrouvailles. Sans doute tenait-elle à préserver le futur. Elles partaient toutes les deux en Bretagne, passaient quelques jours à explorer la presqu'île de Crozon ou les Côtes-du-Nord, descendant dans de petits hôtels au charme désuet, s'arrêtant prendre un café dans ces bars de marins si chers à Alice. L'atmosphère n'y était plus la même, les pêcheurs accoudés au comptoir plus rares, mais si d'aventure il s'en trouvait un pour entrer en coup de vent, jeter sa casquette sur le zinc et commander un rhum, alors les yeux d'Alice brillaient et elle chuchotait :

« Tu vois, celui-là, c'en est un vrai. Il y en a encore quelques-uns, Dieu merci ! »

L'été, le tourisme battait son plein et les cohortes de shorts et de bobs qui se pressaient dans les venelles aux maisons basses, festonnées de roses trémières, lui faisaient froncer le nez avec dégoût. Pour elle, la beauté de ces lieux s'accommodait mal de la multitude. Et puis, les tenues débraillées, criardes ou simplement inappropriées froissaient ses codes vestimentaires. Elle continuait de porter des jupes et réprouvait le port du pantalon pour les femmes, dénonçant l'influence américaine d'après-guerre.

Elle réprouvait aussi les indélicatesses des commerçants qui abusaient de la manne estivale. Un jour qu'elles s'étaient attablées à la terrasse d'un restaurant, sur le port de Camaret, on leur apporta un plat de langoustines dont les têtes spongieuses et la chair élastique trahissaient, à coup sûr, un passage par le congélateur. Outrée, Alice renvoya le plat en disant que « c'était inouï d'oser servir des surgelés, ici, face à la mer », et devant les dénégations de la serveuse, quitta la table, suivie d'Armelle, sans un regard pour les clients ébahis, lançant à la cantonade qu'une telle chose ne se serait jamais produite, *autrefois*. Cet « autrefois » mythique, cette période bénie dont on ne savait pas très bien si elle évoquait sa jeunesse ou celle d'Yvonne, deviendrait, au fil des années, la référence déplorée, indépassable, qu'elle opposerait en toute occasion au délitement des temps nouveaux.

*

* *

Je vous ai laissée sur le quai, et je vous regardais tandis que le train s'ébranlait. La voiture où je me trouvais venait de vous dépasser et vous vous teniez, immobile, devant ce convoi fuyant, plissant vos yeux de myope pour mieux voir, tentant de sourire à l'ombre de quelqu'un d'autre, derrière la vitre fermée. Vous le savez bien, aujourd'hui on n'ouvre plus les fenêtres, elles sont teintées et tout va tellement plus vite ! J'ai essuyé les larmes sur mes joues. Vous n'auriez pas dû venir. C'était la même chose, encore et toujours, cette emprise du chagrin qu'il fallait boire jusqu'à la lie. J'ai refusé de vous imaginer trottinant, la tête basse, vers le grand appartement vide. À partir d'Angers, je me suis sentie mieux. J'ai essayé de mettre de l'ordre dans mes idées. L'Algérie m'attendait et ce grand bond dans l'inconnu m'oppressait, malgré tout.

Vous n'avez pas compris quand je vous ai annoncé que je partais là-bas. À peine revenue de New York, voilà que je remettais ça ! Ce n'étaient pas les postes d'enseignants en France qui manquaient, pourtant ! Et pourquoi l'Algérie ? Vous m'avez mise en garde. Les Arabes sont sournois. Sois prudente. Tu risques de te retrouver avec un couteau entre les omoplates. Un peu gros, tout de même ! Vous aviez oublié le vieux rêve de Mamy... Je vous l'ai rappelé. Vous avez haussé les épaules, sensible pourtant à l'argument que je me sentirais utile là-bas, comme vous-même l'aviez été à Annecy ou à Vienne. Pouviez-vous me reprocher cette envie de départ qui avait été la vôtre « autrefois » ? Vous avez répondu que c'était différent alors, qu'on manquait de bras à la fin de la guerre. Je n'ai pas voulu discuter davantage, et puis, comment vous dire que mon éloignement était aussi une fuite ? Qu'il en allait de ma vie ? Nous nous sommes querellées tant de fois cet été, c'était insupportable. J'aurais dû partir. Je n'ai pas pu. Je ne voulais pas qu'on se quitte ainsi. Nous avons vécu jusqu'à la fin sur nos malentendus, sans pouvoir en sortir. Vous m'avez rendu ce départ encore plus difficile, mais aussi plus nécessaire que jamais.

Si seulement nous arrivions à parler, vous et moi, une fois pour toutes, calmement. Je sais bien que c'est impossible. J'ai essayé pourtant. J'ai tenté de vous aider. Qui d'autre que moi oserait vous dire cela ? Que vous devriez quitter cet appartement sinistre et trop grand pour vous. Qu'il y a encore trop de meubles qui vous encombrent. Que le moment est peut-être venu de songer à organiser votre retraite... Vous vous êtes fâchée. Cela ne me regardait pas. Est-ce que vous vous mêliez de ma vie ? J'affichais une farouche discrétion sur tout ce qui me concernait, alors de quel droit je m'avisais de vous donner des conseils ?

Je suis assise devant la fenêtre de ma villa, à Bou Saada. Bou Saada, savez-vous ce que cela signifie ? La cité du bonheur. Il y a un citronnier dans le jardin et du jasmin sur le mur de la maison. Au fond, le palmier dattier a déjà des fruits, les dattes seront mûres pour Noël. Ici, on les appelle les deglet nour, les doigts de lumière. C'est joli non ? De la fenêtre, j'aperçois les contreforts des Aurès, rouges au soleil couchant. Je vous décrirai tout cela dans la lettre qui partira demain. Il me reste au moins cela à vous raconter. Je vous parlerai aussi de l'accueil que j'ai reçu. C'est une population fraternelle et généreuse : ils comprennent très bien, eux, pourquoi je suis ici. Vous me décrirez en retour votre vie à petits pas, les menus incidents de vos journées. Comme d'habitude, nos lettres seront pleines de silence. Je n'essaierai plus, comme par le passé, de vous écrire ce que je n'ai jamais réussi à vous dire... C'est promis, nous en resterons là, puisque tel est votre désir.

Voilà. C'est tout pour ce soir. Et pour longtemps. Je suis encore sous le coup de la séparation, il fallait que tout cela sorte. Je ne sais pas quand je rouvrirai ce carnet, ni même si je le rouvrirai un jour.

*

* *

Ce printemps 1981 fut, pour Alice, le temps du « grand dérangement », tant son déménagement place du Port-Communeau prit des allures d'exil. Il n'y avait pourtant que quelques centaines de mètres entre son ancien domicile et sa nouvelle adresse. Mais elle quittait à contrecœur la rue Saint-Jean où chaque pièce conservait intacts des souvenirs qu'il lui suffisait de ressusciter d'un geste ou d'un regard : le fauteuil du salon où Yvonne s'asseyait près de la cheminée, la table bouillotte où elle avait tant de fois servi le thé, la chambre d'Armelle, ses posters sur le mur et son bureau au désordre figé, le grand placard de la cuisine à l'odeur familière de café moulu, sa chambre enfin, son refuge le plus intime, dont la tapisserie achevait de pâlir au soleil de l'après-midi… Elle aurait pu, elle aurait dû suivre les conseils d'Armelle et opter pour un petit appartement confortable avec des meubles sélectionnés, un nid douillet où elle aurait reconstitué un décor familier et protecteur. À l'heure du choix, elle avait été incapable de trier, d'écarter, d'abandonner. Elle s'était pourtant séparée de quelques très belles pièces de mobilier, comme si elle avait pressenti qu'ils n'auraient plus leur place là où elle irait. Elle avait l'intention de couvrir les frais d'emménagement avec le produit de leur vente.

Armelle n'avait pas été consultée dans la recherche du nouveau domicile. Elle habitait Paris, à présent, et elle s'était proposée de venir quelques jours pour l'assister dans ses démarches. Alice avait refusé, sachant déjà les objections qu'elle ne manquerait pas de lui faire. Elle entendait se débrouiller seule.

Plus de quarante ans s'étaient écoulés depuis ce jour où Alice et Yves s'étaient arrêtés pour contempler la façade, à l'angle de la place du Port-Communeau. Avec le temps, son inclinaison s'était encore accentuée. L'immeuble paraissait s'enfoncer inexorablement dans le sol, comme aspiré par les profondeurs. Il résistait pourtant, et les grandes fenêtres à petits carreaux qui s'ouvraient en façade exposaient, le soir, l'intimité chaude des intérieurs éclairés de lampes à abat-jour et soulignaient la belle hauteur des plafonds aux poutres apparentes. C'est au deuxième étage, à l'angle, qu'Alice choisit d'élire domicile. L'appartement, d'une superficie de quatre-vingts mètres carrés, divisait par deux l'espace qu'elle avait occupé auparavant. Deux pièces principales ouvraient sur la place et sur l'allée Duquesne, deux autres, plus petites, donnaient à l'arrière, sur une cour étroite qui tenait davantage du puits de lumière. Tout était en mauvais état, les tapisseries et les huisseries, la cuisine, rudimentaire avec son évier en pierre et son chauffe-eau antédiluvien, l'installation électrique, les canalisations. Dans la salle de bains, une baignoire sabot maculée de traces de rouille et un lavabo trop petit assuraient un confort minimal. Seul le parquet paraissait avoir franchi avec succès l'épreuve des années. Malgré tout, les quatre pièces étaient insuffisantes pour contenir tout le mobilier, et en plus des deux greniers dont Alice héritait, au dernier étage, elle dut louer un autre débarras. Comment fit-elle, si fragile et menue, pour faire face au déménagement, seule, et agencer un lieu qui respirait la désolation tant il y avait de travaux à entreprendre ? Elle attendit d'être « installée » pour proposer à Armelle de venir.

Le mois de mai touchait à sa fin et tout le pays bruissait de la victoire de la gauche et anticipait la probable vague rose qui allait déferler sur le Palais-Bourbon. Armelle avait décidé de fêter tous les « chambardements » en même temps, à l'occasion de sa venue à Nantes. Elle arriva, les bras encombrés d'un bouquet de roses rouges. Elle avait eu le temps d'embrasser du regard la façade décrépie et de compter les marches de l'escalier de pierre jusqu'à la porte de bois sombre.

« Il n'y a pas d'ascenseur ?

– Non. C'est très bien ainsi. Il y aura moins de charges.

– C'est grand, ici… Vous avez pu mettre tous vos meubles ?

– À peu près. Il y a des greniers, heureusement. »

Elles buvaient le champagne tiède qu'Alice venait d'ouvrir pour l'occasion. Armelle fit la grimace.

« Vous n'avez toujours pas de frigidaire ?

– Non plus. Si tu veux bien cesser d'énumérer tout ce qu'il n'y a pas ! Il ne te plaît pas cet appartement ?

– Si… Il a du charme, de la classe… Mais vous avez beaucoup à faire pour l'arranger… »

Alice haussa les épaules.

« On verra ça plus tard. C'est déjà bien que j'aie pu emménager sans qu'il y ait eu trop de casse.

– J'imagine que vous n'avez pas encore eu le temps de vider tous les cartons ? »

Elle contemplait les piles de caisses qui formaient un véritable mur dans le fond de la pièce. Les deux chambres sur l'arrière, saturées de meubles, de caisses en bois, de bibelots, étaient inutilisables.

Alice secoua la tête avec lassitude.

« Tu sais, ce déménagement m'a beaucoup fatiguée… Je n'ai pas eu le courage de m'y attaquer. Ça se fera, ça aussi, en temps utile.

– Et si je vous aidais ? On pourrait commencer demain ?

– Arrête avec ça ! Tu n'es pas venue pour me rendre les choses pénibles, si ? On ne se voit déjà pas beaucoup, je t'en prie… Demain, j'ai plutôt envie qu'on aille se promener en ville. Il y a un nouveau salon de thé qui vient d'ouvrir, tu sais, rue de Budapest. »

Armelle battit en retraite. Depuis le temps, elle aurait dû savoir.

« Oui, si ça vous fait plaisir. »

Elle chercha du regard un lit dans la pièce.

« Je dors où ?

– Mais ici, dans le lit à col de cygne sur lequel tu es assise. Tu prendras les draps dans l'armoire, derrière toi.

– Et vous ?

– J'ai installé ma chambre dans la pièce d'à côté. Oui, je sais, c'est dommage de ne pas faire un meilleur usage d'un tel espace. Mais tout cela est provisoire. »

Alice n'avait rien prévu pour le dîner et, de toute façon, elle préférait sortir. Seule, elle n'allait jamais au restaurant, et l'occasion était trop belle de fêter l'événement avec Armelle. Rue des Carmes, elles s'attablèrent dans un restaurant italien où les pâtes étaient réputées délicieuses. Alice consultait le menu avec une gourmandise enfantine, butant sur les mots italiens et riant de sa maladresse.

« Ils pourraient l'écrire en français, tout de même !

– C'est écrit en dessous, maman, en tout petit. Je vous les lis ?

– Mais non, je suis encore capable de lire à mon âge ! Choisis plutôt le vin, je n'y connais rien. »

Armelle l'observait à la dérobée : les yeux bruns pleins de chaleur, la bouche aux lèvres pleines, généreuses, le grain de peau si lisse, si étonnamment jeune encore, la main petite, sur laquelle elle appuyait sa tête, un peu de côté, en lisant, le rire facile qui fusait en cascade.

Ce soir-là, elle avait retrouvé cette légèreté confondante qu'elle était capable d'opposer aux situations difficiles, comme si, toute réalité abolie ou tenue à distance, seul comptait le bonheur de l'instant.

*

*   *

Vous êtes partie précipitamment ce matin, je n'ai pas pu vous retenir. Nous avions prévu, avec Hugues, de vous emmener au théâtre, ce soir. Quel gâchis ! Je suis encore pleine de colère, j'attendrai d'être calmée pour vous écrire. Je sais, je n'aurais pas dû m'emporter contre vous, cela n'a fait qu'envenimer les choses. Finalement, c'est quand même vous qui êtes perdante dans l'histoire. Au bout du compte, si je résume : vous arrivez chez nous, dimanche dernier, non pas avec les vêtements que je vous ai offerts et qui vous vont si bien, mais affublée d'une vieille jupe à l'ourlet défait et qui tient avec une épingle à nourrice. Il manque un bouton à votre gilet et vous portez toujours le même manteau élimé, bien que je vous aie laissé de quoi vous en offrir un autre. Si vous aviez un message à faire passer, c'est fait ! Cette mise en scène n'était pas nécessaire, nous savons, Hugues et moi, depuis longtemps, que votre situation ne s'améliore pas. Nous avons tenté de vous en parler tant de fois ! Dès le lendemain, vous me montrez une bague ornée d'un diamant et d'un saphir dont vous voulez vous séparer, dites-vous, en la vendant à un bijoutier du faubourg Saint-Honoré. Ce n'est pas une pièce rare, un bijoutier de Nantes aurait fait l'affaire et ce n'est pas sûr qu'ici on vous la prenne. Vous vous entêtez, décidez de vous rendre seule chez le bijoutier et essuyez un refus. Au retour, vous finissez par admettre qu'il s'agit en réalité de faire face aux charges de votre appartement. La somme est importante. Nous en parlons avec Hugues, ce n'est pas possible. Plus exactement, ce n'est pas possible que vous continuiez de fonctionner comme ça, imprévisible, nous refusant tout droit de regard sur l'état de vos finances et mettant les clignotants au rouge dès que surgit une difficulté. Hugues pourrait vous conseiller, c'est son métier, si vous vouliez bien lui faire confiance. Nous sommes prêts à vous aider, dans la mesure de nos moyens (vous nous créditez d'un train de vie que nous n'avons pas, parce que vous n'avez plus la notion de ces choses-là depuis trop longtemps), mais nous y mettons une condition : la transparence, la confiance. Nous ignorons tout de votre situation réelle, vous avez toujours refusé d'en parler, vous avez décliné toutes les solutions de bon sens que nous avons proposées. Passe encore le choix désastreux de cet appartement que vous n'aurez jamais les moyens de remettre en état, mais ne pouvez-vous, au moins, accepter notre proposition : nous nous chargeons de la réfection des deux pièces de devant que vous réaménagerez comme lieu de vie, et vous abandonnez les autres à leur statut de débarras ? Vous nous refusez l'accès à votre domicile depuis si longtemps… En auriez-vous honte ? Vous repoussez cette offre sans nous dire pourquoi. En même temps, vous me reprochez de venir moins souvent vous voir depuis que je suis mariée. C'est vrai, je l'admets. Mais les nuits d'hôtel, les restaurants et le train, cela grève un budget, même le mien. Si vous pouviez m'accueillir, ce serait tellement plus facile ! Vous me répondez que l'état de votre appartement ne le permet pas. On tourne en rond, encore et toujours. Et je ne supporte plus ces contradictions, cette culpabilité que vous faites peser à chacune de vos visites, ou quand je viens à Nantes. Nous avons nos difficultés nous aussi, même si l'on ne vous en parle pas. Je sens tellement que vous m'en voulez, je vous en veux tellement, à mon tour, de me rendre les choses si difficiles. Arriverons-nous un jour à nous comprendre ? Je finis par ne plus y croire…

Armelle ne reçut aucune réponse au courrier apaisé qu'elle écrivit quelques jours après, ou plutôt, elle reçut, des semaines plus tard, une lettre au contenu anodin, qui ignorait superbement toutes les questions qu'elle avait soulevées. Alice entendait lui signifier ainsi son refus de toute ingérence dans ses affaires. Le ton neutre, les propos insipides lui parurent insultants tellement elle avait mis de cœur et d'espoir dans son courrier. Sa réaction fut brutale. Elle décida une fois pour toutes de se le tenir pour dit. Elle se contentait d'envoyer, de temps à autre, un chèque censé permettre à Alice de s'offrir un vêtement, une consultation chez un spécialiste, un frigidaire. Bien entendu, il n'était jamais utilisé pour ce à quoi il était destiné. Les besoins d'Alice étaient bien supérieurs à tout cela. Elle vendit peu à peu d'autres meubles, d'autres bibelots. Elle obtint une aide d'un fonds national de solidarité. Elle n'en toucha mot d'abord, puis finit par l'avouer, un jour, alors qu'elle se trouvait avec Armelle et Hugues au bord de la mer. Ils lui avaient offert ce week-end pensant lui faire plaisir. Au lieu de les rapprocher, cette initiative aggrava encore le malentendu. Alice voyait dans ce séjour à l'hôtel la preuve éclatante qu'ils étaient riches. Ce ne pouvait être que l'écume d'un train de vie fastueux qu'ils lui dissimulaient. Elle estima en avoir assez dit. Ils n'avaient pas besoin d'en savoir davantage. De quel droit osaient-ils mettre des conditions à leur aide ? Armelle ne lui devait-elle pas tout ? Elle l'avait abandonnée depuis tant d'années, menant sa vie comme elle l'entendait, loin d'elle, et voilà qu'elle prétendait se mêler de la sienne, exigeait des réponses à ses questions ? Pour Armelle, cette révélation tardive illustrait le fossé qui les séparait et elle en fut profondément blessée. Il lui parut encore plus nécessaire qu'Alice clarifiât sa situation, elle voulait savoir exactement où elle en était. À défaut, elle suggérait la vente de l'appartement, un gouffre, pour quelque chose de plus petit. Ne le lui avait-elle pas toujours dit ? La proposition fut jugée inacceptable et Alice se ferma, se mura dans le silence.

Armelle avait l'égoïsme des gens pressés, heureux et occupés. Son travail dans une maison d'édition était prenant. Hugues venait de se dissocier du cabinet d'avocats dans lequel il travaillait et montait seul son affaire, dans un contexte économique difficile. Un week-end sur deux, ils recevaient les trois enfants qu'Hugues avait eus d'un premier mariage. Comme beaucoup de couples de leur génération, leur vie tournait à un rythme effréné qui laissait peu de place aux interrogations douloureuses et dérangeantes. Par découragement et par commodité, elle cessa de s'inquiéter du devenir de celle qu'elle continuait d'appeler « maman ». Elle avait fini par s'accoutumer aux tenues vestimentaires négligées d'Alice. Elle prenait pour de l'extravagance ou de la provocation ce qui relevait chez elle du lâcher-prise. En réalité, depuis longtemps déjà, Alice avait renoncé à se battre. Elle ressemblait à ces châteaux de sable abandonnés le soir à la marée montante et qui s'effritent doucement, se tassent peu à peu à chaque assaut des vagues. Elle en avait pris l'allure penchée, cassée, jusqu'à son visage, au menton un peu faible, qui paraissait s'effondrer certains jours de fatigue. La légèreté avec laquelle elle semblait prendre les choses, parfois, sa propension à ignorer la réalité, n'était que l'autre face de son désenchantement. Existe-t-il des mots pour dire la vie qui s'écaille, la solitude qui suinte, goutte à goutte, tel un robinet mal fermé dans le silence d'un appartement désert ? Comment dépeindre ces années grises, faussement immobiles, où rien, jamais, n'arrivait plus ? Autour d'elle, le monde changeait à un point qu'elle n'était même plus en mesure d'appréhender ni de comprendre. Le bitume avait remplacé les pavés sur le cours des 50-Otages ; de ses fenêtres, elle voyait filer les rames blanches fuselées des tramways le long des voies, elle contemplait, au loin, la tour de verre de la place Bretagne et le soir venu, sur l'ancienne place du pont Morand, écoutait le ronflement des voitures qui démarraient aux feux dans un crissement de pneus. De cela encore, elle s'accommodait. Le ballet incessant des phares, les enseignes lumineuses qui s'allumaient à l'angle de la rue Paul

Bellamy avaient quelque chose de rassurant dans sa solitude. Mais le reste du monde lui était devenu inintelligible et elle avait cessé depuis longtemps d'en suivre le cours. La radio ne marchait plus et seuls les journaux qu'elle échangeait encore avec d'anciens voisins de la rue Saint-Jean la maintenaient au courant des affaires du monde.

En même temps, persistait chez elle, toujours bien vivace, ce besoin des autres, ce désir impérieux d'aider, comme si elle trouvait là une justification à son existence étiolée. On l'aurait dite à l'affût de ces éclopés de la vie, de ces mal partis qu'elle avait le don de repérer quand, par on ne sait quel hasard, ils s'avisaient de croiser son chemin. Pour eux, elle déployait alors des trésors d'ingéniosité, ne ménageait pas ses efforts, ce qui avait le don d'irriter Armelle pour qui charité bien ordonnée commençait par soi-même. Elle avait tort de s'en offusquer. Tant qu'Alice fut en mesure de le faire, elle oublia partiellement ses propres difficultés qu'elle aurait été, de toute façon, inapte à affronter. Et toujours, sa disponibilité, son accueil chaleureux, lui attiraient d'autres amitiés. Sans doute aussi, sa petite silhouette frêle et voûtée, son regard blessé qui lui donnaient cet air désemparé d'enfant perdu, suscitaient-ils la sympathie de ses voisins ou de ses amis. Tous la croyaient abandonnée puisqu'elle-même se sentait abandonnée. Et d'une certaine façon, elle l'était. Les dissensions n'avaient jamais été aussi profondes entre Armelle et elle. Leurs retrouvailles n'en étaient pas. Alice cessa bientôt de venir à Paris, trop fatigant disait-elle. Lorsque Armelle et Hugues venaient la voir à Nantes, ils l'attendaient en bas de l'immeuble, l'emmenaient au restaurant, où la conversation languissait. Alice interrogeait, mais ils évitaient de parler de leurs propres soucis, et elle opposait un silence de plomb à tout ce qui la concernait. Si Armelle insistait, elle balayait la question d'un revers de la main, en disant :

« Vous n'êtes pas venus pour qu'on parle de choses tristes. »

Elle aussi avait pris son parti de la situation, elle n'attendait plus rien d'eux, mais à travers des anecdotes, des remarques glissées incidemment, elle leur laissait entendre combien elle se sentait délaissée. Ils repartaient, le cœur lourd, glissaient, au moment de se séparer, un chèque dans son sac, mécontents d'elle et d'eux-mêmes. Armelle pleurait dans la voiture, se jurait de ne plus revenir, et bien sûr, revenait.

*

* *

Vous m'avez annoncé le décès d'Irène, hier, par téléphone. Puis vous avez eu cette drôle de question : « Est-ce que tu comptes aller la voir ? » Je n'ai pas aimé que vous me la posiez. Je vous ai répondu que si je l'avais fuie toute ma vie ce n'était pas pour venir aujourd'hui contempler son cadavre. J'ai voulu savoir comment elle était morte. Puis vous m'avez demandé si je comptais venir à ses obsèques. J'ai répondu que non. Vous-même n'aviez pas l'intention de vous y rendre, elle n'aurait donc personne. Vincent ? C'était exclu. Il l'avait définitivement sortie de sa vie. Plus tard, je me suis souvenue de la dernière fois où nous nous étions parlé, elle et moi. Il y a si longtemps. Elle avait retrouvé ma trace, j'ignore comment. Elle s'était présentée à la concierge de l'immeuble, sous un faux nom, et avait posé des questions malveillantes et insidieuses me concernant. J'ai tout de suite su que c'était elle. Pour s'en débarrasser, la concierge lui avait donné mon numéro de téléphone, et elle n'a pas tardé à appeler. Sa voix, au bout du fil... celle de l'Irène plaintive, misérable, pathétique. Je lui ai répondu que nous n'avions rien à nous dire, que je la priais de raccrocher. Elle suppliait, elle voulait juste parler un peu avec moi. J'ai fini par céder. Elle m'a dit qu'elle avait cessé de travailler, qu'elle prenait sa retraite et comptait s'installer à Nantes. Elle avait de quoi s'acheter un petit appartement. Elle voulait me revoir. J'ai refusé et lui ai demandé à nouveau de raccrocher avant que je ne le fasse moi-même. Elle pleurait, elle pleurait et disait : « Je vous remercie de m'avoir écoutée, je vous remercie, je vous remercie beaucoup… » J'ai attendu le déclic sec dans l'écouteur avant de poser le combiné à mon tour. Cette nuit-là, je n'ai pas trouvé le sommeil. J'ai reçu une longue lettre d'elle, quelques jours plus tard, sincère, lucide, très différente des missives haineuses qu'elle m'adressait régulièrement au domicile d'Alice. Je l'ai conservée. J'ai retenu cette unique phrase qui la résume bien et qui résume toute sa vie : « Si je n'avais pas eu le cœur aussi sec, je n'aurais pas survécu à tant de solitude. » De meublés en hôtels, d'un employeur indifférent à l'autre, sa vie d'errance n'aura été qu'une quête éperdue, obstinée, de ses origines. Elle avait rôdé autour des siens comme une chienne affamée qui se souvient d'avoir été nourrie, poignante et redoutable, prompte à mordre, parfois, la main compatissante. Sa mort solitaire était tragiquement prévisible.

Vous m'avez demandé si je voulais prendre en charge les frais d'obsèques, faute de quoi elle finirait dans la fosse commune. J'ai accepté. Au silence qui a suivi, j'ai compris que vous vous attendiez à un refus. Vous deviez soupeser tout ce que ce montant signifiait. Je ne vous avais jamais versé une telle somme, d'un seul coup. Et pourtant, cela ne couvrait que le loyer d'une concession sur cinq ans. Après ? Il n'y aurait pas d'après, vous ai-je répondu, je n'envisageais pas de lui acheter une concession perpétuelle, j'avais envie de dire que j'aurais aussi à me préoccuper de vous… Vous avez paru soulagée. À la fin, vous avez évoqué son testament. Je vous ai répondu que je n'étais pas concernée. Vous avez ajouté : « Oui, sûrement, il ne doit pas lui rester grand-chose. »

J'éprouve un sentiment étrange depuis. Ce n'est pas de la tristesse, cela ressemble davantage à de la mélancolie, une sorte de regret tenace de ce qui n'aura pas été, qui n'aura pas pu être. Une parenthèse définitivement refermée sur des questions demeurées sans réponse. Je sais bien que, le jour venu, vous m'appellerez pour me demander à nouveau ce que je compte faire de cette sépulture qui m'appartient un peu puisque je l'ai « sauvée » une première fois. Il n'y aura pas de miracle. Irène rejoindra, ce jour-là, le « carré du souvenir », ce lieu où dorment, ensevelis dans l'oubli, ceux et celles dont plus personne ne vient honorer la mémoire…

*

* *

Certains jours, Alice se réveillait avec un sentiment d'accablement. Elle avait mal dormi. Sur la table traînait encore la facture froissée, avec sa lettre de relance. Elle irait rejoindre les autres, sous le bougeoir de la cheminée. Elle regardait autour d'elle, comme si la solution pouvait surgir par on ne sait quel enchantement. Le mobilier s'était clairsemé au fil des années et, sur le mur du fond, les caisses s'entassaient toujours, scellées avec leur scotch d'origine. Elles contenaient peut-être un bronze, un tableau, une pendule qu'elle aurait pu vendre et qui lui auraient permis de repousser l'échéance. Mais s'y trouvaient-t-ils encore ? Elle avait oublié, et puis ouvrir ces cartons était au-dessus de ses forces à présent. Ces jours-là, elle en venait à maudire cette caverne d'Ali Baba où elle s'était laissé ensevelir. À quoi bon tout cela ? Elle avait battu en retraite devant l'amoncellement qui obstruait les chambres et elle se cantonnait dans les deux pièces de devant. Elle y campait plutôt, au milieu d'un fatras d'objets hétéroclites, de piles de journaux anciens recouverts de poussière, d'où émergeaient, au milieu de meubles orphelins, un lit d'acajou et une table de bridge, les deux pôles ordinaires et vitaux de son quotidien. Ces jours-là, elle fuyait son domicile, marchant au hasard des rues, s'arrêtant dans un jardin public ou dans un café, distraite, le regard perdu, oublieuse déjà de ce qui la préoccupait, pas encore attentive à ce qui l'entourait. C'est ainsi qu'elle fut l'héroïne involontaire de deux péripéties qu'elle rapporta à Armelle, avec une malice non dénuée d'arrière-pensées : elle pouffait en les racontant, de son rire en grelots, la mine faussement contrite de qui vient de jouer un bon tour… La première se produisit dans un square, près de la mairie. Elle était assise sur un banc, seule, au soleil, regardant les moineaux se quereller sur la pelouse. Lorsqu'elle vit l'homme s'approcher, elle prit peur. C'était un Algérien de cinquante ans, un ouvrier probablement. Instinctivement, elle serra son sac contre elle. Arrivé à sa hauteur, l'homme se pencha et lui tendit un billet de dix euros, avec un bon sourire. Comme Alice, interloquée, le regardait sans comprendre, il lui détacha doucement la main et lui glissa le billet dans la paume, en disant :

« Prenez-le, c'est pour vous. Si, si, je veux que vous le preniez. »

Et il s'esquiva si vite qu'elle n'eut même pas le temps de réagir. Le billet atterrit au fond de la corbeille, le dimanche suivant, à l'église Sainte-Croix. Mais elle avait trouvé l'incident drôle. La seconde aventure, tout aussi révélatrice, résulta d'un quiproquo. Elle s'était rendue à la cafétéria des *Galeries Lafayette* pour déjeuner. Alors qu'elle s'attablait devant une soupe de légumes, elle s'avisa qu'il lui manquait une cuillère et se leva. À son retour, elle trouva un Africain assis devant son bol. Elle s'apprêtait à protester, mais fut désarmée par le regard tranquille de l'homme qui lui proposait gentiment de partager son potage. Elle s'assit en face de lui, éberluée, puis furieuse, incapable de prononcer un seul mot. Il prenait une cuillère de soupe puis poussait le bol vers elle, et alternativement, chacun plongeait sa cuillère dans le liquide chaud. À la fin, il se leva, prit le bol vide et les deux cuillères et lui sourit.

« Ça va mieux ? Vous avez assez mangé ? »

Elle ne répondit pas, impuissante à mettre un nom sur les sentiments qui l'agitaient à ce moment précis. Elle quitta la table à son tour, et trouva, une rangée plus loin, son bol de potage, solitaire, qui achevait de refroidir. Confuse, elle se retourna, cherchant du regard son compagnon. Il avait disparu…

Ce qu'elle retenait, elle, de ces deux épisodes, sans jamais le formuler, c'était que sa condition était désormais celle des plus démunis, et qu'ils la reconnaissaient comme une des leurs. Peu lui importait l'image qu'elle renvoyait d'elle-même, elle se disait bien au-delà de ces questions d'apparence, et peut-être même en jouait-elle un peu. Or, ces deux histoires, loin d'attendrir Armelle, achevèrent de l'exaspérer. Elle reprocha à Alice de se complaire dans un misérabilisme qui ne correspondait pas à sa situation. Elle la stigmatisa au lieu de saisir la détresse de ces signaux. Cette dureté ne lui ressemblait pas, mais aveuglée par le ressentiment, elle ne prenait plus la peine de décrypter les signes. Elle continua de s'abriter derrière le silence d'Alice pour refuser d'intervenir, espérant vaguement qu'elle finirait par céder, croyant ou feignant de croire que les choses n'étaient pas si graves.

Bien sûr, ce délitement ne se fit pas en un jour, il y eut même des parenthèses heureuses, les quelques fois où Armelle et Alice retrouvèrent, un bref instant, une intimité qu'elles croyaient disparue. Il y eut, en particulier, ce dimanche après-midi où elles se tenaient à la terrasse d'un café, en face de la gare d'Orléans. Il faisait très chaud et elles s'étaient abritées sous un grand parasol. Armelle avait acheté un gel pour jambes lourdes et l'offrit à Alice. Peu habituée à prendre soin d'elle, elle hésitait à accepter. Armelle insista et proposa de lui en frictionner les jambes. Quand elle tint entre ses paumes les mollets frêles à la peau desséchée, les larmes lui vinrent aux yeux. Elle leva la tête : Alice la regardait avec une tendresse secrète, un peu timide, qui remontait de loin. Et pourtant... Même dans ces courts moments de rémission où Alice semblait baisser la garde, Armelle se heurtait à un mur dès qu'elle tentait de les mettre à profit pour obtenir des confidences. À aucun moment, Alice ne céda. Il était implicite qu'aucune ingérence n'était possible dans sa vie, mais qu'elle aurait accepté volontiers une aide financière dont elle aurait apprécié seule l'usage, fut-il à fonds perdu. Son intransigeance égalait celle d'Armelle.

*

* *

Plus le temps passait et plus Alice devenait impénétrable. Amère, souvent ironique, elle décida seule, encore une fois, du choix de la maison de retraite où elle voulait finir ses jours. Elle refusa de consulter Armelle, déclina son aide. Elle avait déjà pris sa décision. Il s'agissait d'une communauté de religieuses qui accueillaient les personnes à faibles ressources. N'était-ce pas là sa place ? Il fallut pourtant régler la question de ses biens. On lui conseilla de s'en défaire avant d'entrer, de les donner à ses neveux. Elle tergiversa longtemps. Son notaire lui suggéra alors d'adopter Armelle et Vincent pour régler la question. Elle ne put s'y résoudre. Toute l'ambivalence de ses sentiments s'exprimait là, dans ces hésitations, ces interrogations qu'elle finissait, elle aussi, par coucher sur le papier, tant elles l'habitaient. Elle fut incapable de trancher. Cela faisait trop longtemps qu'elle remettait à plus tard les questions dont elle redoutait les réponses. Elle s'était peu à peu persuadée de l'indifférence d'Armelle, cela servait sa rancœur. De guère lasse, celle-ci espaça ses visites, sans que cela parût affecter Alice. Vers la fin, elle semblait parvenue à un degré de détachement qui pouvait donner l'impression que plus rien ne l'atteignait. C'était encore une illusion, bien sûr, le seul moyen qu'elle avait trouvé de se protéger des derniers désenchantements.

Elle était trop lucide pour ne pas voir dans les silhouettes fantomatiques qui hantaient les couloirs et rejoignaient leur table aux heures des repas, dans ces regards lavés et mornes, ces voix cassées, ces gestes de noyés, le reflet de sa propre déchéance. Elle-même avait adopté une démarche vacillante et lourde, alors qu'elle était devenue si légère, si petite qu'elle aurait dû glisser sur le sol si des liens invisibles ne l'en avaient empêchée. On aurait dit qu'elle traînait après elle d'étranges fils de laine grise qui entravaient ses gestes tandis qu'elle avançait, presque à tâtons maintenant, tentant, vaille que vaille, de poursuivre son chemin. Depuis combien de temps se survivait-elle ainsi à elle-même ? Depuis combien de temps estimait-elle que sa vie ne valait plus la peine d'être vécue ? Et comment la jugeait-elle, sa vie ? Elle aurait fait un très mauvais censeur de sa propre histoire. Sans doute n'aurait-elle pas su, d'abord, par où commencer. Et puis, elle était tellement convaincue d'avoir raté son existence, d'être passée à côté du bonheur. Pas d'avoir failli, non. Cela, à aucun moment. Elle en était sûre. Dans son regard, jusqu'à la fin, il y aurait cette petite flamme, cette part d'elle-même qu'elle avait su préserver et qui éclairait son visage d'une étrange fraîcheur juvénile. Mais il y avait aussi, tapie au plus profond comme une blessure jamais fermée, la question béante de l'amour des siens, à jamais inassouvie et toujours inquiète, et le constat amer qu'Armelle aurait pu reprendre à son compte : comme on aime mal ceux que l'on aime !

Quelque temps encore, et bientôt s'éteindrait la petite flamme, s'effaceraient, comme sur le sable, les dernières traces du passage furtif de cette vie devenue indéchiffrable.

TABLE DES MATIÈRES

PROLOGUE		9
CHAPITRES		
1	Le pont Morand	21
2	Allée des Mouettes	37
3	Place Royale	53
4	Café *Le Molière*	69
5	Librairie *Beaufreton*	85
6	Le pont transbordeur	103
7	Rue du Calvaire	119
8	Hôtel *Impérial*	141
9	Café *Rüdigerhof*	163
10	Rue Paul Bellamy	185
11	Le pont Charles *(Karluv Most)*	207
12	Cours des 50-Otages	219
13	La Korrigane	235
14	La terrasse chez *Decré*	249
15	Rue Saint-Jean	263
16	L'école Saint-Pierre	279
17	Place du Port-Communeau	297

REMERCIEMENTS

Outre des ressources personnelles (témoignages, photos, souvenirs, échanges épistolaires), j'ai tiré mes informations, concernant l'aspect historique du roman, des sources suivantes :

BLED, Jean-Paul, *Histoire de Vienne*, Fayard, 1998.

BLOYET, Dominique, *Erdre et Loire, les travaux de comblement*, CMD, 1999.

BLOYET, Dominique, *Nantes, La Résistance 1939-1945*, CMD, 1997.

BOIZIAU, Roger, *1940-1945, quand les bombes tombaient sur Nantes*, Geste éditions, 2010.

CAILLAUD, Paul, *Nantes sous les bombardements, Mémorial de la défense passive*, éditions du Fleuve, 1946.

CHANTEPIE, Franck, *Nantes et la Loire-Inférieure dans la guerre 1940-1944*, Le Coteau, Horvath, 1987.

CRESSARD, Benoît, EUDES, Olivier, *Nantes sous l'Occupation*, éditions Ouest-France, 1981.

DOUART, Georges, *Les Civils sous l'Occupation : Nantes dans la guerre*, éditions Hérault, 1992.

DUMÉRIL, Edmond, *Journal d'un honnête homme pendant l'Occupation : juin 1940-août 1944*, l'Albaron, 1990.

EISTERER, Klaus, *La Présence française en Autriche, 1945-1946*, volumes 1 et 2, ministère des Affaires étrangères, 1998.

FLEURY, Didier, *Nantes, le comblement de la Loire et de l'Erdre 1926-1946*, Château des Ducs de Bretagne, Musée d'histoire de Nantes, 2007.

JAME, Bernard, *Nantes souffrance 1943*, éditions Hérault, 1994.

KLEIN, Erich, *Die Russen in Wien : die Befreiung Österreichs. Wien, 1945 :* Augenzeugenberichte und über 400 unpublizierte Fotos aus Russland, Falter, cop, 1995.

PAJOT, Stéphane, *Nantes retrouvée*, éditions D'Orbestier, 2009.

PASTEUR, Paul, *L'Autriche, de la Libération à l'intégration européenne*, La Documentation française, 1999.

SCHEID, Michel, *Nantes 1940-1944*, éditions Ouest-France, 1994.

SIGOT, Jacques, *Nantes-René Perdriau 30 ans de photographies 1935-1965*, CMD, 1998.

THOMAS, Patrick, *Nantes, les bombardements 1940-1944*, CMD, 1996.

Archives municipales de Nantes, *Pluie de fer et de feu : 16 et 23 septembre 1943*, 1993.

Archives départementales de Haute-Savoie, Annecy.

« Gouvernement militaire de la zone d'occupation française en Autriche », bulletin d'information et de documentation 1945-1946 (n° 1-14), Innsbruck.

Cyrille Le Quellec, Fondation pour la mémoire de la déportation (FMD), Paris.

Jacqueline Perret, ancienne résistante et infirmière Croix-Rouge à l'hôpital d'Annecy.

Wikipedia.